WHO IS *YOUR* DREAM MAN?

Is he sexy? Romantic? Does he take your breath away? Let us know how special your man is, and he could be an Encanto cover model! Enter your man in:

THE ENCANTO DREAM MAN CONTEST

One GRAND PRIZE winner will receive:
an all-expense-paid, three-day, two-night trip to New York City! While in New York, the winner will participate in a press conference, a photo shoot for an Encanto cover, and enjoy the shopping, dining, sight-seeing, theatre, and endless excitement of the City that Never Sleeps!
And he'll be a model for an upcoming Encanto romance cover!

TO ENTER: (1) Send a letter telling us in 200 words or less why you think your man should win. (2) Include a recent photograph of him. Write the following information for both you and your nominee on the back of each photo: Name, address, telephone number, the nominee's age, height, and weight.

ALL ENTRIES MUST BE RECEIVED BY MARCH 15, 2000.

SEND ENTRIES TO:
Encanto Dream Man Contest
c/o Kensington Publishing
850 Third Avenue
NY, NY 10022

No purchase necessary. Open to legal residents of the U.S., 21 years of age or older. Illegible entries will be disqualified. Limit one entry per envelope. Void where prohibited by law.

BOOK YOUR PLACE ON OUR WEBSITE AND MAKE THE READING CONNECTION!

We've created a customized website just for our very special readers, where you can get the inside scoop on everything that's going on with Zebra, Pinnacle and Kensington books.

When you come online, you'll have the exciting opportunity to:

- View covers of upcoming books
- Read sample chapters
- Learn about our future publishing schedule (listed by publication month *and author*)
- Find out when your favorite authors will be visiting a city near you
- Search for and order backlist books from our online catalog
- Check out author bios and background information
- Send e-mail to your favorite authors
- Meet the Kensington staff online
- Join us in weekly chats with authors, readers and other guests
- Get writing guidelines
- AND MUCH MORE!

Visit our website at
http://www.pinnaclebooks.com

WINNING ISABEL

ISABEL, MI AMOR

Gloria Alvarez

Traducción por
Nancy Hedges

Pinnacle Books
Kensington Publishing Corp.
http://www.pinnaclebooks.com

Para mi madre y mi padre,
Carlos y Jacqueline Alvarez,
quienes siempre creyeron en mi.
No hay nadie mejor que Ustedes.

PINNACLE BOOKS are published by

Kensington Publishing Corp.
850 Third Avenue
New York, NY 10022

Copyright © 2000 by Gloria Alvarez

Spanish translation copyright © 2000 by Kensington Publishing Corp.

Translated by Nancy Hedges

Pinnacle and the P logo Reg. U.S. Pat. & TM Off.

First Pinnacle Printing: February, 2000
10 9 8 7 6 5 4 3 2 1

Printed in the United States of America

CAPÍTULO UNO

Isabel Sánchez suspiró aliviada. Por fin había llegado a Río Verde, Texas. 1800 habitantes.

Metió su coche en el primer lugar de estacionamiento que encontró y apagó el motor. Rotando los hombros y estirando el cuello, se bajó del vehículo, sacudiendo las piernas. Lo que debió haber sido una manejada de tres días desde el estado de Ohio le había tomado una semana, porque el motor de su Jeep Cherokee se había desbielado en medio del estado de Kansas. Ya había faltado a sus primeros días laborales. El doctor Rodríguez le había dicho que no se preocupara, pero Bel estaba frustrada de todas maneras. Había gente contando con ella; tenía que estar disponible.

Pues, ya estaba disponible. Y dado que el reloj sobre su tablero decía que apenas era la una y media, todavía le quedaba la mitad de un día para orientarse. Podría observar al doctor Rodríguez, ver la distribución de la clínica, conocer a su enfermera. Mañana se metería de lleno, empezando a dar consulta a los pacientes.

Respiró profundamente y se estiró de nuevo bajo el sol de ese mediodía otoñal. En Ohio, el verano ya se había dejado vencer por los días frescos de otoño. Pero no aquí en el suroeste de Texas. El aire era árido y caliente, y sobre ella flotaba un cielo azul claro que parecía extenderse al infinito. Tanto espacio libre le provocaba a Isabel cierto nivel de nerviosismo, dadas las vistas urbanas a las que estaba acostumbrada desde su infancia. Tendría que acostumbrarse.

Tendría que acostumbrarse a todo. Era una nueva vida, un nuevo comienzo. Extendió la mano hacia la parte trasera de su vehículo y sacó una bata de laboratorio limpia que estaba sobre el asiento trasero. Su nombre estaba bordado en rojo sobre el bolsillo izquierdo; Isabel Sánchez, M.D. Deslizó un dedo sobre las letras, recordando las lágrimas de alegría de su madre cuando se recibió de médico, ganando el derecho a usar aquellas siglas profesionales.

—Justo como tu padre —su mamá había dicho—. Él habría estado tan orgulloso de ti.

"Bueno, mamá, papi, aquí estoy", pensó Bel, poniéndose la bata sobre su camisa azul y pantalón caqui. "¿Tienen idea de lo que me espera?".

Ella medio se lo imaginaba. Río Verde era una pequeña clínica rural que contaba con sólo un médico, una enfermera de medio tiempo, ningún hospital y lo que el doctor Rodríguez había descrito como "un pobre remedo de laboratorio." El trabajo sería duro, los días largos, y el sueldo muy bajo para su profesión.

Sin embargo, era un puesto del Cuerpo de Servicios de Salud Pública, y eso significaba que el gobierno de los Estados Unidos estaría pagando una gran parte de sus préstamos estudiantiles a cambio de dos años de su vida. Y mientras estuviera aquí, podría aportar algo en beneficio del pueblo.

A Bel le agradaba el prospecto de trabajar con el doctor Rodríguez. Jamás había planeado venir al sur de Texas, donde su solo nombre crearía impresiones falsas entre sus pacientes. Pero ella había sentido una afinidad instantánea con el anciano médico cuando habían hablado por teléfono, como si él tuviera algo que a ella le faltaba, y como si viniendo a Río Verde ella quizás pudiera adquirir de él lo que le faltaba.

Podría comenzar ahora mismo. La clínica estaba cerca, sobre esa misma calle. Sacando también su maletín de médico del asiento trasero, cerró el coche con llave y empezó a caminar.

Y se quedó parada, pasmada al ver la clínica. Dos hombres estaban atornillando unas tablas de triplay sobre las ventanas, y la palabra "CERRADO" destacaba en grandes letras negras sobre la áspera madera.

Ella empezó a correr, no parándose sino hasta agarrar a uno de los hombres por los hombros, haciéndolo girar hacia ella para exigirle:

—¿Qué es lo que pasa? No pueden cerrar esta clínica.

El hombre se liberó de ella y terminó de atornillar el triplay.

—La mesa directiva lo ordenó, señora —dijo altaneramente—. El doctor Rodríguez murió hace dos días.

—¿Cómo? —Bel no podía creer lo que estaba escuchando—. Pero yo acabo de hablar con él…

No terminó la frase, dándose cuenta de lo ridículo que sonaba. Ella era médico, y sabía cuan frágil podía ser la vida. Pero el doctor Rodríguez… ¿muerto? No podía ser.

Pero así era. El par de hombres y el zumbido de los taladros y tornillos eran suficiente prueba de ello. Ella sintió una punzada de dolor por el colega que le había caído tan bien a través de un sinnúmero de pláticas telefónicas, y otra punzada por la familia que había dejado.

Pero él no habría querido que se cerrara la clínica. Ella lo había llegado a conocer lo suficiente como para saber que era tan apasionado como ella en cuanto a la salud pública.

—Deténganse ahora mismo —ordenó a los hombres—. Yo soy la doctora Sánchez. Yo voy a estar administrando la clínica de ahora en adelante, y necesito entrar para ver el lugar. Estaremos dando consulta mañana mismo.

—Disculpe, señora. Nuestras órdenes son que nadie entra. Hay demasiadas cosas ahí adentro, como drogas y jeringas. Por eso estamos tapiando las entradas con madera.

—No sean ridículos. —ella caminó hacia la puerta principal, que los hombres aún no había tapado con madera, y sacó la llave que el doctor Rodríguez le había enviado por correo junto con su contrato—. Voy a entrar. Quiten toda esa madera. ¡Ahora!

En cuanto ella metió la llave en la chapa, uno de los hombres la tomó por los hombros, y el otro le quitó la llave. Los dos la miraron, repitiendo las palabras con expresión impotente:

—Disculpe. No puede entrar.

Ella arrebató el brazo de el que la había sostenido y extendió la mano para recobrar la llave, pero el hombre la alzó fuera de su alcance.

—¿Quién los contrató? —dijo ella furiosa.

—La mesa directiva de la clínica. Javier Montoya.

Bel buscó dentro del bolsillo de su pantalón, sacando varias monedas, y las entregó a uno de los hombres.

—Vaya a llamar al señor Montoya. Dígale que la doctora Sánchez se encuentra aquí y que ella lo quiere ver, ¡ahora mismo!

Los dos hombres se consultaron entre sí, y luego uno de ellos corrió calle abajo y desapareció en la cafetería de la esquina, mientras el otro se quedó con ella. Una especie de guardia.

Bel se mordió la lengua, furiosa. No le gustaba tener que recurrir a la intimidación, pero por Dios, la mesa directiva sabía que ella iba a llegar en cualquier momento. Ella tenía un contrato firmado. ¿Por qué habrían enviado al par de obreros a cerrar la clínica? Podrían haber montado una guardia si les

preocupaban mucho los **g**abinetes donde se guarda-
ban los medicamentos. **P**ero era una locura tapar el
lugar con madera. ¿Qué se suponía que iba a hacer
la gente que necesitaba consulta médica?

Ella caminaba frente a la clínica con impaciencia,
esperando que el hombre regresara con noticias del
señor Montoya. Ella recordaba el apellido ahora;
estaba en su contrato, era el presidente del consejo
de la Clínica de Río Verde. El tipo le estaba causan-
do bastante mala impresión, si, efectivamente, él
había ordenado esta clausura.

Antes de regresar el segundo hombre, un viejo y
maltratado Dodge Dart verde se acercó, con sus llantas rechinando sobre el pavimento, casi chocando
contra la camioneta que tenía el resto de las hojas de
triplay.

Una mujer, cuya cara reflejaba una gran desesperación, estaba manejando. Saltó del coche, echó
un vistazo a las ventanas tapiadas con madera y
lloriqueó:

—¡Mi niña! Está grave. ¿Dónde está el doctor
Rodríguez?

El hombre se acercó a ella, colocando un brazo
sobre su hombro.

—¿No supo? Él murió hace dos días. Tendrá que
ir hasta Del Río hasta que consigamos un nuevo
médico.

Ante las palabras del hombre, a Bel se le subió
peligrosamente la presión arterial. ¿No les había
comunicado de manera perfectamente clara que ella
era doctora, entrenada para curar a los enfermos?
¿Qué es lo que pasaba aquí?

Pero se detuvo antes de hablar. La mujer era joven
y estaba alterada, y lo mejor que podía hacer era
mantener la calma.

—¿Señora? —Bel dijo suavemente, alejándola del hombre—. Yo soy la doctora Sánchez. ¿En qué puedo servirle?

—¿Usted es doctora? —preguntó la mujer desesperadamente.

Bel asintió con la cabeza, agregando:

—¿Qué es lo que sucede?

—Mi bebita. Está en el coche. Esta ardiendo con fiebre, se niega a comer, está enferma.

—Déjeme ver. —Caminó con la mujer hacia el coche, donde la bebita estaba acostada sin moverse en la sillita de coche. Bel extendió la mano, colocándola sobre la frente de la criatura, abriéndole un párpado para descubrir sus facciones hundidas. Desabrochó el cinturón y la sacó del coche.

—Vamos adentro para poder revisarla de modo más completo.

—¿Está… abierta?

—Sí —dijo Bel firmemente—. No hago caso de ese letrero.

—No puede entrar, señora…

Ella vio de reojo al hombre, quien todavía tenía su llave.

—Abre… la… puerta.

Él permaneció inmutable, y formando una línea delgada y apretada con los labios, Bel abrió su maletín. Sacando un pesado diapasón de metal, con un fuerte golpe abrió un agujero en el cristal justo arriba de la manija de la puerta, limpiando los pedazos de vidrio hasta que pudo meter la mano sin cortarse para girar la manija de la puerta.

Y caminó hacia adentro, cargando a la bebita con un brazo, su maletín con el otro. La madre de la niña la siguió. Pasmado, el hombre siguió a las dos.

Ella prendió una luz, vio la sala de recepción y se estremeció. El lugar era extremadamente deprimente, con oscuros paneles de madera, duros bancos también de madera, revistas viejas y unas sillas tapizadas con plástico color naranja con verde. Las hojas de triplay sobre las ventanas tampoco ayudaban.

Al cuarto le urgía una renovación. Pero ya tendría que ver eso después. En este momento ella tenía que entrar en la parte principal de la clínica.

Dio la vuelta a la manija de la puerta. Cerrada con seguro. Por supuesto. Pero se trataba sólo de una cerradura de botón, y Bel sacó del bolsillo de su bata los broches que siempre guardaba ahí para aquellos días cuando su cabello café claro se negaba a quitarse de sus ojos. Abrió uno insertó un palito del broche en la cerradura, empujándolo hasta soltar el resorte y abrirla.

—¿Por qué no va a ver qué puede hacer para arreglar aquel agujero? —le dijo al hombre, tomando la mano de la mujer entre las suyas, llevándola suavemente con ella.

—¿Cómo se llama? ¿Qué edad tiene?

—María Gutiérrez. La bebita se llama Laura. Tiene cinco meses.

Bel encontró un consultorio y acostó a la bebita sobre la plancha. Luego buscó entre el instrumental para encontrar lo que necesitaba.

Encontrando un termómetro, lubricó el extremo y tomó la temperatura de Laura. La bebita estaba demasiado enferma para protestar, y Bel apretó los labios. Los bebés se enfermaban tanto y tan rápidamente. Afortunadamente, mejoraban con la misma rapidez, siempre y cuando se les administraran los medicamentos adecuados.

—¿Cuánto tiempo lleva así? —preguntó, sacando el termómetro luego de menear la cabeza. Lo colocó en el lavabo y empezó a lavarse las manos. Ya con las manos limpias, mojó una toalla de mano y la colocó sobre la frente de la bebita.

—Desde anoche. Vine hoy por la mañana, pero no había nadie. Ella se puso peor, así que regresé, y...

—Siento mucho lo sucedido —dijo Bel—. Parece que hay un malentendido. Pero ya estoy aquí y voy a ayudarla.

No había ninguna lamparilla sobre la mesa de instrumental, así que Bel sacó la suya de su maletín. Examinó la garganta de Laura, sus oídos, palpó el abdomen de la niña y auscultó su corazón y sus pulmones.

Volteando hacia la madre nerviosa, Bel dijo:

—Señora Gutiérrez, Laura tiene una infección en el oído. Son infecciones que pueden enfermar mucho a los bebés, pero son fáciles de tratar. Nada más tengo que saber cuánto pesa y luego podemos darle la medicina que necesita. ¿Podría acompañarme?

De regreso en el área principal de la clínica, Bel descubrió que no había ninguna báscula para bebés. El doctor Rodríguez le había advertido que "faltaba equipo", así que Bel hizo que María se pesara con y sin la bebita en sus brazos, y luego, se disculpó para salir un momento.

Hizo un breve recorrido de los demás cuartos en la clínica, buscando el gabinete de medicamentos. Había tres pequeños y pobremente amueblados consultorios, la oficina del doctor Rodríguez, el área de la enfermera/recepcionista que había visto al entrar, y finalmente un laboratorio angosto en la parte trasera donde encontró parte de lo que quería, muestras médicas, pero ningún equipo para aplicación intravenosa.

Mezcló las soluciones de antibióticos y regresó al escritorio de la enfermera. Había visto ahí un rolodex; quizás pudiera encontrar ahí el número telefónico de la farmacia.

No lo encontró alfabéticamente en inglés, pero como se trataba del suroeste de Texas... quizás...

Tal y como lo había adivinado, estaba detrás de la letra efe, como Farmacia García. Después de hacer la llamada, abrió la puerta hacia la recepción.

—¿Cómo se llama usted? —le preguntó al hombre que ya estaba de nuevo con su compañero.

—Ben Hernández —contestó, y su tono ya estaba suavizado con respeto.

—Señor Hernández —dijo Bel secamente—, la bebita está muy enferma. Necesito unas cosas de la farmacia. ¿Sabe usted dónde queda?

Él asintió con la cabeza.

—Qué bueno. Ya he hablado con el farmacéutico. ¿Podría usted ir ahí para recoger lo que pedí, por favor? Dígales que lo carguen a la cuenta de la clínica.

—Sí, señora.

—Gracias. —al verlo salir, Bel volteó hacia el otro hombre—. ¿Alguna noticia respecto al señor Montoya?

—Llegará en cualquier momento —dijo, y su voz mostró un tono de admiración. Los dos hombres debieron haber estado hablando de su entrada dramática. Bueno, no había remedio.

Como si fuera un anuncio, se abrió la puerta principal, haciendo sonar una campanita. Y, hacia el recibidor cavernoso entró algo salido de un sueño erótico. Medía aproximadamente un metro ochenta y cinco, con ojos tan oscuros como el diablo y un toque de cabello negro que caía al azar sobre su ceja derecha. Su cara era delgada, su nariz aguileña, pero el efecto general era extremadamente masculino, de una manera decididamente perturbadora.

Y su cuerpo... A pesar de sí misma, Bel sostuvo la respiración. Parecía un a modelo salido de las páginas de una revista, con un físico musculoso y duro casi demasiado grande para el pantalón apretado de mezclilla que portaba. Con una camisa blanca de cuello abierto y un saco sport blanco y negro, Bel podía ver que sus hombros hacían perfectamente juego con el resto de su ser.

—Julio —le dijo él al hombre—, ¿qué pasó?

Julio se encogió de hombros.

—La doctora, nada más…

—¿Señor Montoya? —interrumpió Bel, pues tenía que ser Montoya—. Soy la doctora Sánchez. Si pudiera esperar aquí mientras termino con mi paciente, necesito hablar con usted.

—¿Su paciente? —preguntó él, incrédulo.

—Mi paciente. Por eso estoy aquí, después de todo. El señor Hernández acaba de regresar de la farmacia con unas cosas que yo necesitaba. Acabaré dentro de unos cuantos minutos. Luego podemos hablar.

—Doctora, esta clínica —la voz de él se volvió tan fría como el acero—… está…cerrada. Clausurada. Acabada. ¿No lo entiende usted?

—Yo tengo un paciente. Eso significa que la clínica está abierta, y se quedará así hasta que yo me reúna con toda la mesa directiva. Ahora, tome asiento. Estaré con usted muy pronto.

Ella cerró la puerta tras ella firmemente y se apoyó contra la misma. No estaba segura de lo que estaba sucediendo, pero Javier Montoya era definitivamente el enemigo. Pensó que recordaba que también era el alcalde de Río Verde al mismo tiempo que era presidente del consejo de la clínica, pero, ¿cómo podría tener un cargo público teniendo tan poco interés en la salud pública?

No tenía sentido, y Bel estaba enojándose.

Después de un momento, regresó a enseñarle a María como convencer a la bebita para que tomara su medicina.

—Y hay que darle toda la dosis. Si no se lo da todo, la infección puede volver, y sería aún más resistente.

—Todavía se ve tan enferma, doctora —dijo María, con la preocupación de madre llenando su tono de voz.

—Alguien viene de la farmacia con más medicina y líquidos. Ya verá que se pondrá muy bien dentro de una hora.

Unos momentos después, Javier apareció en la umbral de la puerta con una bolsa de papel en la mano.

—Ben me mandó con esto.

Bel le arrebató la bolsa y vio el contenido. Satisfecha de que todo lo que había ordenado estaba ahí, con agilidad le colocó el aparato intravenoso a la bebita. Laura logró llorar al ser picada por la aguja, pero estaba demasiado débil para seguir. Bel le administró también una dosis de Tylenol, diciéndole a María que se quedara con la niña.

—Usted, señor Montoya, puede acompañarme.

Lo condujo hacia la oficina del doctor Rodríguez. Era su oficina ahora. Sentándose tras su gran escritorio de caoba, trató de imaginarse cómo el doctor habría manejado situaciones tan difíciles durante su carrera de cuarenta años. Por alguna razón, ella dudaba mucho que jamás se hubiera enfrentado con algo como esto.

Hizo un ademán para que Javier se sentara, y él puso la silla de respaldo recto hacia un lado del escritorio. Obviamente, también conocía las posturas de poder.

—Doctora, siento mucho que no hayamos podido localizarla para decirle que no viniera. La muerte del doctor Rodríguez cambia todo, y el pueblo ya no tendrá necesidad de sus servicios.

—Los necesitaban ustedes hoy por la tarde —dijo marcadamente Bel—. O por lo menos Laura

Gutiérrez los necesitaba. Ella pudo haber sufrido convulsiones, y hasta daño cerebral, por la fiebre tan alta. Es una infamia de parte de su mesa directiva tomar riesgos con la salud de este pueblo.

—Y es una infamia de su parte ejercer en Texas sin licencia y sin seguro —replicó Javier.

—Yo no pienso en esas cosas cuando alguien está enfermo. Para eso existe su mesa directiva, para preocuparse por las idioteces sin importancia mientras yo salvo vidas.

Ella tamborileó los dedos sobre la mesa cuatro veces en sucesión rápida.

—Dígales a sus obreros que quiten las hojas de triplay. La clínica está abierta. Y luego llame a su mesa directiva, porque tenemos que renegociar mi contrato. Yo esperaba trabajar con el doctor Rodríguez. Ahora que tengo que administrar esta clínica sola, habrá que hacer algunos cambios.

—Nadie dijo que usted iba a administrar el lugar —dijo Javier, con voz grave y cortante.

—No veo a nadie más calificado para hacerlo —señaló Bel—. Del Río está a ochenta y cinco kilómetros. ¿Usted quiere aceptar la responsabilidad por la gente enferma que tendrá que manejar tan lejos? ¿Si es que tienen coche?

—La vamos a compensar. Vamos a pagar sus gastos de viaje hacia acá y de regreso a donde debe estar.

¿No era típico de un hombre? Pensó ella enojada. Siempre reduciendo todo a dinero.

—Ya basta, señor Montoya. Yo no sé por qué se ha convertido en un asunto tan personal por parte de usted, pero quiero manejar este asunto con toda la mesa directiva. Puedo verlos hoy por la noche o a primera hora mañana. Pero la clínica abre a las nueve, así que prográmelo de acuerdo con eso.

Ella se puso de pie y lo escoltó hacia la recepción.

—Lo llamaré más tarde. Y señor Hernández —agregó—, por favor quiten la madera. Si no lo hace, voy a llamar a la policía.

¡Carajo! pensó Javier. Había perdido esa asalto por completo. Había cometido un error clásico; subestimar su opositora. A la doctora Isabel Sánchez le corría agua helada por las venas. Jamás había conocido a una mujer tan fría y calculadora. Aún cuando estaba furiosa, se controlaba perfectamente.

¿Cómo podría una mujer como ella compadecerse de sus pacientes? La respuesta era que no lo haría. Lo cual indicaba que la mesa directiva tenía que buscar la manera de mandarla de regreso y traer a uno de los suyos en su lugar.

Muy guapa cuando está enojada, ¿no? —dijo Ben Hernández, y luego más seriamente—, ¿quiere que quitemos las hojas de triplay?

Javier asintió bruscamente con la cabeza, y se desplomó sobre uno de los duros bancos de madera para reflexionar. Ben tenía razón; Isabel Sánchez era muy guapa, de tipo más bien anglo, se admitió a sí mismo. Era delgada, de aproximadamente un metro setenta, con tez clara y con una amplia cabellera color café con destellos color miel. Ojos avellana, los cuales brillaban cuando estaba enojada. Pero los ojos de él estaban igual de enojados.

La joven doctora ni siquiera llevaba medio día en el pueblo y ya se había pasado de la raya. Peligrosamente. Allanamiento. Ejerciendo medicina sin licencia, sin seguro, contra los deseos directos de su mesa directiva. Todavía estaba ahí, haciendo quien sabe que a su paciente.

Ben y Julio salieron a destornillar el triplay, y se oyó el zumbido del taladro. La clausura de la clínica había sido una idea atrevida, más simbólica que práctica. Pero con la muerte del doctor Rodríguez, no había posibilidad alguna de que esta joven doctora apenas egresada de la facultad de medicina, una mujer anglosajona a pesar de su apellido, pudiera tomar su lugar.

Y la mesa directiva estaría de acuerdo con él. De éso estaba seguro. Isabel Sánchez no tenía lugar en Río Verde, y de ninguna manera ejerciendo a solas. Nada más era cuestión de buscar los términos apropiados para convencerla de largarse.

Lo que debería hacer en ese momento era juntar a la mesa directiva para ponerlos al tanto antes de que se enteraran del incidente de hoy por boca de alguien más.

Se levantó del banco y caminó hacia la calle, donde preguntó a los hombres su versión de las acciones de la doctora. Al escuchar lo suficiente, les dijo que volvieran a cargar el triplay en la camioneta y que lo llevaran a su casa.

Lo que vio a continuación lo impactó como si alguien le hubiera pegado en el estómago. María Gutiérrez y su bebita salieron de la clínica. Isabel no pudo haberlo sabido, pero su primera clienta era la mujer más chismosa de todo el pueblo de Río Verde. Antes de terminar el día, se habría corrido la voz sobre la llegada de la doctora; él tendría que trabajar rápido para acabar con ella.

Pero sí acabaría con ella.

¡Qué día! Bel jamás habría pensado que el allanamiento fuera parte de las responsabilidades de un médico.

Pero había valido la pena. María había apreciado mucho su ayuda, y a Bel le había hecho sentirse increíblemente orgullosa y protectora simplemente ver a la madre con su hija, alerta de nuevo después de haberle bajado la fiebre y darle líquidos. Era su vocación, para la que se había entrenado durante casi una docena de años. Curar. Ayudar.

Nadie la iba a hacer cejar en su propósito sin que ella luchara. Especialmente no Javier Montoya, que tenía cara de dios y comportamiento de un diablo.

Ella se quedó en la clínica durante aproximadamente una hora después de que María se hubiera retirado, haciendo anotaciones en el expediente que había encontrado de la bebé. Y cuando estuvo lista para retirarse, notó con triste satisfacción que habían quitado el triplay de todas las ventanas. Con excepción de una tirita puesta sobre el agujero que ella había hecho para entrar.

Con la muerte del doctor Rodríguez, ella jamás se atrevería a imponerle su presencia a su viuda. Cerrando la clínica lo mejor que pudo, se encaminó hacia su coche, y empezó a buscar un motel.

El pueblo de Río Verde era pequeño y compacto, pero bonito, con mucha arquitectura colonial y construcciones de ladrillo, completamente diferente a los rascacielos de acero y vidrio que habían abundado durante la juventud de Bel. Al manejar camino al centro del pueblo, pudo divisar el zócalo del pueblo, donde había una gran fuente salpicando agua y las veredas se cruzaban desde cada esquina, la gente caminando y platicando. Desde este punto de vista era encantador, contrastando fuertemente con el encuentro tan amargo que había experimentado con algunos de los pueblerinos aquella tarde.

En las afueras del pueblo, Bel encontró el Motel Río Verde y se registró. Ordenó unos tacos del restaurante al lado del motel y los devoró. Los eventos del día, aparte de la tensión de la última semana, la habían dejado hambrienta, y si tenía que enfrentarse con la mesa directiva de la clínica en la noche, necesitaría alimento para la ordalia.

Al bañarse, se le ocurrió una idea diabólica. Tomó extremo cuidado con su peinado y maquillaje, luego de escoger un vestido color azul marino hecho a la medida, medias y zapatos de vestir. Y sobre el vestido, se puso una bata de laboratorio limpia y recién planchada. Le convenía llegar uniformada a enfrentarse con la mesa directiva.

El encargado del motel le dibujó un mapa de las principales calles residenciales, y Bel se la llevó al coche. No iba a dejar que Javier Montoya se le escapara con una simple llamada telefónica. Decidió presentarse en su casa. Era más impactante así, aprovechando la ventaja de la sorpresa.

Y necesitaba cualquier ventaja que pudiera tener.

La casa de los Montoya le fue fácil de encontrar, a unas cuantas cuadras del lado norte del Paseo de la Plaza. Bel se estacionó frente a Paloma #727 y estudió la casa de su adversario. Era una casa de un sólo piso de madera y ladrillo, grandes ventanas y una bandera de los Jaguares de Río Verde colgada sobre la veranda delantera. Había una cochera hacia la parte trasera, con una escalera metálica que daba a una oficina o departamento. Sobre la entrada había una lustrosa camioneta roja, cargada con hojas de triplay.

Respirando profundamente, Bel se bajó del coche y caminó en dirección de la puerta principal. Después de alisar las arrugas imaginarias de su vestido, tocó el timbre. Y esperó.

—¿En qué puedo servirle? —preguntó la joven mujer que contestó la puerta.

Los modales corteses aunque aburridos de la adolescente contrastaban con su aspecto físico que mostraba una actitud rebelde. Esta joven se veía fuera de lugar en Río Verde, Texas. Dallas, quizás, o mejor aun Nueva York, en la portada de alguna revista popular de modas.

La chica portaba tres aretes en un oído, cuatro en el otro, zapatos gruesos de plataforma, pantalón de mezclilla de pierna ancha y camiseta apretada color verde chillante que resaltaba todos los atributos de la muchacha a lo máximo. Su cara no era bonita de modo tradicional, pero era interesante, con una boca amplia y generosa, grandes ojos oscuros, y un peinado asimétrico y con piquitos que dejaba un mechón de cabello color azabache cubriendo sólo la mitad de su frente.

—Estoy buscando a Javier Montoya —dijo Bel—. Soy la doctora Sánchez, y necesito hablar con él.

—¿Usted es la nueva doctora? —dijo la chica, abriendo los ojos con asombro. Sacudió la cabeza, y algunos de sus aretes más largos tintinearon suavemente—. Lástima de lo del doctor Rodríguez. Le va a tocar un trabajito de locos.

Abrió un poco más la puerta, sonriendo traviesamente.

—Aún no llega mi papá. ¿No gusta pasar a esperarlo?

—Gracias. Lo haré —Bel pasó por la entrada, asombrada por lo fácil que había sido ésto. En una ciudad, la puerta se habría abierto con cadena, si es que la abrieran. Aquí la estaban conduciendo hacia una cómoda sala, y la hija de su presa, cuyo nombre era Lidia, había ido a la cocina para traerle una Coca.

Bel estudió el cuarto durante un momento. Las paredes eran verdes en tono de salvia, y todas las obras de arte que las adornaban tenían temas mexicanos; una litografía enmarcada de una obra de Rivera, algunas pinturas de pájaros de colores vivos sobre corteza de árbol, una pequeña Virgen de Guadalupe. El librero contenía un surtido de volúmenes en inglés y en español: textos, novelas y poesía.

Lidia reapareció un momento después con los refrescos y un plato de ricas galletas en forma de abanico.

—Me encantan éstas galletas —dijo Lidia al colocar el plato sobre la mesa de centro, agarró tres y sentó en el sillón—. Pero dice mi papá que sólo son para los invitados. Qué suerte que usted me haya visitado, ¿no cree?

—Quizás —sonrió Bel secamente, sentándose al lado de Lidia sobre el sofá—. Veremos lo que opina tu papá.

Lidia puso los ojos en blanco y cambió el tema.

—¿Por qué decidió venir a Río Verde?

—Cuando terminé mi residencia, me quedé con varios préstamos estudiantiles. Y el Servicio de Salud ofrece todos estos trabajos alrededor del país para doctores, y te ayudan a pagar los préstamos. Me gusta la salud pública, me gusta la medicina familiar, y me cayó bien el doctor Rodríguez. Parecía un buen lugar.

—Y ahora que murió el doctor y todo cambió —la chica tomó otra galleta y vio a Bel con compasión—. Comprendo exactamente como se siente. Yo tampoco quiero quedarme aquí. En cuanto me gradue, jamás voy a volver.

—Ay, ¡no! —dijo Bel—. Yo no quiero irme. Pero hay algunas personas que quieren que me vaya, incluyendo, al parecer, tu padre. Es de eso que tenemos que hablar él y yo.

Parecía que Lidia estaba a punto de decir algo, pero se detuvo.

—¿Cómo es eso de ser doctora?

—Me gusta. Me gusta ayudar a la gente, diagnosticando sus enfermedades. Tienes que estar dispuesta a tomar el mando, sin embargo. A veces tienes que pisoteara alquien en el proceso.

—Me parece muy interesante —dijo Lidia, sonriendo ampliamente.

—¿Te gusta la idea de ejercer médicina?

—Sí —se quedó pensativa un momento—. Quiero hacer algo diferente, algo divertido y útil. Pero las mujeres de por aquí... bueno, todas o son maestras o trabajan en el supermercado. Usted es la primera realmente... bueno... usted sabe... —no terminó la frase, viendo a Bel con franca admiración.

Su admiración fue un consuelo, pensó Bel, y la chica le agradaba. Pensándolo bien, no sabía como podía ser la hija de Javier Montoya. Normalmente de tal palo tal astilla, pensó. Pero quizás fuera más parecida a su madre.

—El futuro es tuyo, Lidia —dijo Bel para animarla—. Puedes hacer y ser lo que tú quieras.

—Trate de hacerle entender éso a mi papá.

—¿Cómo dices?

—Mi papá está a favor de que vaya yo a la universidad. Pero para ser maestra o enfermera. Algo que compagina con la "vida familiar." Como si quisiera yo casarme a los dieciocho años y tener un hijo como lo hizo él.

—Pues, no —concedió Bel, guardando esa pizca de información, y ahora más curiosa respecto a la madre de la chica—. Yo tengo casi treinta años, y aún no encuentro el hombre de mis sueños. Pero la medicina compagina perfectamente con la vida familiar. Conozco a muchas mujeres que ejercen medio tiempo, o son profesoras o trabajan en la investigación médica. Es como cualquiera otra profesión, si eres flexible.

—Sí, me supongo que sí —Lidia tomó un trago de su vaso y volteó hacia Bel con ojos brillosos—. Tengo una idea. ¿Podría ser su 'sombra' durante un rato? Una vez que esté establecida en la clínica.

—¿Ser mi sombra?

—Usted sabe, observarla, ayudarle. Soy bastante buena en el laboratorio de química, y conozco el teclado. ¿Podría ver lo que hace? ¿Ver si me gusta a mí también?

Bel lo consideró. Podría meterse en mayores problemas al hacerse amiga de la hija de Javier. Pero la chica le caía bien, y le gustaba su energía y ambición. Y una chica en Río Verde no podría tener muchos modelos ejemplares.

—No podrías hablar sobre quienes veas o lo que veas —dijo Bel, lentamente—. Una clínica tiene que conservar la confidencialidad.

—Lo sé.

—¿Y tus padres?

—Mi madre… no está —Lidia se encogió de hombros, y a Bel le llegó repentinamente una clara imagen de lo que sería la vida en esta casa. Falta de madre, un padre sobreprotector y controlador, y una hija rebelde. Se imaginaba que habrían fuegos pirotécnicos todas las noches.

—No le gustará mucho a mi padre —continuó Lidia—, pero jamás le gusta nada de lo que hago yo. Pero siempre y cuando mantenga mis buenas calificaciones, no me detendrá.

Bel no estaba del todo segura, pero dejaría que se arreglaran entre padre e hija. No sería la primera vez, de eso estaba segura. Pero si Lidia quería ser voluntaria en la clínica, Bel no se lo impediría. Ella iba a necesitar de todos los amigos y aliados que pudiera conseguir, aunque fueran adolescentes.

—Entonces, ¿es un trato? —Lidia extendió la mano y Bel la apretó—. Ahora nada más nos falta convencer a papá que no la corra.

—Es precisamente la idea —dijo Bel secamente.

—Bueno, se le acaba de presentar la oportunidad —Lidia habló unos segundos antes de que se escuchara una llave en la cerradura de la puerta. Se abrió la puerta, y entró Javier.

—Lidia —llamó, sin fijarse siquiera en la presencia de las dos mujeres en el próximo cuarto—. Nada más vine para recoger algunos papeles. Tengo que volver a salir. Se va a reunir la mesa directiva de la clínica hoy en la noche. Tenemos que ver qué es lo que vamos a hacer con esta doctora Sánchez.

—Bueno, ¿no es conveniente éso? —dijo Bel dulcemente, pasando al recibidor—. La doctora Sánchez se encuentra aquí mismo. Iremos juntos.

CAPÍTULO DOS

—¿Qué diablos estas háciendo…? ¡Lidia! —gritó—. ¡Tú conoces las reglas sobre los extraños!

Lidia deambuló hacia el recibidor y se apoyó contra el umbral de la puerta.

—Vamos, ¡Papá! Me dijo quien era. Su nombre está bordado sobre su pecho, por el amor de Dios. Yo sabía este asunto del médico. Nada más le dije que te podía esperar.

Javier tenía ganas de golpear algo. Le habían ganado de nuevo la ventaja. Jamás había considerado la posibilidad de que pudiera estarle esperando… ni tampoco que su propia hija pudiera convertirse inocentemente en cómplice.

No había duda. Isabel Sánchez tenía agallas, y muchas. También era impredecible y apasionada, y si no se cuidaba, podría convencer a la mesa directiva que estaba en lo justo.

No había manera de evitar llevarla a la junta de hoy. Si no la llevaba, nada más lo seguiría, y sería aún peor si llegaba de improviso que si llegaba acompañada por él. Tendría que seguir con una junta ejecutiva de la mesa después de la ordinaria, y con una gran cantidad de labia persuasiva, quizás pudiera aún sellar los términos de su terminación de empleo.

O así esperaba.

—Nos iremos en cuanto encuentre lo que vine a recoger —dijo bruscamente a Isabel—. Espéreme aquí.

—No pensaba irme —replicó ella, con una media sonrisa en la boca. Una boca muy atractiva.

¿Su boca? ¿Qué hacía él observando su boca? Aparte del hecho de que cada vez que ella la abría, a él no le gustaba lo que escuchaba. ¿Pero atractiva? Húmeda, ¿con alguna especie de brillo color frambuesa? No era lo que debería estar viendo.

Caminó como felino por el pasillo, furioso con él mismo. No tenía ningún interés en nada referente a Isabel Sánchez, pero especialmente ningún interés en su boca. Lo único que quería de ella era su ausencia.

En su oficina, recogió un portafolios de piel labrada y buscó una corbata. Aun conociendo a sus colegas de la mesa directiva durante toda la vida, a veces lo único que recordaban de él era el adolescente loco de diecisiete años.

Esperaba que hoy no fuera uno de esas veces.

Encontró una corbata colocada cuidadosamente sobre el respaldo de su sillón de lectura, subió el cuello de su camisa, y se la puso. Era bonita la corbata, con un diseño geométrico azteca que hacía juego con el diseño de su portafolios. Le dio un nuevo sentido de lo que quería, y de su propia esencia.

Que era, simplemente, la auto-suficiencia. Auto-determinación. Orgullo en sus raíces. Un sentido de historia. Cosas que peligraban ante la omnipresencia de la cultura angla.

La cual, después de todo, era precisamente lo que había seducido a Linda a abandonarlo.

Lo que más temía de Isabel Sánchez y su amado Río Verde.

Recogió el portafolios, asegurándose de que contenía los papeles que quería, y caminó de regreso al recibidor.

—Vámonos —dijo a Isabel—. Yo manejaré. Y Lidia —agregó bruscamente—, ¿ya terminaste tu tarea?

—Sí —contestó igual de bruscamente.

—No estés ocupando el teléfono toda la noche. Y sigue leyendo el próximo cuento de Rulfo. Hablaremos de eso mañana.

—Sí, seguro. ¿Llegarás tarde?

—Quizás. Acuéstate antes de las once.

—Me dio gusto conocerla —dijo Lidia sinceramente a Bel.

—Espero volverte a ver —sonrió Bel, y Javier la tomó por el codo y la sacó apresuradamente por la puerta.

—Me cae bien su hija —dijo Bel al deslizarse hacia el lado del pasajero de la camioneta—. Es amable e inteligente. Debe de ser como su madre.

Javier arrancó el motor y sacó la camioneta en reversa, dejando chillar las llantas.

—De muchos modos —dijo seriamente.

—Así que pensaba invitarme a la junta de la noche, ¿o simplemente iba a discutir lo mío sin que pudiera yo defenderme? —continuó Bel. Su tono era conversacional, pero había un tonito de enojo en sus palabras.

—Podemos juntarnos cuando queramos. No necesitamos su permiso, ni su presencia.

—Pero yo soy oficial. O debo de serlo. El doctor Rodríguez lo era, y ahora que no está él, yo soy la sucesora lógica. Alguien tiene que aconsejarles sobre asuntos de salud pública. No estaba usted tomando decisiones muy adecuadas hoy por la tarde.

—Usted no entiende, doctora Sánchez, ¿verdad? Los términos y condiciones de su empleo han cambiado. Ya no va a trabajar aquí.

Mientras decía las palabras, estacionó la camioneta en un lugar en la orilla del zócalo del pueblo. Brincó del coche, sacó su portafolios de la parte trasera, y cerró su puerta con llave. Bel esperó un momento, luego, segura que no iba a ayudarla a bajar, abrió su propia puerta y bajó de la manera más decorosa que pudo dado el vestido que portaba.

Atravesaron la plaza hasta el otro extremo, donde un sólo edificio ocupaba todo lo largo de la cuadra. Construido totalmente de ladrillos rojos, había tiendas a cada lado de un par de grandes puertas talladas en madera en el centro. Toda la acera delantera estaba techada y entre sus arcos estaba iluminada con linternas de carruaje. Una pequeña placa de bronce a la derecha de la puerta decía "Edificio Municipal."

Javier abrió la puerta y dejó que Isabel pasara antes de seguirla para adentro. La condujo apresuradamente frente a las oficinas de la ciudad, dejando atrás una puerta con su propio nombre en una placa, y subiendo una escalera hacia un sala de conferencias.

Primero había pensado dejarla esperando en el pasillo mientras advertía a la mesa directiva que estaba ahí, pero al pensarlo bien, decidió entrar con ella. Quería saber exactamente lo que iba a decir, y como reaccionaban ante ella.

La llevó al cuarto antiguo, con sus ventanas altas y esmeriladas y ruidoso ventilador colgando del techo. La mesa estaba ya reunida alrededor de la larga mesa: Eduardo González de la ferretería, Julia García de la farmacia y su padre, el anciano pero todavía alerta don Ulises, Miguel Fernández, un ranchero de la localidad, e Hilarión Hidalgo, un abogado medio jubilado con fama de despiadado.

—Muy buenas —dijo al entrar, tomando su lugar a la cabeza de la mesa y haciendo breves presentaciones—. Gracias por venir con tan poco aviso. Como saben ustedes, la muerte del doctor Rodríguez nos ha dejado en un aprieto. La doctora Sánchez, su nueva asistente, ya estaba en camino, y no pudimos localizarla para pedirle que no viniera hasta que viéramos que se iba a hacer. Ahora se encuentra aquí —dijo, haciendo un movimiento de la mano hacia ella y Bel asintió de nuevo con la cabeza—, y ha empezado a dar consulta con los pacientes, y tenemos que decidir como vamos a manejar todo ésto.

—¿Tratando pacientes —Hidalgo frunció la frente—. ¿Arregló el doctor Rodríguez lo de su licencia antes de morir? ¿Y qué me dicen del seguro? No puede usted hacer eso, jovencita —dijo, echándola una mirada odiosa—. Es precisamente por lo que clausuramos la clínica. Necesitamos decidir muchos asuntos primero.

—Una bebé estaba muy enferma —dijo Bel firmemente, parándose al lado de Javier—, y no pude rechazarla. Soy médico. Presté un juramento para proteger la vida, no ignorarla. El doctor Rodríguez habría tratado a esa bebita, y es lo que hice yo también.

—Yo sabía lo que estaba haciendo —interrumpió don Ulises García, el anciano farmacéutico con gruesos lentes negros—. Me llamó para pedir unas provisiones, y sabe de que habla. Así que le mandé lo que necesitaba.

—Papá, ¡no me digas que hiciste eso! —exclamó Julia, quien era la actual dueña de la farmacia familiar—. ¡Tú sabes que ya no debes suministrar nada en la farmacia! ¡Tienes la vista demasiado débil!

—Fue exactamente lo que pedí —interrumpió Bel—. Y gracias de nuevo, señor García. La bebita ya esta bien, sin convulsiones, sin complicaciones.

—El punto es —continuó Javier—, que tenemos que decidir que vamos a hacer con el contrato de la doctora Sánchez. Quise que viniera para que la conocieran, y luego tenemos que decidir que hacer.

—Yo seré la primera en admitir que las condiciones no son las mismas que cuando me contrataron —interrumpió Bel—. Con gusto yo esperaba trabajar con el doctor Rodríguez, como parte de este empleo. De manera muy genuina me simpatizaba el doctor, y lo respetaba.

—Pero ya está ausente, y este pueblo que él amaba tanto no tiene médico. Con la excepción de su servidora. Ahora algunos de ustedes no quieren que me quede, y no estoy segura si es porque soy joven, o porque soy mujer, o porque no soy de aquí. O quizás por las tres razones. Pero yo se lo que hago, y tengo un contrato, y, y… comprármelo les va a costar.

—¿Qué es lo que desea? —preguntó Hidalgo.

Bel lo pensó durante un momento, repentinamente dándose cuenta que realmente existía la posibilidad de que la fueran a correr. Sería malo para Río Verde, y también malo para ella. Ella no tenía siquiera otro prospecto, y sus préstamos estudiantiles la estaban aplastando.

Sin embargo, si fuera por un precio suficientemente alto…

—Mi sueldo completo de los dos años y además todo el dinero para los pagos de los préstamos que me habría dado el Servicio Nacional de Salud.

Hidalgo apuntó unos números sobre un papel y silbó.

—Así es, señor Hidalgo. Son aproximadamente $170,000. Y éso es antes de reclutar a otro médico y pagar su sueldo también. Además de dejar quien sabe cuanto tiempo a este pueblo sin médico alguno.

Ella fijó su mirada sobre el anciano farmacista.

—Señor García, si usted se enferma alguna noche, quiere manejar 120 kilómetros, ¿o quiere tener una clínica aquí mismo? Usted, ¿Sr. Hidalgo? —sus ojos barrieron el cuarto, quemando con su súplica de que usaran el sentido común.

—Y, qué llegará a suceder con todas las familias con niños chiquitos, ¿como la bebé que traté hoy en la tarde? Ustedes tienen una gran responsabilidad ante este pueblo, y tienen que considerar como cumplirla de la mejor manera.

Ella dio la vuelta para retirarse, y luego disparó sus últimas palabras:

—Si deciden no pagarme lo apropiado, entonces podemos discutir los términos de un nuevo contrato. Buenas noches.

Al cerrar la puerta tras de ella, su espalda erguida, cabeza alta, el cuarto explotó con voces. El fuerte debate se lanzaba de lado a lado en un caos apenas controlado.

—Tiene razón. No podemos mantener cerrada la clínica mucho tiempo.

—Es una insubordinada. Miren lo que hizo en la clínica.

—Es demasiado joven. No puede sola con el paquete.

—Lo hacía el doctor Rodríguez.

—El doc nos conocía, sabía quienes realmente estaban enfermos y quienes nada más querían atención. Ella no sabe nada de nosotros.

—Alicia si sabe.

—No pueden esperar que Alicia tome el mando. Es enfermera de medio tiempo.

—Es peligroso quedarnos sin médico.

—Pero ésta es rebelde. No escucha.

—Querrá un aumento de sueldo.

—Más barato que comprarle su contrato. Realmente no nos alcanza para hacer éso.

—Todo se trata de crecimiento económico. No podemos atraer nuevas industrias sin ofrecer servicios médicos. De hecho, todavía necesitamos otro médico.

—¡Nos tardamos un año para conseguirla a ella!

—Entonces, ¡Empiecen a buscar ahora mismo! Y mientras tanto, la conservaremos.

Javier dejó que la mesa directiva discutieran entre ellos durante los próximos cinco minutos. Justo antes de que Miguel y Julia llegaran a golpes, golpeó la mesa con su mazo para imponer el orden. Era hora de votar.

—Tenemos que votar —dijo—. Olviden que nos quiere obligar a comprar su contrato. Es una simple maña para abrir la negociación. La primera pregunta es: ¿Nos quedamos con ella, o la corremos?

—Has estado muy callado hoy, Javier —dijo Miguel—. ¿Qué opinas tú?

Javier organizó sus ideas cuidadosamente. Había perdido la ventaja durante todo el día, y por fin tenía oportunidad para recobrarla.

—Jamás he estado a favor de esta doctora en particular. Todos ustedes lo saben. Es todo lo que ya se mencionó: joven, inexperta, poco familiar con... esta región del país. Ni siquiera nos conoce como nos conocía el doc, y su falta de experiencia... pues todos saben de que manera tan espectacular ignoró hoy nuestros deseos, rompiendo la puerta de la clínica para tratar a aquel bebé. No importa que se tratara de un caso sencillo. Todavía no tiene su licencia, tampoco seguro, y nos podría haber metido en un problema muy grave.

—Ahora bien, todos confiábamos en el doc. Y él pensaba que podía manejar a esta chica. Pero él ya no está entre nosotros, y somos nosotros mismos que tenemos que manejarla. Y dudo que podamos hacerlo.

Vio a su derredor, notando las frentes y entrecejos fruncidos, la evidencia de seria consideración.

—Javier —dijo Julia finalmente—, nadie aprueba lo que ella hizo hoy. Por lo menos no la manera en que lo hizo. Pero sigue siendo el único médico que tenemos. No podríamos... ¿reprenderla? ¿Ponerla en período probatorio?

Hubo un momento de silencio y luego Miguel agregó:

—Me duele estar de acuerdo con lo que dice Julia, pero tiene sentido. Podríamos hacer una prueba de tres meses. Y decidir entonces si queremos que se quede. Y mientras tanto, seguir reclutando a otro médico.

—Tendrías que supervisar de cerca su trabajo, Javier —dijo Hidalgo—. Tenemos que tener motivos para despedirla. Pero podríamos lograrlo.

—No podría volver a hacer ningún drama como el de hoy —dijo Julia secamente—. Y su contrato seguiría vigente durante el período de prueba. No podemos premiarle su comportamiento. Aunque haya sido para curar a un bebé.

Hubo un momento de silencio, y Javier supo que tenía que llamarlo a voto.

—La primera votación es sencilla. Quedarnos con ella, ¿o soltarla? Si el voto es de despedirla —continuó—, entonces discutiremos los términos de compensación. Si votamos por quedarnos con ella, decidiremos si la reprendemos, ponerla en período de prueba o negociar un nuevo contrato. ¿Están listos todos? Julia, ¿contarás los votos?

—¿Por qué siempre ha de ser secretaria la mujer? —se quejó en broma, pero pasó las hojas de papel y lápices y esperó mientras consideraban como votar.

Javier marcó su boleta rápidamente y la dobló, pero se detuvo un momento, pensando.

Él había escuchado todos los argumentos. De hecho, él mismo los había hecho en un momento u otro. Y no le gustaba para nada la actitud de Isabel Sánchez, su altanería, ni su absoluta falta de respeto hacia la autoridad. De muchas maneras ella representaba un peligro para Río Verde y todo lo que ejemplificaba el pueblo. Todo lo que ejemplificaba él mismo.

Y había opciones. Opciones caras, pero opciones. Una vez, cuando el doc había llevado su esposa a Europa durante seis semanas, habían contratado a un médico de alguna de esas agencias temporales. Podrían hacer lo mismo de nuevo.

Isabel Sánchez iba a requerir mucha supervisión. Y como director de la clínica, él sería el que tendría que lidiar con ella. Todo el tiempo. Jalándole las riendas. Guiándola hacia la dirección más apropiada. Manteniendo bajos los costos.

—¿Javier? —dijo Julia—. Estamos esperándote.

Escribió otro voto y lo dobló también. Sostuvo uno en cada mano, decidiendo. Su primera lealtad era al pueblo al que ayudaba a gobernar. Su interés tenía que ser en sus gobernados.

Era cuestión de principios sobre conveniencia. Empujó su votación a lo largo de la mesa hacia Julia.

Durante unos segundos hubo silencio mientras Julia abría y contaba los votos. Levantó la vista, aliviada.

—Cuatro contra uno. Se queda.

Javier se encogió un poco, pero sólo un poco. Había sentido el cambio en el momento que Julia había sugerido un período probatorio. Su voto no había importado, después de todo. Pero era la naturaleza de la política, se dijo. El arte del acuerdo.

Tres meses de Isabel Sánchez y su habilidad inexplicable de colmarle la paciencia. La había conocido apenas durante un sólo día y ya estaba escéptico en cuanto al día siguiente... y todos los demás días.

—Está bien —dijo—. Próxima pregunta. ¿Período probatorio o contrato completo?

Todos se vieron entre sí. Hidalgo dijo:

—Creo que todos estamos de acuerdo. Reprendemos y veremos en tres meses.

—Todos comprendemos tus dudas, Javier —dijo Miguel—. A nadie le importa más este pueblo que a ti. Con gusto votaré para sacarla en diciembre, y puedes encontrar las causas para hacerlo.

Hubo ecos de aprobación alrededor de la mesa y hasta don Ulises se dejó convencer. Y Javier tenía que estar satisfecho con éso.

Salió para traerla a enfrentarse con la mesa directiva.

—¿Qué? —exclamó ella cuando Javier explicó su decisión—. ¿Que estoy a prueba? ¿Tengo que rendirle cuentas respecto a mis decisiones médicas? ¿Por haber hecho mi trabajo?

—Si quiere usted verlo así. Preferimos considerarlo como darle una segunda oportunidad. Pero todo se reduce al hecho de que respetaremos su contrato sólo si está de acuerdo en estar a prueba durante tres meses. Tómelo o déjelo.

—Creo que gozó mucho al decir éso.

Javier sonrió levemente.

—Le sobra tiempo para pensarlo de aquí a que tenga su licencia en la mano. Tome su tiempo para hacer inventario en la clínica, conozca a Alicia, ese tipo de cosas. Decida usted si realmente quiere estar aquí sin el doc.

—Me quedo —dijo ella con ligereza—. De hecho, empezaré a buscar un departamento mañana mismo —volteó hacia el resto de la mesa directiva, esperando que alguno de ellos quisiera ayudarla—. ¿Alguna sugerencia? No puedo pagar eternamente el Motel Río Verde.

—No hay mucho aquí en el centro —dijo Hidalgo, viendo astutamente a Javier—. Los jóvenes normalmente viven en casa hasta que se casen y luego compran sus casas.

—Y, ¿tú qué, Javier? —agregó don Ulises—. Todavía tienes ese departamento sobre la cochera, ¿no? Donde vivía tu mamá hasta que murió.

—Tienes razón, papá —dijo Julia—. Antes ibas ahí para cenar a veces. Está mucho mejor que los lugares al este, o los que están en el Paseo Río Verde.

—Tiene entrada privada —dijo don Ulises, con conocimiento—. Aire acondicionado. Eso ayuda mucho durante el verano y en otoño.

—Nunca he tenido ningún inquilino —dijo Javier, poniéndose tenso—. No creo que la doctora Sánchez quisiera...

Y Javier tampoco. La idea de trabajar con Isabel Sánchez era suficientemente desagradable, pero tenerla cerca de su casa al mismo tiempo era mucho más de lo que podría soportar.

Pero sería una manera de mantenerla supervisada, una manera más para estarla observando.

—¿Por qué no se lo enseñas hoy por la noche? —dijo Hidalgo—. Ella debería ver otros lados también, pero de hecho, sería el mejor lugar —dio un codazo a Javier—. Estando tan cerca facilitarán más aquellos análisis de presupuesto.

Con eso, se terminó la junta. Hubo muchas palmaditas sobre los hombros, entre los hombres, luego Julia alcanzó a Bel, y sin realmente tocar su cara, besó el aire cerca de cada mejilla. Susurro:

—Me da gusto que estés aquí. Juega acorde a las reglas y quédate un rato.

Y luego cada uno de los hombres tomaron la mano extendida de Isabel y la usaron para jalarla hacia ellos, ofreciéndole los mismos besos en el aire como lo había hecho Julia. Con el cuarto hombre, ella había ya aceptado el rito, aunque de verdad no lo comprendía. Por lo menos no lo sintió amenazante. Quizás fuera su manera de hacerla saber que había borrón y cuenta nueva durante los próximos tres meses. Por lo menos así esperaba.

Pero cuando le tocó a Javier su turno para despedirse, intercambiaron miradas incómodas y dejaron pasar el momento del beso. Algo le decía que no había borrón y cuenta nueva con Javier Montoya.

Juntaron sus pertenencias y se encaminaron hacia la camioneta de Javier, atravesaron la plaza. Él abrió el seguro de la puerta del lado de ella y la abrió para ella, una pequeña victoria, pensó Bel. Bueno, él había perdido hoy en la noche, también. Él había querido correrla, pero ella seguía ahí todavía.

Aunque fuera sólo durante tres meses. Lo cual, a pesar de su enojo para beneficio de la mesa directiva, era probablemente lo mejor que pudo haber esperado. Habría vuelto a hacer lo mismo por la pequeña Laura sin pensarlo dos veces. Había tenido toda la razón, pero supo desde el momento de romper el cristal de la puerta de la clínica, que a los de la mesa directiva no les iba a gustar.

Bueno, pues habían aclarado perfectamente el punto, y mañana estaría llamando a Austin a primera hora para ver donde estaba su licencia. No tenía intención de mantener cerrada a esa clínica.

Pero la aventura de hoy, y las consecuencias pagadas hoy en la noche, ya había pasado al olvido. Lo que importaba mañana era como iban a trabajar juntos Javier y ella. De alguna manera tendrían que hacerlo, o serían doce semanas muy duras y largas.

Lo vio de reojo. La expresión grave en sus facciones le decía que tampoco había solucionado ese problema.

Pero aun cuando estaba pensativo, se veía guapo. Ella no podía negarlo; sus facciones oscuras y ojos hundidos la intrigaban, hasta la incitaban. Pero las apariencias engañan, obviamente, porque su personalidad no encajaba en nada con su físico. Sin embargo, alguien en este pueblo tenía que apreciarlo. De no ser así, ¿cómo pudo ser electo como alcalde?

Quizás pudiera tratar de ver lo que veían los demás. Valía la pena por lo menos intentarlo.

—¿Tregua? —dijo en voz baja, cuando se acercaban a la Calle Paloma.

—¿Tregua? —repitió él, incrédulo.

Ella se encogió de hombros.

—Ya sabe, que tratemos de ser civilizados. No tenemos que ser amigos, pero si no trabajamos juntos, vamos a estar desdichados.

—Ya lo estoy.

—Pues, yo también, pero estoy dispuesta a intentar algo diferente. Usted podría tratar de ser algo flexible.

Estuvo pensativo durante un momento, al meter el coche por la entrada.

—¿Qué tenía en mente?

—¿Qué tal un nuevo comienzo? —extendió la mano—. Yo soy Isabel Sánchez. Soy la nueva doctora de la clínica.

—Javier Montoya. Su jefe.

—Dios, nunca descansa, ¿verdad? —bajó la mano enojada y lo miró despectivamente—. ¿Qué hay en mí que tanto le molesta? ¿A quién le recuerdo?

De repente lo sacudió un escalofrío. ¿Cómo lo supo? Sería ella tan perceptiva, ¿o sería tan transparente él?

Ninguna de las dos cosas, se dijo firmemente. Ella estaba metiendo aguja para sacar hilo, simple y sencillamente. Y él no le debía ninguna explicación sobre las razones de su desconfianza. Ya había dado suficientes motivos.

—Es tarde, doctora, y ha sido un día muy largo. Estoy seguro que se cruzarán nuestros caminos de nuevo mañana; vamos a ver como nos va entonces, ¿de acuerdo?

—No puede ser peor —Bel replicó bruscamente, bajando del coche y dando un portazo. Caminó a su coche, abrió la peurta, arrancó el motor y dejó que el vehículo se calentara algo antes de salir a toda velocidad por la calle de Javier.

Que cretino, pensó Bel furiosamente. Un cretino de primera clase. Ni siquiera ponía nada de su parte.

Manejó de vuelta por el centro, tomando el camino largo hacia el motel para poder calmarse. Ella y Javier simplemente sacaban lo peor el uno del otro. Cómo podía descubrir ella algo de sus propias raíces, ¿si tenía que pasar todo su tiempo peleando con Javier Montoya?

Era el verdadero propósito de su estancia ahí, después de todo. Había pasado toda la vida en el mundo del centro del país, un mundo que consistía en tonos de rosa y blanco. Un mundo en el que se movía fácil y confiadamente. Pero había otra parte de ella, también, una parte que no le pertenecía del todo, la parte de ella que era de su padre.

Ya no quedaba casi nadie de la familia Sánchez en México, nada más uno que otro primo de tercera generación. Y unas cuantas semanas en la tierra de Quetzalcóatl y Moctezuma no eran suficiente tiempo para ayudarla a reclamar lo que había estado fuera de su alcance desde la muerte de su padre.

Así que había decidido escoger la segunda opción. Había buscado un lugar donde podía usar su entrenamiento médico para ayudar a la gente, y al mismo tiempo, ir adaptándose a una comunidad que fuera diferente a lo que había sido su ambiente desde la infancia. Quizás, si se empapaba con el ambiente que por derecho era suyo, podría llegar a comprenderlo, y apoderarse de él.

Cuando había hablado con Antonio Rodríguez, ella había reconocido que andaba por buen camino. Él había comprendido lo que buscaba ella. En Río Verde, había prometido, ella podría lograr ser parte de algo que le había hecho falta al criarse en Ohio. Él la ayudaría.

Pero ahora no estaba él, y ¿cómo podía ella decirle a Javier Montoya lo que estaba buscando? Él jamás lo comprendería. Nada más se reiría de ella, lanzarle una que otra acusación, y luego hacer todo lo posible para que jamás se sintiera a gusto ahí. De hecho, ya lo estaba logrando.

Bueno, entonces ella tendría que buscar la manera de evitarlo. Después de todo, él no estaría en la clínica día y noche. A ella le sobrarían oportunidades para conocer a la gente, con todos sus valores y su cultura, sin él alrededor.

Y a fin de cuentas, quizás pudiera intentar ser amable con él. Matarlo con amabilidad. En el peor de los casos, no cambiaría nada entre ellos, y seguirían reaccionando con el calor del enojo y esa incomodidad áspera. Pero a lo mejor…

Ella no se engañaba en absoluto. En el mejor de los casos podrían llegar a tolerarse. Pero la tolerancia sería un gran paso hacia adelante después de hoy. Y quizás su hija pudiera ser la clave de todo. A Bel le agradaba Lidia. Mucho. Esperaba con ansiedad que trabajara con ella en la clínica.

Metió el coche al estacionamiento y apagó el motor. De repente se sintió muy cansada. Había sido un día muy largo, una serie de días muy largos, comenzando con el trastorno de dejar a su hogar y terminando con la censura de hoy en la noche. Quizás Javier tuviera la razón. Ella vería como seguían las cosas mañana.

La mañana siguiente, Bel se despertó asombrosamente refrescada. Alrededor de las seis y media de la mañana estaba en la recepción del motel, preguntando que cual sería la mejor ruta para ir a correr.

—Hay una vereda al lado del río —fue la contestación—. Los adolescentes la usan como lugar de reunión durante las noches, pero durante el día mucha gente frecuenta el lugar para caminar o correr. Saliendo del estacionamiento, hay que ir a su derecha, y bajar la loma. No hay pierde.

El dependiente del motel tenía razón. Bel encontró el río sin problema alguno, y después de estirarse durante varios minutos, comenzó a correr a paso tranquilo. El aire matutino era seco, ya bastante caluroso, y el cielo… el cielo estaba totalmente despejado a su derredor. Mirando hacia arriba, tuvo la sensación de perderse en el cielo.

Bueno, pues para éso había venido. Para perderse en algo diferente a todo lo que ella conocía. El cielo simplemente le recordó su misión.

Pasó al lado de algunos corredores, unos más grandes, pero en su mayoría, adolescentes. Era bueno, pensó con la parte del cerebro que pertenecía a la medicina. Entre más pronto desarrollaban la costumbre de hacer ejercicio de manera constante, mejor.

Corría a un paso tranquilo, planeando su día. Sería mejor que ayer, se prometió. Iría a buscar departamentos. A pesar del comentario de anoche, esta mañana se sentía optimista en cuanto a encontrar un lugar para vivir. Y no con Javier Montoya.

Frunció el entrecejo, y aceleró su paso. La mañana había sido tan agradable hasta que él se había metido entre sus pensamientos, con sus ojos fogosos y labia fácil. Era un nuevo día, se dijo ella firmemente. Si lograba verlo ese día, lo iba a matar con amabilidad.

Un minuto después, se le desvaneció su resolución. Corriendo por la vereda en sentido contrario estaba nada menos que Javier, y tras de él por lo menos seis adolescentes.

Él se veía aún mejor que ayer, con short de correr color verde con blanco, una camiseta que anunciaba los Jaguares de Río Verde, y un silbato de plata que brincaba sobre una cadena alrededor de su cuello. Sus piernas eran fuertes y sus brazos marcados por los músculos. Y aunque ni siquiera sudaba, su piel parecía brillar bajo el sol. Él era, pensó ella, el ejemplo perfecto de los beneficios del ejercicio.

—Buenos días —llamó ella, sin perder su paso. Javier y su pandilla pasaron al lado de ella, y Bel sintió un poco de alivio al ver que la ignoraba.

Hasta que escuchó el chiflido del silbato y la voz de Javier diciendo:

—Paso libre. ¡Nos vemos en cuarenta y cinco!

Lo sintió, más que verlo, separándose del grupo para seguirla. Se quedó atrás de ella durante varios cientos de metros, pero luego la alcanzó para aminorar su paso al mismo de ella.

Él la vio de arriba para abajo, haciéndola arrepentirse de repente de haber usado una camiseta tan entallada con su short ajustado y sostén de deporte. Se le marcaba cada línea y curva de su cuerpo con ese atuendo, y Javier era el último hombre de la tierra al que ella quisiera invitar a notarlo.

—Nada mal —la saludó él.

—¿Qué quiere decir con eso? —replicó bruscamente antes de poder detener las palabras.

—Buena forma, por supuesto —dijo él, acelerando el paso para pasarla, para luego voltear a correr para atrás a observarla—. Está marcando su propio paso. Es importante cuando no está acostumbrada a la ruta.

—¿Qué es lo que le califica como experto? —dijo ella, aunque de verdad reconocía que tenía razón. Su arrogancia la molestaba, independientemente de la manera en que la había… examinado. El hecho de que por primera aprobara algo que ella hiciera no le importaba.

—Es mi trabajo. Soy el entrenador de pista y campo en la preparatoria.

—Pensé que era el alcalde —replicó ella.

—Lo soy. Pero todavía no es trabajo de tiempo completa. Mi profesión es de maestro.

—Entonces, todos esos adolescentes que vi…

Él asintió con la cabeza, y luego volteó para correr a su lado de nuevo.

—Es mi equipo. Hacemos prácticas aún fuera de temporada.

—Que magnífico —dijo ella secamente, esperando que se alejara de ella.

—¿Sabe? Tendría más fuerza si usara más sus brazos, si los moviera más.

—Tengo toda la fuerza que necesito, señor Montoya. No estoy haciendo carreras.

—Mejoría, doctora, su mejor esfuerzo personal. Intente algo diferente. Podría sorprenderle.

Por Dios, ¡como era fastidioso el hombre! Como si no fuera suficiente tratar de sacarla del pueblo, ¡también quería controlar la manera en que corría! Increíble.

—Míreme —dijo—. No estoy sofocado, y todavía me quedan reservas. Usted, en cambio…

Tenía calor y estaba lista para regresar, y sin embargo, las palabras de él despertaron en ella algún elemento hondamente competitivo. Casi automáticamente, empezó a levantar más las piernas para extender más su paso.

Corrió el próximo kilómetro, más que lo normal en ella, a toda velocidad. Apenas notó el mundo alrededor de ella; ni el agua verde corriendo por el río, ni el cielo despejado. En cambio, lo único en que podía enfocarse era en Javier a su lado, sus piernas largas marcando el paso de ella, sus pasos sincronizados al correr.

No estaba funcionando, y ella lo reconoció finalmente. No podía ganarle, y no podía deshacerse de él. De repente le dio la impresión que el resto de su estancia en Río Verde podía ser exactamente como ésto, con Javier marcándole el paso. De un modo u otro.

Aminoró de nuevo el paso y finalmente se detuvo, respirando sofocadamente. Se apoyó contra un álamo y estiró los músculos de las pantorrillas, y luego cruzó las piernas y se dobló hacia adelante.

—¿Se da por vencida? —dijo Javier, todavía corriendo en sitio. Un pequeño grupo de sus estudiantes corrieron al lado de ellos, saludando a su entrenador y echando una mirada curiosa en dirección de Bel. Javier se limitó a mover la cabeza, y los muchachos, advertidos, continuaron su entrenamiento.

—No me doy por vencida —dijo, respirando—. Todavía tengo que regresar.

—¿Quiere una vuelta?

—¡No! —replicó bruscamente, deteniéndose después. Su simple presencia era suficiente para que olvidar su decisión de ser amable—. Estoy aquí para hacer ejercicio. Lograré regresar.

—Como usted quiera, doctora. Yo tengo que juntar a mis atletas. Aquí corremos todas las mañanas entre las seis y las siete y media. Regrese, y estiraremos sus limitaciones mañana.

Bueno, ¿no era típico? Simplemente no podía resistirse a criticar la condición de ella.

Pero antes de que ella pudiera contestar, él se había ido, corriendo, dejándola a terminar de estirarse sola, y pensando como iba a poder seguir si Javier Montoya se presentaba ante ella en cada esquina.

Tomó su buen tiempo para llegar al motel, y para bañarse y vestirse. La había fatigado más de lo que hubiera deseado la desacostumbrada carrera, así como el encuentro con Javier.

Tenía planeado un largo día. Primero iba a ver departamentos, luego a practicar una inspección completa de la clínica, con todo e inventario. Necesitaba saber que era lo que tenía y que era lo que necesitaba para poder luchar por su presupuesto ante la mesa directiva. Por lo menos se imaginaba que tendría que luchar, con Javier a cargo. El resto de la mesa directiva podría ser un poco más razonable.

Antes de las tres de la tarde, Bel estaba totalmente desencantada. Los departamento sobre el Paso del Río eran casi unidades habitacionales: edificios de bloques de cemento con pequeñas ventanas tipo industrial, alfombras con por lo menos diez años de uso, y el olor a aceite de cocinar impregnado en las paredes. Los dúplex por el lado oriental del pueblo eran más grandes, pero mal construidos, y además, no tenían vacantes. Bel tampoco quería vivir ahí, de todas maneras.

Y luego la clínica, que necesitaba prácticamente todo. Bel se encontró asombrada al pensar que el doctor Rodríguez había podido trabajar sin equipo decente alguno. Hasta su baumanómetro era sospechoso, o bien, lo que había encontrado había subido peligrosamente su propia presión arterial.

La biblioteca de referencia faltaba actualizarse por lo menos por quince años, pero por lo menos ella podía compensar éso. Tendría que llevar su "laptop" todos los días, pero podría ver los protocolos para tratamiento y drogas en línea. Por supuesto, que necesitaría otra línea telefónica para conectarse a la red y para su telefax.

Lo que más le preocupaba era el estado en que se encontraba el laboratorio.

Él tenía que haber mandado todo a laboratorios fureños, decidió, molesta. Ni siquiera tenían tiras para medir la glucosa en la orina, ni equipo para tomar cultivos para diagnosticar el estreptococo, y mucho menos una centrífuga para efectuar las pruebas de sangre. Sí había un aparato de radiografía que era prácticamente una antigüedad, pero no encontraba película alguna.

La clínica parecía como consultorio de hacía cuarenta años. Y aunque pudiera servir para tratar una gripa común y corriente, o para vacunar a los niños, no era adecuada para problemas mayores. Había ciertos análisis que tendría que hacer aquí en Río Verde, donde el diagnóstico rápido era imprescindible para comenzar con el tratamiento, que de otro modo tendría que ser aplazado por varios días. Y otros análisis más sofisticados que tendría que mandar a hacer fuera, pero de todos modos, necesitaría el equipo apropiado para sacar las muestras.

Desesperada, llenó otra hoja de apuntes. Había llegado el momento, reconoció ella, de ir a visitar brevemente a Javier Montoya. Él parecía ser la clave para todo lo que necesitaba ella en ese momento; desde un departamento decente hasta los fondos para comprar lo esencial para la clínica.

Suspirando, cerró la puerta del laboratorio y apagó las luces de la clínica. Tenía bastante buena idea de como le iría con este encuentro, y no iba a ser divertido.

Pero su trabajo era actualizar el servicio médico de este pueblo hasta cumplir con las normas del siglo veintiuno. Le gustara o no a Javier. Y no existía mejor momento que este mismo para comenzar.

CAPÍTULO TRES

¿Dónde podrá estar a las cuatro y media un viernes por la tarde? Bel pensó. Contó tres posibilidades: en la oficina de la alcaldía, la escuela, o su casa. Pero cuando llamó al palacio municipal, él no estaba. Tampoco contestaban en la oficina de la escuela.

Y al marcar el número de su casa, estaba ocupada la línea. Varias veces. Obviamente, jamás se había enterado del servicio de llamada en espera. Bueno, entonces pasaría a verlo. Ya se le estaba haciendo costumbre, pero eran asuntos graves de la clínica.

Al tocar el timbre de la puerta, Lidia contestó, un teléfono inalámbrico contra su oído, y Bel supo sin preguntar que Javier tampoco se encontraba en casa.

—¡Hola! —dijo Lidia, y luego, hacia el teléfono—: Me tengo que ir. Nos vemos en la noche. —metiendo el teléfono en el bolsillo de su pantalón de mezclilla, agregó, con expresión de asombro:

—Sobrevivió. Me acosté antes de que llegara mi padre anoche. Auto-protección, ¿sabe?

—Todavía estoy de pie —dijo ella con una mueca—. Por lo menos hasta volver a hablar con tu padre. ¿Sabes dónde anda?

Lidia se encogió de hombros.

—Probablemente en la escuela. Hay un baile hoy en la noche después del partido, y no pudieron empezar a adornar el gimnasio sino hasta después de la última clase.

—Y, ¿dónde está la escuela?

—A aproximadamente un kilómetro y medio calle arriba. Hay que dar la vuelta sobre King, y a la izquierda en el primer semáforo —hizo una pausa, pensando—. Yo podría enseñarle, si quiere —dijo, titubeante.

—Si no estás muy ocupada.

—Tengo que preparar la cena al rato, pero nada más voy a hacer tacos de una caja. Y luego voy al partido. Todo el mundo asiste. Debería ir usted también. Se va a poner muy bueno en la noche.

He ahí una buena idea, pensó Bel. No había nada que se comparara con el futbol, o los deportes de preparatoria en general, para unir a un pueblo. Podría ver a Río Verde en plena acción, conocer gente, y quizás recuperarse de sus tratos con Javier. No sería mala manera de pasar un viernes por la noche.

—Déjeme ponerme unos zapatos —dijo Lidia, y Bel se preguntaba que qué tipo de zapatos encontraría para hacer juego con la combinación de colores de hoy, entre su pantalón negro de mezclilla, con una camiseta cortita en un color que Bel sospechaba alguna vez había sido verde jaguar.

Tenis verdes de plataforma, por supuesto. Lidia cerró la puerta con chapa, subieron al coche de Bel, y emprendieron su camino.

La escuela estaba en un edificio bajo y extenso, con varias alas saliendo de una plaza central. A un lado había un gran complejo atlético; campo de futbol, pista, y campo de béisbol. Había bastante gente corriendo por todos lados con cajas de bocados y equipo.

Una barrera de hombre que medía por lo menos 1.95 metros estaba cuidando la entrada. Bel se paró, pero Lidia se limitó a menear la mano y luego seguir caminando.

—Regresa para acá —gruñó el hombre—. Tienes que firmar tu entrada.

—Usted me conoce, señor Suárez —dijo Lidia, mirando hacia el cielo.

—Y tú conoces las reglas —le contestó él. Lidia se paró y regresó para firmar su sujetapapeles.

—¿Quién es tu amiga?

—Isabel Sánchez —contestó Bel ligeramente, extendiendo la mano—. Soy la nueva doctora.

—Jack Suárez, subdirector de la escuela —le estrechó la mano tan duro que ella lo sintió hasta el hombro.

—No me diga. Usted es el encargado de la disciplina.

—¿Cómo lo supo? —él rió luego, también pasándole el sujetapapeles—. Si me hiciera el favor, doctora. ¿Busca a Javier?

Ella asintió con la cabeza, firmando su nombre en la lista y regresando el sujetapapeles. Suárez miró la firma, satisfecho. Luego metió la mano al bolsillo de su pantalón.

—Tome, ¿por qué no viene al partido hoy en la noche? Será muy bueno. Y bienvenida a Río Verde, doctora.

—Bueno, pues gracias, señor Suárez —dijo, conmovida por su amabilidad.

Lidia la estaba esperando en el primer pasillo cerca de la entrada. La escuela tenía ese típico olor particular a capas de diferentes comidas hechas en la cafetería, sustancias químicas provenientes del laboratorio y el de los vestidores del gimnasio, la cera de los pisos, la tiza y los desinfectantes. Los olores le llevaron a Bel el recuerdo de sus propios días en la preparatoria; parecía que ciertas cosas siempre eran iguales no obstante donde te educaras.

Caminando hacia la izquierda, se dirigieron hacia un juego de puertas dobles. Con flores de papel, un templo de cartón pintado y una esfera de espejos habían transformado al gimnasio de Río Verde en gran metrópolis maya. Algunas personas andaban por el lugar, pegando adornos de último momento sobre las paredes y ensamblando el foro. Javier estaba parado sobre una escalera de madera, colgando un filo de flores de papel sobre una puerta en el otro extremo del salón.

Lidia condujo a Bel al otro lado del piso de madera.

—¡Papá! —dijo Lidia impacientemente al acercarse—. ¿Todavía no has terminado?

Él pegó las flores en su lugar con cinta adhesiva y volteó demasiado rápido en la dirección de la voz de Lidia.

—Lidia, pensé que te había dicho…

Luego vio a Bel. Y perdió el equilibrio.

Todo sucedió tan rápido que Bel no estaba segura de lo que había pasado. Pero Javier aterrizó de repente sobre el piso del gimnasio, sobre la muñeca de la mano derecha. Cerró los ojos y gimió. Media docena de gentes corrieron hacia la puerta, gritando:

—¡Javier! ¡Señor Montoya! ¿Se encuentra bien?

Bel se abrió camino entre la gente.

—Soy médico —dijo rápidamente—. Déjenme pasar, por favor —luego a Javier—, Señor Montoya, ¿puede usted hablar? ¿Cómo se siente?

—¡Papá! —llamó Lidia, pero esta vez lo dijo con un tono de preocupación.

Él abrió sus ojos un poco, como pequeñas ranuras. De dolor o por enojo, Bel no sabía cual. Quizás las dos cosas.

—Estoy… bien —dijo, con voz rasposa.

—La palabra para éso —dijo Lidia después de oír las palabras de su padre—, es torpe —extendiendo su mano, jaló a su padre de los hombros para sentarlo.

Él hizo una mueca de dolor, y agarró su muñeca. Bel se arrodilló a su lado.

—Déjeme ver, señor Montoya.

—¿Qué hace usted aquí?

Bel no contestó, limitándose a tomar su brazo, desabrochando el botón del puño de la manga de su camisa. Subiendo la manga verde hasta su codo, metódicamente examinó su muñeca. Primero la movió hacia adelante y hacia atrás, presionó fuertemente por los lados, la hizo girar suavemente y luego otra vez con mayor presión. Javier apretó los dientes sin decir nada.

—No creo que esté fracturada —dijo Bel—, salvo que sea una pequeña fisura. Podría sacarle una radiografía en la clínica si tuviera película —agregó irónicamente—, lo cual es algo que tenemos que discutir. Pronto.

—No en este momento, doctora —murmuró Javier—. Estoy fuera de servicio.

—Afortunadamente, yo no lo estoy —respondió ella secamente—. Lidia, tu padre ha torcido su muñeca. ¿Podrías tú o alguien más ir a ver si el equipo de futbol tiene una bolsa de hielo y una venda elástica?

—Papá, eres un absoluto torpe —dijo Lidia meneando la cabeza, al ir en busca de lo que Bel había pedido, mientras los demás espectadores regresaban a su trabajo de decoración.

Javier sostenía su muñeca sobre su pecho con su otra mano y miraba desconfiadamente a Bel.

—¿Por qué está aquí, doctora?

—Ya le dije. Terminé de revisar la clínica y necesito discutir lo referente a mi presupuesto. Pero no estaba usted en el centro y la oficina aquí estaba cerrada. Así que pasé a su casa, y Lidia me dijo que todavía estaba usted trabajando. Se ofreció a traerme.

Él meneó la cabeza.

—Esa chica. Jamás será secretaria, de eso estoy seguro. No tiene la menor idea de como proteger mi tiempo.

—Ella no quiere ser secretaria.

—Y, ¿cómo sabría usted éso?

—Pláticas casuales —dijo Bel cuidadosamente, vacilando entre su instinto de proteger a Lidia y de no querer meterse entre padre e hija. Le correspondía a Lidia decirle a su padre que quería ser voluntaria en la clínica, que quizás quisiera ser médico—. Ella mencionó la universidad, no la carrera corta de secretaria.

Él cerró sus ojos de nuevo y apretó su muñeca. A pesar de sí misma, Bel sintió una pizca de lástima por él. Todo le había salido mal a él últimamente. Hasta había tenido que aceptarla a ella, al mismo tiempo que tenía que lidiar con una hija adolescente, y ahora para colmo, tenía una muñeca torcida. Era mucho para un hombre tan orgulloso como Javier.

Ella le aflojó los dedos de él que sostenían su muñeca.

—No se apriete tanto. Dentro de un minuto bajaremos la hinchazón con hielo.

—Es que…¡duele!

—Lo sé —dijo ella suavemente, y luego Lidia reapareció con una bolsa de gel helado y una caja conteniendo la venda elástica. Isabel las aceptó y volvió a examinar la muñeca de Javier.

—Ya se le está hinchando. Use la bolsa de gel helado durante unos diez minutos, y luego le vendaré. Puede seguir aplicando hielo ocasionalmente durante los próximos días. Y si empieza a salir un moretón exageradamente azul y negro, debe de avisarme.

—Está usted volviendo a lo mismo, doctora.

—¿Qué cosa? —pero apenas hacía caso de sus palabras. Se había enfocado en su muñeca, acomodando la bolsa de gel helado para que el frío penetrara cada fibra de su músculo torcido.

Aprovechó el momento para estudiar sus manos. Estaban limpias, con uñas cortadas y con las venas corriendo a cada dedo. Manos fuertes, pensó ella, estirando sus dedos en toda su extensión.

—¡Ay! —protestó, y ella las dobló un poco.

De la nada, la mente de ella divagó, e imaginó aquellos dedos enredados en su cabello. Se le abrió la boca, asombrada por la imagen mental.

Y luego le llegó la siguiente imagen, aún más asombrosa. Javier inclinándose para darle un beso. Un beso sutil y sofocante.

Ella arrebató la mano, dejando la mano de él sobre la bolsa de gel helado. Aunque la verdad era que ella necesitaba el golpe helado en su propio cuerpo. De preferencia en la forma de una regadera.

¿De dónde habría salido esa alucinación? Ella no sentía atracción alguna por este hombre. Ni siquiera le caía bien. Estaba pasando por un momento de compasión desviada, eso era todo.

Javier Montoya era arrogante, controlador, y no era para nada el tipo de hombre que le gustaba. Sí, tenían que trabajar juntos. Ella podría, quizás, hasta llegar a vivir en la misma dirección por mera conveniencia y comodidad. Pero fantasear con él era simple y sencillamente una estupidez. Bel jamás había sido estúpida.

—Ejerciendo sin licencia.

—¿Cómo? —dijo Bel, sacudiendo la cabeza para despejarla totalmente.

—Ya volvió a lo mismo —repitió él—, ejerciendo sin tener su licencia.

—No sea ridículo. Cualquier mamá de jugador de futbol podría hacer ésto. Además, llamé hoy a

Austin. Todo el papeleo está procesado ya, y tengo mi número de licencia ya. Así que ya no lo mencione.

A ella le urgía salir de ahí, para recobrar la compostura. Rápidamente se puso de pie, parándose sobre sus tacones e inclinándose hacia atrás para equilibrarse.

—Es probable que necesite algo para aliviar el dolor durante la noche de hoy y mañana. Voy a la clínica para recoger unas muestras médicas. Regreso pronto.

Dio media vuelta y corrió.

Bueno, pues al diablo, pensó Javier. Nada más dos días, y ya había tenido más encuentros con Isabel Sánchez de los que quisiera contar. Ella aparecía en todos lados; en la pista de correr cerca del río, por ejemplo. Debería haber tenido el suficiente sentido común como para seguir corriendo en dirección opuesta a donde la vio. Pero ella se había visto tan confiada y tan chula, que se le había antojado ver si su actitud se justificaba.

La confianza había sido justificada; ella sabía lo que hacía al correr. Y de ser indicación alguna las pláticas entre los atletas en camino a la escuela, ella efectivamente era más chula que lo que él pensaba.

Su muñeca pulsante no era sino un recuerdo más de como lograba desquiciarlo la doctora Sánchez.

De ser factible, se alejaría de ella lo más posible. Ella era atrevida, brusca, totalmente angla, sin rasgos de latinoamericana. No la necesitaba en absoluto, y Río Verde tampoco.

Nada más que de repente, sí la necesitaba. Por su propia torpeza, pudo haberse fracturado algo. Cualquier otra gente pudo haber tenido un accidente. El equipo de fútbol estaban saliendo a jugar hoy en la noche… y eso siempre significaba la posibilidad de heridos. Río Verde necesitaba un médico.

Así que durante los próximos tres meses, tendría que tolerar a Isabel Sánchez. Él tendría que caminar sobre esa línea tan delicada que asegurara que ella cumpliera con su trabajo, al mismo tiempo que tendría que encontrar los motivos para poder cancelar su contrato después del período de prueba.

Y para hacer eso tenía que pasar tiempo con ella. Mucho más tiempo que el que le convenía. Porque entre más tiempo pasaba con ella, más probabilidad había de tener que admitir que estaba atraída a ella.

Era física la atracción, por supuesto. Ella sí que era bonita, después de todo; esa mañana a la orilla del río, ella no había dejado casi nada a la imaginación. Y él no había entablado más que relaciones muy casuales con mujeres durante una docena de años, y la mayor parte de ellas fuera del pueblo. Ni una sola desde Linda...

Cortó su propia línea de pensamiento. Podía manejar una atracción física. Tendría que controlarse. Y con la personalidad de Isabel, no debería de ser muy difícil. Era abrasiva, molesta, mandona y despiadada. Si ella volvía a molestarlo, nada más entablaría una conversación con ella. Con éso él se curaría de ella.

Como dirigida por un guión, la estimada doctora Sánchez reapareció, sus zapatos de vestir sin tacón golpeando contra el piso de madera dura. Atravesó hacia él y le quitó la bolsa de gel helado de su muñeca.

—Bueno —dijo sin emoción—, ya se controló la hinchazón.

Recogiendo la venda elástica que Lidia había dejado al lado de él cuando había ido a ayudar a un grupo de amigos, Bel empezó a envolver su muñeca. Su toque era clínico e indiferente, pero aun así, Javier lo sintió hasta la boca del estómago.

¡Basta!, se dijo. No es nada.

Pero la sensación que tenía le parecía bastante real.

Ella terminó de envolverle la muñeca, por arriba y por abajo, y sujetó la venda con cinta adhesiva. Él tenía que admitir que ayudó a detener las punzadas. Por lo menos en la muñeca.

Probablemente debe de irse a casa —aconsejó ella, poniéndose de pie.

—No puedo —usando su mano buena, se impulsó Javier para pararse también—. Estoy de chaperón hoy en la noche.

—Entonces, debería tomar una de éstas —le entregó tres paquetes de papel—. Le ayudará a soportar el dolor sin noquearlo.

Él caminó a una fuente de agua, abrió el paquete con sus dientes, y tomó la pastillita blanca con un trago de agua. Al terminar, Bel también tomó agua.

Dos cosas más —dijo rápidamente ella—. Quiero hablar con usted respecto al presupuesto de la clínica durante este fin de semana. Necesitamos urgentemente equipo y provisiones, y me gustaría pedirlos el lunes mismo.

Tomar el mando despiadadamente, se dijo.

—Está bien. El domingo por la tarde. ¿Le parece bien a las dos?

—Bien.

—Y, ¿la otra cosa?

—Su departamento. Me gustaría verlo.

—Brusca y atrevida, también. Y su primera reacción era negárselo. No la necesitaba complicando su vida en su casa, aparte de soportarla en el trabajo.

Pero tenerla tan cerca facilitaría su investigación de ella para buscar motivos de despedirla en tres meses. No era como si fuera a estar… espiando. Ella lo había sugerido, no él.

—Todos los demás lugares que he visto, pues no son… convenientes —continuó formalmente—. Yo sé que no está usted seguro de querer alquilarlo, pero simplemente no hay otra cosa. Sería una gran... ayuda poder acomodarme en algún lado, pronto.

Su tono llamó la atención de Javier. Había perdido el exceso de confianza y estaba, pues suplicando no era la palabra exacta. Pero pidiendo. Educadamente.

Había una primera vez para todo. Más tarde pensaría que cualquier analgésico que le hubiera dado lo había suavizado, pero en ese momento, lo único que pudo pensar en decir era...

—Está bien.

—Podríamos hacerlo ahora mismo. No deberíamos tardar mucho. Y Lidia dijo que todavía necesitaba preparar la cena.

Él dio un vistazo alrededor del gimnasio. Todo parecía estar bajo control. No porque pudiera ayudar mucho, de todos modos.

—¡Lidia! —llamó—. ¡Vámonos!

Tuvo que llamarla dos veces más y finalmente ir en su busca para hacerla separarse de un grupo de chicas.

—¡Papá! —protestó, quitándole la mano de su hombro—. ¡No hagas eso! ¡Me estás poniendo en ridículo!

—Y tú estás haciendo esperar a la doctora Sánchez.

—¿Ella va a venir? —los hombros de Lidia se enderezaron un poco.

—Va a ver al departamento.

—¿El altar?

—Lidia, un poco de respeto —espetó él—. Era de tu abuela para decorarlo como mejor le placiera.

Dios, había días en que el simple hablar con Lidia era como caminar por un campo de minas. Nunca te imaginabas cuando iba a explotar. Sin embargo, aceptó la sugerencia de Bel de que ella manejara en lugar de Javier con entusiasmo.

Unos momentos después, estaban subiendo las escaleras metálicas hacia el departamento, haciéndolas sonar un poco con sus pasos.

—No hemos redecorado desde la muerte de mi madre —advirtió Javier, metiendo la llave en la cerradura. Abriendo la puerta, prendió una luz.

Bel miró a su derredor, sin darse cuenta que había estado sosteniendo la respiración por la emoción. Dejó escapar el aire de sus pulmones por el alivio. El lugar era cautivante.

Por su lado izquierdo, la sala tenía calor y personalidad, con un largo banco empotrado bajo la ventana sobre una pared y un ventilador colgando de una viga en el techo. Los muebles eran cómodos y alegres: un sofá y sillón colores turquesa, rojo y beige, con cojines de sobra, y una mesita de lado. Por la gran ventana se filtraba una gran cantidad de luz, y el cojín en el banco de la ventana estaba tapizada igual al sofá.

A su derecha había un juego de antecomedor con una mesa de una sola pata, y la cocina era chica pero funcional; estufa con tres quemadores, fregadero con triturador de basura. El refrigerador estaba forrado con imanes y tarjetas religiosas; la Virgen de Guadalupe, por supuesto, pero también San José, San Joaquín, Santa Teresa, y media docena más.

—Es un altar —repitió Lidia—. Está peor en la recámara. Mamá Rosita siguió rezando que Dios le trajera una nueva esposa a Papá, pero…

—¡Lidia! —interrumpió él cortante—. ¡Ya basta!

Lidia no estaba lejos de acertar. En un rincón de la recámara había, precisamente, un altar. Una mesa cubierta contenía una colección de velitas votivas en candeleros de cristal rojo para varios santos, una madona de papel maché, un libro de oraciones atascado con tarjetas religiosas, y un rosario. Un cuadro alegre y enmarcado de la Santa Trinidad estaba colocado sobre la pared tras de todo.

Era encantador, recordando a Bel de manera muy clara todo lo que había perdido, habiendo sido criada en la religión presbiteriana. Todos estos interesantes santos católicos podrían quedarse durante un rato. Ella realmente quería llegar a conocerlos mejor.

El resto del cuarto era agradable, con una cama matrimonial y paredes de un azul claro. Había una unidad de aire acondicionado en la ventana, y el baño era limpio y funcional. Era mucho, pero mucho mejor que todo lo que había visto ella hasta el momento.

—El señor García bien sabía lo que decía cuando dijo que éste era el mejor departamento de todo el pueblo —dijo Bel.

—Con excepción del casero —dijo Lidia sarcásticamente.

—Ve a empezar a preparar la cena —le ordenó Javier, y, tirando la cabeza hacia atrás, Lidia salió.

La pregunta real era si Bel quería vivir en el jardín de Javier Montoya. Literalmente. La vecindad era agradable, con jardines bien cuidados y perros tras de rejas. Y el departamento era magnífico. Pero si ella vivía aquí, jamás podría escaparse de este hombre que parecía saber hacerla reaccionar en todos los niveles.

Pero el próximo pueblo estaba a ciento treinta kilómetros al sur. Era muy poco realista vivir tan lejos, especialmente cuando ella era el único médico en el pueblo. Tenía que estar disponible en caso de emergencia.

Comprar una vivienda sería extravagante, dado que ella no sabía cuánto tiempo podría estar ahí. Alquiler tenía más sentido, aunque Javier Montoya acabara siendo su casero.

—Lo alquilaré —dijo ella, extendiendo la mano, luego dejándola caer al darse cuenta que Javier no estaría estrechando la mano de nadie durante varios días—. Perdón —dijo en voz baja.

Él le dio un precio y ella aceptó.

—Se suponía que tenía usted que regatear —le dijo él al bajar las escaleras—. Jamás acepte la primera oferta que le dan.

Ella se encogió de hombros.

—Era un precio justo. Yo no regateo ni con los vendedores de coches, y mucho menos con otros. O se acepta un precio o no se acepta.

—Ese tipo de actitud le puede salir muy caro.

—Ya me costó, señor Montoya. Pero tengo que vivir en alguna parte.

Al pie de las escaleras, ella hizo un cheque por el alquiler del primer mes y lo cambió por la llave.

—Empezaré a traer mis cosas mañana —dijo Bel—. Sin embargo, la mayor parte de mis cosas están almacenadas al norte, así que si pudiera dejar los muebles, se lo agradecería mucho.

Algunas de las cosas de mi madre probablemente sigan ahí. Nada más ponga lo que no quiere en una bolsa de plástico y yo lo recogeré después.

—Está bien —hubo un momento incómodo porque no podían estrecharse las manos.

Justo cuando ella estaba tratando de decidir como concluir el trato, Javier se inclinó hacia adelante. Igual como lo habían hecho los miembros de la mesa directiva de la clínica la noche anterior. La besó en cada mejilla.

Más bien en el aire sobre cada mejilla. Pero aún así, su piel rozó la de ella ligeramente, una sensación ligera de papel de lija. Nada más fue un instante, y luego se quedó parado donde tenía que estar, viéndose cansado alrededor de los ojos y con los ojos un poco más cerrados que lo necesario. Bel se preguntó que si lo estaba imaginando.

Repentinamente insegura, se ocultó tras la preocupación profesional.

—Si se niega a quedarse en casa, por lo menos regrese temprano —lo amonestó Bel—. El descanso es la mejor medicina para esa muñeca.

Tambaleándose un poquito al caminar, Bel caminó hacia su coche y arrancó el motor. ¿De dónde habría salido ese beso?

No fue tan sofocante como el beso que había alucinado en el gimnasio, pero este beso había sido real. Y totalmente fuera de carácter.

Tenía que haber sido el analgésico, se dio cuenta ella. Normalmente no atontaba tanto a la gente, haciéndole cometer locuras, pero cada persona reaccionaba de modo diferente. Pero para el domingo, la aspirina sería más que suficiente; se le habrían pasado los peores momentos de dolor. De hecho probablemente justo lo suficientemente par que Javier volviera a ser él mismo con todo y su antagonismo. Que alegría.

Suspirando, Bel manejó de nuevo al hotel. Compraría algo de cenar en la cafetería colindante al motel, y, después de bañarse, regresaría al partido de futbol. Ella merecía divertirse un poco.

CAPÍTULO CUATRO

Dos horas más tarde, Bel estaba formada con la gente que esperaba pasar por la entrada del estadio de fútbol, su boleto en la mano. La iluminación sobre el campo de futbol había convertido la oscuridad de la noche casi en día, y los espectadores se saludaban entre sí. El olor a comida flotaba por el aire; palomitas de maiz y carnes a la parrilla, café y Coca.

Bel sonrió internamente. Se sentía bien al estar aquí, como si ella misma todavía fuera adolescente.

A Jack Suárez, recogiendo los boletos a la entrada, se le quebró la cara en gran sonrisa al ver a Bel.

—¡Doctora! —exclamó—. Que gusto que pudo venir. Está usted ahí en los estrados con el plantel docente. Nada más preséntese; todo el mundo es amable. Yo iré después del empiezo del partido y quizás podamos platicar.

Ella asintió con la cabeza y sonrió. Quizás hubiera logrado hacer un amigo.

Una vez adentro, Bel vio por los estrados, buscando su asiento. Al encontrarlo, subió por el pasillo para llegar a su fila...

Y se encontró cara a cara con Javier Montoya.

Se desvaneció su sonrisa, y dio un paso hacía atrás rápidamente, casi cayéndose. Pero Javier la agarró por el codo a tiempo con su mano buena, sosteniéndola hasta que ella recobró el equilibrio.

—Una caída al día es más que suficiente, doctora —dijo él—. Además, ¿quién la curaría?

Su mano era cálida y ella la sintió a través de su suéter y su camisa, haciendo corto circuito con el escalofrío que había empezado a recorrer su cuerpo en el momento de verlo. En su lugar había un calor suave, como el aire que los rodeaba.

Calor... ¿de Javier Montoya? No era posible. Bel dio un paso lateral, y él bajo la mano. Pero el lugar donde la había tocado permaneció un poco más caluroso que el resto de su cuerpo.

Confundida, se refugió en su personalidad médica.

—Veo que los medicamentos no han afectado sus reflejos —dijo—. ¿Cómo se siente?

—Empeñado —respondió—. Y, ¿usted?

—Nada más preguntándome que si no hay algún lado de Río Verde a donde puedo ir sin toparme con usted.

—Probablemente no —sonrió irónicamente, y Bel estaba sorprendida por la transformación. De verdad era guapo, con su tez olivácea, ojos oscuros y cuerpo casi perfecto. Pero la sonrisa destacaba las arruguitas alrededor de sus ojos y una travesura que ella jamás habría sospechado en él.

Por supuesto que no. Habían estado demasiado ocupados peleándose como para mostrar algo que no fuera desagradable el uno al otro.

En el lapso de unos cuantos segundos, ella había visto dos aspectos del hombre que ya había llegado a conocer, y la verdad, le había desagradado. Quizás tuviera que reevaluar su opinión.

Pero primero tenía que sentarse.

Se abrió camino entre media docena de fanáticos para llegar a su lugar. Javier la siguió.

—¿Por qué el juego, doctora?

Ella se acomodó en el asiento.

—Supe que iba a ser emocionante, y Jack Suárez me dio un boleto. Además, el futbol es un deporte sangriento; y alguien se podría fracturar una costilla o un tobillo. Debo estar aquí.

Nuevos grupos de espectadores se sentaron a su derredor, riéndose y platicando. Cuando notaron a Bel sentada al lado de Javier, cada uno preguntó:

—¿Quién es, Javier?

A la tercera vez había sido un poco lento en responder, Bel contestó por él.

—Soy Isabel Sánchez. La nueva doctora.

Esas palabras abrieron las compuertas de bienvenidas e invitaciones. Todo el mundo que iba conociendo quería ofrecer algo; invitarla a dar discursos ante los grupos de la comunidad y los grupos de biología de la preparatoria, hacer servicio a la comunidad en la biblioteca, o a dar clases en el centro comunitario. Bel platicaba y bromeaba con todos, haciendo y contestando preguntas respecto al pueblo, su historia y sobre sí misma.

—¿El apellido Sánchez? —dijo—. Mi padre era de México, pero murió cuando yo tenía seis años.

—Mi estancia en el pueblo parece agradarle a la gente —dijo con algo de presunción a Javier.

—Y todos quieren un pedazo de usted.

—Y, ¿qué tiene éso de malo?

Sí, pensó él, pero no lo dijo en voz alta. Él quería deshacerse de ella, por toda una serie de razones. Pero viéndola tratar a sus amigos y colegas, se dio cuenta que era poco probable que la vieran de la misma manera como la veía él. Dentro de este escenario, ella parecía amable y natural. Diferente, por supuesto, pero decente.

Y si ella aceptaba aunque fuera la mitad de las invitaciones que estaban llegando, además de administrar la clínica, podría verse como beneficio para Río Verde.

Él sabía, por supuesto, la verdad. Ella era beligerante y no cooperaba. No respetaba nada aparte de su propia autoridad. Y ese tipo de valores personales la pondrían en contra de todo Río Verde. No obstante la buena personalidad que estaba mostrando en este momento.

Él no se dejaría engañar por lo que estaban viendo los demás. Él ya conocía la verdad.

Los Jaguares completaron un pase de veinticinco yardas para lograr un touchdown. Los estrados explotaron en aplausos, la banda tocó una canción de lucha, y luego el equipo logró patear el punto extra.

Bel gritó tan fuerte como el resto del grupo, aplaudiendo y silbando. Luego Jack Suárez apareció al lado de los estrados y se metió, dejando a Bel entre Javier y él mismo.

—Ese David Silva es algo serio —dijo Jack, refiriéndose al jugador que había atrapado el pase—. ¿Todavía salen juntos él y Lidia, Javier?

—Sí.

—Ay, el romance de los jóvenes —dijo Jack, sonriendo ampliamente. Luego volteó hacia Bel y entabló la plática más serena que podría tener alguien en un estadio lleno de gente.

Javier observó a los dos de reojo, sin gustarle lo que estaba viendo. Jack se inclinó mucho hacia Bel, agachando la cabeza para que su boca estuviera sólo a escasos centímetros de su oído. Javier no pudo escuchar lo que decía pero de repente Bel sonrió. Jack dijo algo más, y luego ella se rió, aventando su cabeza hacia atrás y viéndose absolutamente hermosa.

Le brillaban sus ojos color avellana; los de Javier la miraban desairadamente. Jack merecía algo mejor que una mujer de mal carácter y tan poco razonable como Isabel. Pero no había manera para que Jack, o cualquier otro, pudiera saber como era ella de verdad. Hoy, ella estaba ocultando sus grandes defectos tras un antifaz de buena voluntad y buen humor.

Gracias a Dios que ella se iría a casa después del partido. Jack no necesitaba más ánimos. Ya parecía endiosado.

Pero oyó a Jack decir a Bel:

¿Por qué no vienes al baile? No cuesta trabajo ser chaperón, el grupo toca bastante bien, y Jack —extendió la mano para dar una palmadita al hombro de Javier—, ustedes hicieron una excelente labor con las decoraciones. Me asomé a verlas hace ratito.

Javier hizo una mueca de dolor cuando Jack le pegó y automáticamente agarró su muñeca para protegerla.

—Cuidado —dijo Bel—. Se lastimó durante el desempeño de sus deberes hoy. Todavía le duele.

—Disculpa, hombre. No sabía. ¿Estás bien?

—Perfectamente —dijo secamente, sin soltar la muñeca.

—Si te está molestando, vete a casa, Javier. Podemos cubrirte. Un chaperón más o uno menos no importará.

—Es lo que he estado tratando de decirle desde que se cayó —agregó Bel—. No hace caso.

—No cuando cree que tiene la razón —dijo Jack, meneando la cabeza—, o que es indispensable.

Lo cual era cierto, en los dos casos. ¿Qué importaba que estuviera dolorido o cansado? ¿Qué importaba que quisiera tomar la pastilla que Bel le había dado nada más para tomarse a la hora de dormir? Él necesitaba estar aquí. Si no podía controlar a Isabel, por lo menos debería observarla para saber exactamente como estaba encantando a la comunidad, y como responder cuando llegara el momento propicio.

Llegó el medio tiempo, y la gente entraba y salía de los estrados con bocados y bebidas. Cada movimiento en las gradas hacía doler más la muñeca de Javier, pero no abandonó su postura. Y cuando Jack y Bel salieron a los puestos de comida, Javier los acompañó.

—Te traeremos algo si quieres, Javier —se ofreció Jack.

—Necesito estirar las piernas —respondió Javier, aunque cada paso por las graderías le provocaba una punzada de dolor que llegaba hasta su hombro.

En la concesión de comida, Julia García de la mesa directiva de la clínica estaba sirviendo bebidas y tacos.

—Javier, Jack —saludó Julia, y luego—, ¡doctora! Que gusto de verla. ¿Está disfrutando el partido?

Bel asintió con entusiasmo, y luego agregó:

—Debo decirle que la situación de mi licencia ya se arregló. Voy a abrir la clínica el mismo lunes.

—¡Excelente! —sonrió ampliamente Julia.

—Y ahora nada más necesito muchas provisiones.

—Vamos a revisar el presupuesto el domingo —interpuso Javier, antes de que Bel pudiera decir más—. ¿Qué tal una Coca?

—Dos —agregó Jack, viendo hacia Bel, quien asintió con la cabeza—. Mejor tres, Julia.

Javier sacó un billete de cinco dólares de su bolsillo y lo aventó sobre la barra de madera pintada. Julia se apresuró a preparar las tres bebidas en la máquina de sodas y le dio su cambio. Al pasar su bebida a Bel, le dijo:

—Me avisa si nuestro director de la mesa directiva le da demasiado lata. Nunca alcanza el dinero, pero podemos cubrir por lo menos algunas prioridades.

—Gracias —dijo Bel, echando una mirada sentida en dirección de Javier—. Lo recordaré.

—Esa Julia es increíble —dijo Jack cuando se dirigían a sus asientos—. ¿Sabías que aparte de manejar la farmacia y servir en la mesa directiva de la clínica es la presidente de la Asociación de Padres de

Familia de la escuela? Y está criando a cuatro hijos. Esa mujer tiene más energía que Dios. Más o menos como Javier en un buen día.

—Yo no tendría manera de saberlo —dijo Bel suavemente.

—¿Qué Javier te ha dado lata? —preguntó Jack bromeando—. Es nada más porque todo le importa. La escuela, ser entrenador, la política, mesas directivas… está metido en todo. ¿Sabes? Él es la razón por la que te encuentras aquí. Muchos no querían traer a un nuevo médico. Decían que el doc era suficiente. Pero Javier siguió convenciendo hasta que casi todo el mundo estuvo de acuerdo.

—Jamás lo habría yo imaginado —dijo ella, mirando a Javier con curiosidad.

—Mira —dijo Jack, impulsando a Bel hacia los estrados—, ya está empezando de nuevo el partido. Vamos.

El resto del partido fue como un viaje en montaña rusa, con los Jaguares volviendo a anotar, y luego sus rivales, dos veces. Estaban empatados hasta los últimos treinta segundos del último cuarto. El joven David Silva se lanzó a atrapar espectacularmente el ovoide, corriendo largamente hasta alcanzar un gol. Fallaron al sacar el punto extra, pero sostuvieron su posición durante la última jugada para ganar el partido.

La banda estalló con las notas del himno de la escuela mientras los aficionados salían de las graderías, gritando de gusto. Los padres de familia caminaron en dirección del estacionamiento, los estudiantes se dirigieron en dirección del gimnasio, y los jugadores a los baños y vestidores.

Normalmente, Javier habría estado tan emocionado como todos, pero tanto el dolor como Isabel Sánchez, le habían colmado la paciencia. Pero que otra cosa podía hacer ya que Isabel iba al baile, ¿aparte de aguantarse?

El grupo caminó hacia el gimnasio, donde un grupo de padres de familia ya había tomado sus lugares para recibir los boletos. Otro grupo de padres estaban posicionados tras de una larga mesa en el pasillo, ofreciendo refrescos y botanas al gentío que entraba.

—¡No metan comida al gimnasio! —gritaron Jack y Javier juntos al entrar.

—Los adolescentes son asombrosos —agregó Jack—. Saben la letra de todas las canciones populares, pero se les olvida donde pueden o no comer.

—Yo tengo que ir al tocador —dijo Bel—. ¿En dónde lo encuentro?

—Al final del pasillo a la izquierda —dijo Javier—. Si alguien está fumando, mírelas despectivamente. También saben que está prohibido.

Bel caminó por el pasillo mientras Javier y Jack entraron al gimnasio, saludando estudiantes, y a los padres de familia listos para lidiar con problemas. Un salón lleno de adolescentes emocionados podía ser una bomba, pensó Javier. Adultos emocionados podían serlo también, pensándolo bien.

Bel los encontró juntos unos minutos después.

—Tenía usted razón. Las chicas tenían cigarros.

—¿Los apagaron cuando la vieron?

Bel asintió con la cabeza.

—Pero estaba pensando… ¿Qué clase de programa educativo tienen aquí para prevención del uso de estupefacientes? Había por lo menos diez niñas prendiendo cigarrillos cuando entré. Son muchas. Alguien necesita hablar con ellos, mostrarles lo que sucede con la gente que usa cualquier tipo de drogas.

—Es la responsabilidad de los padres —dijo Javier bruscamente—, no de la escuela.

—En un mundo ideal, por supuesto —dijo Bel, mostrando bastante enojo en su voz—. Pero el mundo real necesita todos los extras que podamos dar. La salud pública es mi trabajo.

—Vamos a concentrarnos primero en los servicios médicos primarios, ¿le parece? Eche a andar la clínica primero —dijo Javier apretadamente.

—Hay programa que usamos en la facultad de medicina —dijo Bel, ignorándolo—. Sería fácil adaptarlo para adolescentes de preparatoria, para luego entrenar a otros presentadores. Así podríamos hacerlo llegar hasta las primarias. Para estas cosas hay que comenzar a temprana edad.

—Tiene usted otras responsabilidades primero —insistió Javier, levantando la voz.

—Y no nada más educación respecto a las drogas —continuó ella—, sino quizás un programa de salud para los adolescentes una o dos tardes por mes, nada más para los jóvenes. Un lugar donde pueden recibir información completa respecto a todo lo que les preocupa: las drogas, el sexo, las enfermedades, hasta los anticonceptivos.

—No aquí y no ahora, ¡doctora!

Jack los miró confundido, sin saber como aliviar la tensión que escalaba entre ellos.

—Habla con la señora Arce —dijo rápidamente—. Ella es la maestra de biología que conociste esta noche. Quizás tenga un lugar para ti, Bel.

¿Bel? ¿Jack? ¿Desde cuándo se tuteaban estos dos? Javier estaba absolutamente seguro que no le gustaba éso para nada.

El gimnasio se había llenado con los estudiantes y sus acompañantes. El conjunto tocaba una mezcla de música popular y rock, agregando de vez en cuando una pieza latina en reconocimiento a sus raíces. En un rincón, un grupo de maestros y chaperones tambaleaban los pies al ritmo de la música, y algunas parejas salieron a la pista a bailar.

—¿Quieres bailar, Bel? —preguntó Jack. Ella asintió con la cabeza, y la llevó hacia la pista del gimnasio, dejando solo y furibundo a Javier.

Los observó en la pista de baile. Jack era un hombre enorme, y torpe para bailar. Bel, más chica y flexible, trataba de seguirlo, pero Jack la perdió al girarla hacia afuera.

Jack se limitó a reírse y volvió a intentarlo. Pero el espectáculo era doloroso. Jack y la doctora eran una pareja dispareja, de varias maneras. Jack era un buen hombre, el mejor de los hombres. Pero Isabel era la mujer equivocada para él; arrogante y dura, totalmente convencida que tenía las soluciones para todo. No le convenía.

Nada más había una sola manera de parar ésto en seco, y salvar a Jack tanto de sí mismo como de la doctora Sánchez.

Javier marchó a la pista de baile, tocó el hombro de Jack y se metió a bailar con ella.

Jack no se inmutó al ver a Javier. Ofreció una mirada de disculpa silenciosa a Bel y se hizo a un lado.

—Perdón, Javier —dijo en voz baja, apenas perceptible por el volumen de la música—. No me había dado cuenta.

Javier asintió con la cabeza, puso la mano sobre la cintura de Bel y tomó su mano firmemente con la suya. Ignorando la mirada furiosa de Bel, la llevó hasta el centro del gimnasio, bajo la luna maya de espejos.

Bailaron. Él no había hecho ésto en años, pero con unos cuantos pasos, recordó todo. Los pasos, los giros, las inclinaciones y vueltas. Sus pies se movieron con velocidad durante la primera canción. La segunda era más lenta, y la jaló cerca de él, sin decir nada, moviéndose al ritmo de una samba modificada con la lenta, triste canción de amor prohibido.

Él ya había visto todo lo que tenía ella que ofrecer hoy en la orilla del río. Ahora lo sentía, sintiendo cada curva, cada subida y bajada de sus senos que presionaban contra él. Ella estaba susurrando algo, alguna súplica de que la soltara, pero él siguió apretándola, moviéndose al ritmo de la música.

Ella estaba boqueada al final de su tercer baile, y la muñeca de él le dolía como nada antes en su vida, pero a él no le importaba. Ya todos estaban parados observándolos; así que tenían toda la pista para ellos solos.

Él no se engañaba solo. No deseaba a Isabel Sánchez más que de la manera más primitiva. Y pensaba controlar ese deseo. Pero al mostrar que ella le pertenecía, y de manera pública, los pobres tipos como Jack no se dejarían engañar por la doble personalidad de Isabel. Y le daría aún más credibilidad al determinar el futuro de Isabel en Río Verde.

Ahora le tocaba sellar el espectáculo con broche de oro.

La hizo girar de nuevo, a toda la extensión de los brazos de los dos, y luego la atrajo de nuevo hacia él, inclinándola casi hasta el piso, y luego le plantó un beso directamente en la boca.

Hubo un chispazo de energía y poder, y Javier, quien había logrado mantener casuales todos sus enredos con las mujeres durante los últimos doce años, sintió una carga de algo salvaje, que alguna vez le había sido familiar, pulsando por su sangre. Presionó sus labios sobre los de ella de nuevo, sin poder creer que hubiera tanta atracción entre ellos.

El aliento de Bel cubrió la cara de él con calor, asombroso por su cercanía. Y exactamente cuando el impacto de lo que había hecho se apoderaba de él, la levantó y la soltó.

Y Bel intentó abofetearlo.

Con reflejos que deberían haber estado nulos por el dolor y mareo, Javier agarró la muñeca de ella antes de que se conectara con su mejilla. La sostuvo ahí durante un momento, y luego lo convirtió en otro giro despampanante al salir los dos de la pista.

El público aplaudió. Hubo silbidos y gritos, y exclamaciones de:

—Órale, ¡señor Montoya!

Pero Javier no hizo caso. Quería estar fuera de la pista antes de que Isabel empezara a exigir explicaciones.

—¿De qué demonios se trató todo éso? —dijo furiosamente aun antes de que pasaran de la puerta al patio de la escuela.

—Éso, mi querida Isabel, fue su bienvenida a Río Verde.

—¿Cómo se atreve? Estaba yo bailando con Jack. Usted me puso en ridículo y de paso, ¡a usted mismo!

—No. La gente estaba encantada. ¿No escuchó los aplausos?

—Estaba usted actuando de una manera arriesgada y estúpida. Van a sacar ideas equivocada... —hizo una pausa y de repente entendió—. Usted lo planeó. Usted quiere que la gente piense ... pero, ¿por qué? Ni siquiera nos caemos bien.

—No creo que nos hayamos dado una oportunidad justa —dijo, escogiendo cuidadosamente sus palabras. Aquí era donde o creaba o destruía la ilusión—. Necesitamos volver a empezar. Al verla con Jack me despertó a esa realidad.

—Hay algo entre nosotros, Isabel —continuó—. También lo sintió usted. Ahora y desde el momento en que nos conocimos. Hay una pasión entre nosotros. Bueno o malo, es pasión. Es el centro del alma latina. Innegable.

Él reconoció la verdad en sus palabras aun antes de que salieran de su boca, y se tensó, cada músculo en su cuerpo paralizado. ¿Cómo iba a poder soportar aunque fueran tres meses sin rendirse? ¿Sin correr el riesgo que esta verdadera pasión se convirtiera en algo mucho más intenso?

Acababa de empezar algo muy peligroso. Y a partir de mañana, ella estaría viviendo a unos cuantos cientos de metros de él , día tras día. ¿Y luego qué?

—Yo no busco la pasión —dijo ella francamente.

Pero quizás era precisamente lo que buscaba. ¿Cómo lo había dicho él? ¿Que el centro del alma latina era la pasión. Quizás de verdad era lo que buscaba ella. En parte.

Pero no con Javier Montoya.

Tampoco con Jack Suárez. Ni con John Montgomery, ni con Matt Francis, ni con ninguno de la media docena de hombres con quienes se había involucrado ella desde el colegio.

—No estoy buscando la pasión —repitió ella, pero ahora la duda se oía en su voz—. Lo único que quiero es la oportunidad de hacer mi trabajo y conocer este lugar donde por contrato he decidido pasar dos años. Dos años, señor Montoya, aunque usted me quiera despedir en tres meses.

Él levantó los brazos, rindiéndose.

—Tiene usted borrón y cuenta nueva, Isabel —y cuando lo dijo, fue verdad. El beso había cambiado algo. Todavía pensaba que Río Verde estaría mejor servido por alguien con verdaderas raíces latinas, pero quizás Bel funcionara. Quizás ella pudiera llegar a comprender sus tradiciones y orgullo, sus costumbres y creencias. Quizás hasta respetarlos.

Quizás.

—¿Qué quiere decir?

—Quiero decir que olvidaremos su problema de la licencia y su allanamiento en la clínica y el que haya ignorado los deseos de la mesa directiva. Volveremos a empezar el domingo al hablar de su presupuesto. El cual, le advierto, es escaso.

Respiró hondo.

—Quiere decir que yo olvidaré mis nociones... preconcebidas de las jóvenes médicos del sexo femenino y anglas y que voy a conocer a esta doctora —tocó suavemente la cara de ella—. Usted, Isabel.

—Y, ¿qué tengo que hacer yo?

—Su trabajo. Cuidar la salud física del pueblo. Tratar de comprender quienes y como somos aquí en Río Verde. No estar tan ansiosa de imponernos sus valores. ¿Todo aquello de la educación sexual y las drogas? Esperar un rato. Hay mejores lugares para eso que en las escuelas.

Bel se desplomó sobre un banco de concreto al pie de un muro del patio y exhaló lentamente, pensando. Éste no se parecía en absoluto al Javier Montoya que ella había conocido, aquel arrogante, engreído sabelotodo.

Y sin embargo, la gente confiaba en él. Era el alcalde, era maestro y era entrenador. Uno no llegaba a ser todo eso sin la confianza de mucha gente. Había algo más profundo en él. Algo que la invitaba a conocerlo.

Y, ¿no era eso exactamente lo que quería ella? Una oportunidad de llegar a conocer este lugar, su cultura, ¿su gente? Para ver de que manera se adaptaba ella, ¿para encontrar cualquiera conexión a la parte de ella y de su padre que había perdido?

Sonrió un poco. Era difícil creer que su mentor estuviera invitándole a hacer precisamente lo que quería. Sin burlarse de ella. ¿Sería un milagro?

—Sin promesas —dijo ella—. Sin garantías.

—No existen en la vida. ¿Por qué he de esperarlas aquí?

—Parece que tiene las expectativas muy altas.

—A veces me desilusionan. Raras veces.

—A mí también. Especialmente cuando las personas ignoran mis órdenes médicas. Déjeme ver su muñeca, señor Montoya.

—Creo que podemos tutearnos, Isabel —se sentó al lado de ella en el banco, sosteniendo su muñeca derecha con la mano izquierda.

—Me llamo Bel. Nada más Bel —empezó a quitarle la venda elástica.

—Quizás en otra parte. Pero estás en Río Verde, tienes un nombre de pila español, y deberías usarlo. Yo te llamaré Isabel.

No tenía caso discutirlo. Javier era demasiado terco. Ella decidió guardar la discusión para algo que valiera la pena. Como ordenar que se fuera a su casa a descansar y remojar su muñeca.

Me asombra que hayas podido bailar con esto —dijo ella, tocando suavemente su muñeca hinchada. Recorrió la piel amoratada con un dedo, con sólo la mitad de su cerebro médico atento a la lesión.

La otra mitad estaba preguntándose como serían las cosas cuando la muñeca de Javier sanara, cuando él pudiera tocar la cara de ella, sus manos, y enseñarle más respecto a la pasión y el alma latinas...

Se sacudió de nuevo a la realidad. No era ni el momento ni el lugar. Recogió la venda y empezó a envolver su muñeca de nuevo.

—Debería haber dolido como un de... —terminó, abrochando el sujetador para sostener en su lugar el elástico.

—Si que dolió. Pero tuve mis razones.

—Vete a casa —dijo ella, poniéndose de pie—. Ponla en hielo durante quince minutos, toma una píldora y acuéstate. Yo te llevaré una tablilla mañana para que no puedas repetir la escenita de esta noche.

—Valió la pena.

—Jamás vale la pena correr riesgos con tu salud. Eso es algo que sé con toda seguridad.

—Está bien, está bien. Déjame decirle a Lidia que la veré en la casa.

Pero no pudieron localizarla, ni a David, tampoco. De hecho, mucha gente había abandonado el baile ya. Javier sacudió la cabeza.

—Si llega tarde…

—Estarás dormido —dijo Bel pragmáticamente, finalmente sintiéndose como ella misma entre el resto de la gente todavía escuchando música—. Vámonos, que te voy a llevar a casa.

Pero durante el trayecto a la casa de Javier se puso nerviosa de nuevo. Manejaron en silencio, Bel al volante, Javier observando su perfil mientras ella conducía. Podía sentir sus ojos sobre ella, observándola. Se preguntaba como la veía, y si le gustaba lo que veía. Cuando él sonrió, con una sonrisa complicada y enigmática, ella supo con toda seguridad que le gustaba, y el poder de ese conocimiento le hizo palpitar el corazón.

Cuando se bajaron del coche, la noche los rodeó como una cobija, envolviéndolos con el misterio de un millón de estrellas brillando en el cielo. El corazón de Bel empezó a saltar al caminar sobre la vereda hacia la casa. Javier puso su mano sobre su región lumbar de manera posesiva, y Bel casi se tropezó al entrar a la casa. No estaba acostumbrada a este… este regocijo nervioso, del tipo que la hacía tropezarse con sus propios pies y que respirara a jadeos. Estaba acostumbrada a estar en control, y Javier la hacía sentirse totalmente fuera de control.

—Me siento un poco… fatigado —susurró—. ¿Por qué no me ayudas a acostarme, doctora?

A ella no le quedaba otro remedio más que caminar por el oscuro pasillo al lado de él, emparejando su paso con el suyo, y entrando por la última puerta a la izquierda. Su cuarto.

Él prendió la corriente sobre la pared y se encendio una lámpara de cerámica en la mesita de noche al lado de la cama, iluminando el cuarto con un resplandor dorado. Era grande el cuarto. Masculino. Una gran cama dominaba el centro del cuarto, con un sencillo crucifijo colgado sobre el centro de la cabecera. Un escritorio de oscura madera tallada estaba a la derecha, con un par de sillas de cuero hundido en cada extremo. Un armario alto estaba en la contraesquina, con la puerta entrecerrada. Las obras de arte, estratégicamente colocadas sobre paredes de un cálido tono de beige, era parecidas a las que ella había visto en la sala; pinturas audaces sobre corteza de árbol en colores vivos, un tapiz azul y rojo de diseño geométrico, y tres bosquejos enmarcados hechos en carboncillo, todas de mujeres en un mercado al aire libre.

—¿Que crees? —preguntó roncamente.

—Muy… muy tú —susurró ella.

—Y, ¿te gusta?

Ella asintió con la cabeza silenciosamente.

—¿Y yo?

—Quizás —la palabra salió como susurro quebrado. Se le había secado totalmente la garganta, parada tan cerca de él, en la intimidad de su recámara.

—Ayúdame —dijo él en voz baja, y aunque ella no lo escuchó realmente, instintivamente supo qué necesitaba. Tímidamente, como si no hubiera visto miles de cuerpos masculinos durante su carrera médica, volteó a verlo, y empezó a desabrocharle su camisa.

La camisa se abrió al desabrocharla, y en la luz de la lámpara, su piel brillaba entre oliva y dorada. Desabrochó los botones en los puños de las mangas y empujó la camisa de sus hombros, hacia los brazos hasta el piso. Su pantalón caqui colgaba a la cadera, el cinturón que lo sostenía suplicando ser desabrochado.

Él la rodeó con sus brazos y levantó su cara hacia la suya. Entonces la volvió a besar, como la primera vez, pero más fuerte. Este beso calentó la sangre de ella, hizo que sus entrañas se derritieran en languidez, e hizo que todo su ser ansiara la conexión primitiva entre un hombre y una mujer.

La besó una tercera y una cuarta vez, y ella respondió con gemiditos guturales de placer y deseo. Descansó sus manos contra la piel lisa de su pecho, sintiendo que entrara y saliera el aire de sus pulmones con desenfrenada satisfacción.

Ella estaba mareada ahora, al punto de dolor, y hambrienta de una manera que no había sentido durante meses. Quizás años. La carrera médica y la residencia habían sido tan exigentes, que había ignorado la necesidad tanto de su cuerpo como de su alma para compañerismo. Pero al parecer, estaban terminando los años de privaciones.

Entonces él la volteó, mandándola en dirección de la puerta.

—No dijiste algo sobre … ¿hielo? —murmuró—. En la …cocina.

La empujó por la puerta de la recámara y Bel se tropezó como ciega por el pasillo hasta llegar al refrigerador. La deslumbró la luz del congelador y el aire helado, al pegarle de lleno a la cara, la despertó de su estupor como una bofetada.

¿Qué es lo que estaba pensando? Javier era su paciente, y ella estaba comportándose como si fuera su… ¡amante!

Y esperando que lo fuera.

Era extraño como una hora de pasión desenfrenada podía borrar ocho años de entrenamiento y cuarenta y ocho horas de franca repugnancia.

Buscó en el congelador y encontrando un paquete de hielo congelado, lo sacó. Lo puso contra su frente, sus mejillas, su cuello y sus senos. El frío era impactante, pero no ayudó en lo más mínimo para controlar el calor que corría por sus venas.

Había venido a Río Verde para encontrar una parte de sí misma. Pero no esta parte. Y especialmente no con su "jefe."

Tendría que terminar de tratarlo por su herida y luego tratar con el problema de ética profesional de involucrarse con un paciente. Sería una lástima que el jefe de la mesa directiva de la clínica tuviera que buscar atención médica en otra parte. Pero trataría con eso después.

Encontró una toalla en el escurridor de los trastes y envolvió el paquete helado. Entonces, respirando hondo varias veces para calmar sus nervios, regresó al cuarto de Javier.

Él ya estaba en la cama, su ropa colocada ordenadamente sobre el respaldo de una de las sillas de cuero hundido.

—Regresaste —dijo, con voz cansada.

Ella asintió con la cabeza, sin confiar suficientemente en sí misma para hablar. Caminando hacia el lado derecho de la cama, tomó una almohada de la cabeza de la cama y la colocó a lo largo del costado de él. Suavemente levantó su brazo lastimado de abajo de las cobijas y lo puso sobre la almohada.

Sentándose al lado de él, recobrada su mejor actitud profesional de doctora, quitó la venda de nuevo y rodeó el paquete helado alrededor de su brazo.

—¿Dónde pusiste tu medicamento para el dolor? —preguntó un momento después, recobrando su voz.

—Lo tomé —dijo él, con los ojos cerrados.

—Está bien, entonces. Quédate ahí. Descansa.

Ella se sentó en la silla desocupada durante los siguientes quince minutos, observando mientras subía y bajaba el pecho de él al alternar entre el sueño y la consciencia. Cuando había pasado suficiente tiempo con el paquete helado, ella se lo quitó, volvió a vendar su muñeca, y la acomodó de nuevo sobre la almohada.

Resistió la tentación de despedirse de él con un beso. En lugar de hacerlo, regresó el paquete helado al congelador y salió por la puerta principal, echando llave tras de ella.

Por lo menos veinte coches estaban estacionados sobre la orilla del río esa noche. Algunos de los adolescentes habían salido de los coches estaban sentados, sobre las capotas platicando, riéndose y coqueteando. Otros, en su mayoría parejas, caminaban por la vereda en la orilla del río abrazados fuertemente unos con otros, parándose para darse un beso de vez en cuando bajo la luna y la sombra de los álamos.

Lidia Montoya y David Silva discutían.

—Tú sabes que te amo, David.

—Entonces, demuéstramelo —su brazo estaba rodeando los hombros de ella, y la acercó hacia él para besarla fuertemente—. Demuéstrame cuanto me amas.

Lidia se soltó de sus brazos.

—David, ya te lo dije. Ya no quiero sustos. En cuanto pueda meterme en la clínica de Del Río estará bien.

—Está bien ahora, nena. Te lo prometo. Te deseo tanto, Lidia. Quiero casarme contigo. ¿No es suficiente?

—La próxima vez debe de ser especial —ella estaba incómoda—. No aquí en tu coche.

—Antes íbamos al departamento de Mamá Rosita. Nos gustaba, ¿te acuerdas?

—Bueno, pues ya no es una posibilidad —dijo ella duramente—. Lo rentó la nueva doctora.

—Entonces, ¿Dónde más aparte de mi coche? —replicó David—. Tu padre te cuida como guardaespaldas. Apenas pudimos salir del gimnasio esta noche sin que nos arrinconara. Y mi jefe está todo el día y toda la noche. Aquí es todo lo que tenemos, Lidia. Vamos —le besó la mejilla, su frente, su boca—. Demuestra al héroe qué es lo que realmente sientes.

—Quiero irme a casa, David.

—Ay, Lidia —se apartó de ella y miró tras el parabrisas—. Nada más quiero estar contigo. ¿Es tan malo eso?

Ella le tocó la cara con las puntas de los dedos.

—No —dijo suavemente—, pero no hasta que estemos protegidos los dos. Entonces. Te lo prometo.

El se separó, frustrado y dio la vuelta a la llave del motor para arrancar su Ford '85. Se prendió el motor. Metiendo la velocidad, subió por la colina hasta la calle. Manejó demasiado rápido por la colonia donde vivía Lidia, metiéndose en la entrada de su casa.

Ella suspiró.

—Gracias por traerme a casa, David. Jugaste muy bien esta noche.

—Jugaría mejor contigo.

—Después de la pastilla anticonceptiva —inhaló fuertemente, y luego se calmó un poquito—. Llámame cuando llegues a casa. Llevaré el teléfono a mi cuarto.

—No voy a mi casa. Guzmán hizo fiesta, y voy a ir a desahogar mis penas.

—¡David! Prométeme que no vas a cometer una estupidez. No lo soportaría si algo te fuera a suceder.

—Quizás si me sucediera algo, entrarías en razón —la besó de nuevo, fuerte, acercándola hacia él tanto que aplastó sus senos contra su pecho.

—¡Ay! ¡Ya basta! —se soltó ella y bajó del coche.

—No puedo esperar eternamente, Lidia. No estoy seguro si puedo esperar aunque sea un par de semanas. Te amo y te deseo. Fuimos buena pareja. Quiero que lo seamos de nuevo.

—Gracias por la vuelta. Realmente jugaste de maravilla esta noche. En el campo de futbol —dio un portazo.

—¡Lidia! —gritó—. ¡No voy a esperar mucho más tiempo!

Él sacó el coche de la entrada y aceleró calle abajo.

Lidia caminó enojada hacia la casa, con ganas de gritar. Pero había llegado tarde, la casa estaba oscura, y de tener mucha suerte, podría meterse sin despertar a su padre y así evitar otro enorme pleito.

Se quedó sobre la veranda un momento, tratando de calmarse. ¿Cuál era el problema de David? Lo amaba. Ya le había 'mostrado' sus sentimientos. Y lo volvería a hacer.

Pero no hasta que pudiera escaparse de su papá para ir a la clínica en Del Río. En un lugar donde no la conocían. Donde no dirían nada a su padre. Donde le podrían dar protección para que el hecho de amar a David no significaría estar atrapada en Río Verde toda la vida.

Se quitó los zapatos antes de meter la llave en la cerradura. Raro, la barra del seguro ya estaba abierta. Movió la llave a la manija y calladamente le dio la vuelta. Atravesando la entrada, empezó a caminar de puntillas por el pasillo en dirección de su cuarto cuando se prendió la luz de la sala.

—Has llegado tarde, Lidia —Javier dijo friamente, levantándose del sofá para caminar hacia ella—. Extremadamente tarde.

—Y tuviste que esperarme despierto, ¿verdad? Tuviste que pescarme. No pudiste tener confianza en mí, en que sé lo que hago.

—Las reglas de la casa son...

—Al demonio con tus reglas. Ya casi tengo dieciocho años. Hubo un baile esta noche.

—Del cual saliste temprano.

—Y, ¿cómo lo sabrías tú? ¡Estabas demasiado ocupado haciendo el ridículo con la doctora Sánchez!

—Ya basta, jovencita. Estás castigada.

—¡Nada más inténtalo! —gritó ella, volteando para salir por la puerta.

Javier extendió la mano para detenerla por el hombro, pero ella fue demasiado rápida. Salió como rayo por la puerta, dando un portazo tras ella. Las ventanas de la sala temblaron.

Corrió hacia la puerta, ignorando el dolor pulsante de su muñeca. La abrió, y corrió para afuera.

—Lidia, ¡por el amor de Dios! Si tú y ese muchacho... no hagas nada de lo que te vas a arrepentir.

Pero ella no lo escuchó. Había arrancado la camioneta de él con el acelerador hasta el piso, y arrancó con un estruendo tan fuerte como el rugir de un león. Un segundo más tarde iba calle abajo, dejando atrás olor a hule quemado y a él sin manera de seguirla.

Javier abrazó su brazo lastimado cerca de su cuerpo y abrió la puerta principal con una patada. No volvería a dormir esta noche. Y lo pagaría muy caro mañana.

CAPÍTULO CINCO

¡Ya! Bel dobló una tira de alambre alrededor de una bolsa negra de basura. Era lo último que quedaba de las cosas de la señora Montoya. Las llevaría a la casa de Javier dentro de una hora cuando fuera a discutir el presupuesto de la clínica.

Había pasado el último día vaciando armarios, alacenas y tocadores en el departamento sobre la cochera de Javier. Al limpiar, había desempacado sus propias cosas, y finalmente estaba sintiéndose en casa. Lo único que le quedaba por hacer era pasar la aspiradora y sacudir.

Le agradaba tener una vivienda propia de nuevo. Diez días de vivir en hoteles la habían cansado. Ya había gozado el lujo de tener su propia cocina, preparando sus propios huevos y taza tras taza de relajante té verde.

Todavía tenía serias dudas respecto a vivir en el jardín de Javier, sin embargo. Especialmente después del… evento… del viernes en la noche.

Treinta y seis horas más tarde, todavía no se había recuperado del todo de la manera tan imperiosa en que él había cortado a Jack, ni de su promesa de volver a comenzar de nuevo. Ni tampoco de la escena sofocante en su recámara y el asunto tan real de la ética profesional.

Todo lo acontecido la había dejado girando fuera de control, y durante los últimos dos días, había estado preguntándose que si había sido muy sabio de su parte dejar que Javier se entrometiera en su vida personal.

Después de todo, era su paciente. De hecho, era su jefe, en cierto modo. El despertaba sentimientos en ella que ella no conocía ni comprendía, y a ella no le agradaba eso en lo más mínimo. Estaba acostumbrada a tomar el mando, aconsejando, consolando, hasta ordenando. Era su trabajo. Era parte de la manera en que ella misma se definía.

Pero con el simple contacto con Javier Montoya se le habían desaparecido todas esas cualidades. Ella había olvidado todo entre su brazos... la ética, la moral, su juramento a sus pacientes. Había olvidado todo, menos lo sabroso que se sentía al tenerlo contra ella y como deseaba más. Más besos. Más de su pasión. Más de él.

Pero hoy no podía permitirse ese lujo. Tenía que mantener el control. Esta junta era importante; era la base de todo lo que necesitaba y de lo que quería hacer en Río Verde.

Se recordaba una y otra vez que ella era la doctora. Ella manejaba la clínica, y nada más ella sabía lo que necesitaba. Ella ordenaba. No Javier. No la mesa directiva. Ella.

Vio el reloj en la pared de la sala. Apenas tenía tiempo para terminar de limpiar. Ahora, ¿dónde había visto esa aspiradora? Encontrándola en la despensa, la enchufó y empezó a trabajar.

Primero limpió la alfombra de la sala, y luego colocó un cepillito redondo a la manguera. Nadie había vivido en el departamento en casi tres años, y los muebles y cortinas necesitaban una buena limpiada también. Empezó con el cojín del banco de la ventana, siguiendo al sillón frente a la televisión, y luego atacó el sofá.

Sacó el primer cojín del armazón y aspiró polvo viejo y cabello que estaba metido hasta abajo. Pasó el cepillo sobre cada lado del cojín antes de volver a ponerlo en su lugar para sacar el segundo.

La aspiradora hizo un ruido extraño al aspirar un pedazo de tela demasiado grande para pasar por el tubo metálico. Bel apagó la máquina con el pie y sacó un pedazo de encaje negro del cepillo.

Era un sosten. Y no se parecía en nada a los sostenes que Bel había sacado del armario. Era mucho más chico, para empezar. Y mucho más sensual, en segundo lugar.

Bel habría apostado que no era de la señora Montoya. Lo más probable era que perteneciera a Lidia. O a una de sus amigas. Lo cual sugería que alguna adolescente había estado en el departamento de la señora Montoya quitándose el sosten.

Bel meneó la cabeza, pensando que Javier estaba equivocado. Estos muchachos necesitaban educación sexual. Y quizás anticonceptivos. Él no podía desear que arruinaran sus vidas por sus hormonas.

Ella dobló el sostén, lo puso a un lado y continuó limpiando. En la recámara, levantó la colcha para ver abajo de la cama. Había mucho polvo, y …

Otra prenda de ropa interior. Bel extendió la mano y sacó una pantaleta de seda azul.

Bueno, ¿no era eso maravilloso? Alguien estaba disfrutando del sexo, o algo bastante parecido, en este departamento. Pero, ¿quién? ¿Lidia? ¿Alguna de sus amigas? Javier, quizás, ¿si quería ser discreto?

Y, ¿qué debería hacer ella? ¿Hablar con alguien? Y si hablaba con alguien, ¿con quién? Javier se volvería loco si la ropa interior era de Lidia o de una de sus amigas. Estaría… apenado por lo menos, ella sospechó, si pertenecían a alguna conocida de él. Especialmente después de la noche del viernes.

Tocó la parte superior del encaje de la pantaleta. La tela era tan suave y lisa, como el cuerpo joven que habría cubierto. Ella casi puso ver la escena ante ella; jóvenes amantes ardiendo en mutua pasión, ansiosos y listos.

Como por voluntad propia, su mente cambió de escena. De repente, Javier estaba sobre esa cama. Y ella también. Podía sentir la presión del beso, el peso de su cuerpo, la intensidad de la pasión justo antes de que explotara...

"¡Basta!", se reprimió sola. No se trataba de ella con Javier, bajo ninguna circunstancia. Se trataba de lo que había encontrado, y si Lidia era o no sexualmente activa.

Pobre Lidia. Apenas mujer, con novio formal, un padre difícil y sin madre. Javier tenía más derecho de preocuparse de lo que él se imaginaba.

De alguna manera, Bel tenía que hacerle llegar estas cosas a Lidia discretamente, y asegurarse que estuviera protegida.

El sexo entre adolescentes jamás era bueno. Pero casi no había nada en el mundo más fuerte que las hormonas en lo adultos jóvenes. Y una vez que el adolescente había decidido ser sexualmente activo, lo mejor que podía hacer un adulto era ver que tuviera la información y los métodos para protegerse de las enfermedades o embarazos. Nada podía arruinar una vida joven peor que éso.

Lidia merecía algo mejor, y Bel era la persona más adecuada para ver que lo lograra.

Colocó la pantaleta sobre la cama y terminó de aspirar. Tendría justo el tiempo suficiente para guardar las cosas y cambiarse antes de ir a ver a Javier.

Y a su hija.

Veinte minutos más tarde, dos bolsas de basura en la mano y su portafolios colgando de su hombro, Bel tocó a la puerta principal de Javier. Respiró hondo y esperó, preguntándose como le afectaría verlo esta vez. No temía su reacción, pero estaba un poco nerviosa. Temblorosa.

Decidió que estaba nerviosa por la pequeña bolsa de plástico en el bolsillo de su saco, y no por Javier.

Pero no era toda la verdad. Ella no sabía como reaccionaría al volver a verlo en territorio de él, y la inseguridad la perturbaba.

—Bienvenida —dijo Javier, su voz un poco grave, al abrir la puerta—. Bienvenida. Una doctora que da consulta a domicilio. Ya verás cuando se corra la noticia por todo el pueblo.

Bel atravesó la entrada hacia el recibidor, depositando las bolsas de basura sobre el piso de terrazo, mientras Javier colocaba una mano sobre el hombro de ella para besar sus dos mejillas. Fue tranquilo y sencillo, y no como los besos de película que le había dado antes, pero de todos modos, ella sintió una carga eléctrica que pasó por todo su ser.

Calmada, organizada, en control, se recordó, tomando un paso lateral.

—¿Qué es todo eso? —preguntó, mirando las bolsas de basura.

—Cosas del departamento. Ropa y artículos personales.

Él frunció el ceño.

—Lidia tenía que haber limpiado hace mucho. Bueno, lo veré después. Pasa, por favor.

La guió hacia la sala e indicó que se sentara sobre el sofá mientras el se sentó a contraesquina. Sobre la mesa central había un montón de papeles y el libro mayor de la clínica. Excelente, pensó ella. Podían discutir todo de manera profesional.

—¿Cómo te sientes? —dijo Bel, porque tenía que empezar en alguna parte, y la pregunta la hacía recordar que tenía responsabilidades médicas.

—Todavía me duele —admitió Javier, sonriendo de manera traviesa—. Pero me imagino que todavía puedo enseñarte el presupuesto.

Bel levantó la barbilla ante el reto implícito, decidida a no caer en la trampa de la sonrisa sensual de

Javier. Abriendo su portafolios, sacó sus propios expedientes y papeles.

—Voy a empezar con lo siguiente —empezó—. El doctor Rodríguez me dijo antes de venir que las condiciones del laboratorio en la clínica eran bastante pobres. Pero son peores que pobres. No puedo hacer nada; ni análisis de sangre, ni muestras de orina, ni radiografías, ni cultivos. Ni siquiera tenemos un equipo de soporte de vida. El doctor tenía que haber estado trabajando a ciegas la mayor parte del tiempo, recetando cosas que pensaba que funcionarían sin confirmar un diagnóstico con pruebas. No es científico y puede desperdiciar días de valioso tiempo de tratamiento.

—¿Y?

—Necesito un laboratorio que funcione. El tener que mandar cada muestra fuera compromete la atención médica. Entre más pronto el resultado, más pronto puedo comenzar el tratamiento para la pronta recuperación del paciente. Pero si tengo que mandar todo a Del Río, o la gente tiene que manejar ciento veinte kilómetros y de regreso, bueno, entonces la mesa directiva no cumple con su deber porque el condado no tendrá un servicio médico adecuado.

Hizo una pausa, respirando un poco más rápido. Siempre se emocionaba al hablar de estas cosas, y a pesar de la noche del viernes, todavía se sentía un poco defensiva cerca de Javier.

Javier recogió el libro mayor y lo estudió cuidadosamente. Después de un momento, habló:

—¿Tienes una lista de lo que quieres?

De un expediente, ella sacó una hoja de los apuntes que había hecho el viernes y la entregó a Javier. Tembló un poco cuando él la tomó, como si estuviera entregándole una parte de sí misma, y no una simple lista.

—Parece que es mucho, pero es lo que necesito. No estoy pidiendo un asistente técnico. La enfermera y yo podemos hacer todo solas por el momento. Nada más necesito el equipo.

—Es una lista muy larga —dijo Javier, silbando.

—Es una clínica grande.

Él siguió viendo entre el libro mayor y la lista. Finalmente habló:

—Del presupuesto de la clínica, quizás mil dólares.

—Con eso, ¡ni alcanzará para los reactivos!

Ella arrebató las hojas del libro mayor de las manos de Javier y las estudió. Las matemáticas jamás habían sido su fuerte, pero ésto estaba calculado de una manera bastante clara. Mantenimiento de la clínica, sueldos, seguro, pago de la deuda; sumaba una cantidad bastante fuerte. Y por el otro lado estaban los haberes: ingresos de la clínica, más los subsidios del condado y federales.

—¡Estamos operando con déficit! —exclamó ella—. ¿Por qué no me lo dijeron?

—No era tu problema. Era problema de la mesa directiva, y el doc ayudaba a mantener los costos bajos. Y ahora, te toca a ti.

—Entonces, ¿debo ejercer sin equipo ni opciones de tratamiento? No es aceptable —espetó ella. Pensó un momento, repasó lo números ante ella de nuevo—. ¿Y el sueldo del doctor Rodríguez? Tiene que haber algo ahí.

Javier negó con la cabeza. La mesa directiva compró su consultorio hace algunos años porque una clínica manejada por el condado nos calificaba para muchos programas del gobierno. Así es como conseguimos que vinieras tú. Pero ése compromiso es pagadero a varios años, y él no sacaba sueldo aparte de éso.

—Entonces, ¿ésto es todo? ¿Todo el presupuesto?

Javier asintió con la cabeza.

Ella aventó el libro mayor sobre la mesa.

—Y, ¿dónde conseguimos más dinero? Porque el laboratorio tiene que funcionar.

—Puedes suplicar al consejo de la ciudad. Pero te advierto, el dinero de los impuestos ya está comprometido. La única fuente de fondos discrecionarios es la Fiesta, y faltan otros dos meses para que pase.

—¿Fiesta?

—La batalla de Río Verde. Sucedió durante la guerra de independencia de Texas. Cada año, montamos una obra sobre la batalla, hay una carrera, y el zócalo se llena con vendedores de comida y artesanías. Normalmente hay una ganancia para el pueblo después de los gastos.

—Y, ¿qué tipo de presentación tengo que hacer para conseguir una porción para la clínica?

—Llama a Luis Torres. Es el presidente del consejo. A ver si te puede meter en la agenda para el mes que viene.

Ella no podía creer lo que estaba escuchando.

—¿En un mes? —lloriqueó.

—Y de todos modos, no recibirás el dinero antes de diciembre.

—Jamás nos enseñaron a recaudar fondos en la escuela de medicina. ¿A dónde va uno a conseguir dinero? —tambaleó los dedos impacientemente sobre su portafolios—. Quizás pudiera patrocinar un puesto la clínica. Hacer alguna revisión para la salud, para que la gente sepa lo que se necesita.

—¿Pedir donativos?

Ella se encogió de hombros.

—¿Por qué no? No puedo trabajar sin laboratorio.

—El doc lo hacia.

Bel se tensó. Las comparaciones eran inevitables, ¿pero tenía que lanzar la primera Javier tan pronto después de haber hecho las paces?

—Él era de otra generación —dijo friamente—, yo dependo de la ciencia.

—Isabel, estoy de tu lado. De veras. Si falla la clínica, igual falla Río Verde. De hecho, la clínica es uno de los factores más importantes para nuestro futuro desarrollo económico. Al ofrecer buenos servicios médicos, tenemos más oportunidad para que los grandes negocios quieran establecerse aquí. Ése es mi trabajo, por si no lo sabías.

—Y, ¿que me cuentas de los negocios? —dijo, repentinamente pensativa—. Quizás algunos de ellos puedan patrocinarnos. Y las compañías farmacéuticas hacen casi todo lo que necesito. Nada más tengo que convencerlos que me regalen todo.

—Y ellos, ¿qué reciben a cambio?

—Que nombremos el laboratorio, o hasta la clínica, por el donador más importante. Ellos pueden usarlo como publicidad, para que parezcan buenos ciudadanos corporativos. De hecho ya nos regalan muestras y provisiones; esto sería simplemente un paso más. Después de la inversión inicial, probablemente podamos financiarlo nosotros mismos —sus ojos brillaron con emoción—. Javier, ¡esta puede ser la solución!

—Tranquila, Isabel. La mesa directiva tiene que decidir la manera en que adquieras las cosas.

—¿Perdón? Es exactamente lo mismo como si yo trajera mi propia centrífuga para mi consultorio privado. Yo personalmente adquiriré todo lo que pueda y lo dono a la clínica. ¡A mi me parece bastante simple!

—Tienes que andar con pies de plomo. Empieza con el dinero de la Fiesta, un puesto si insistes. A ver que puedes conseguir de tu lista de deseos con eso. Pero no trates de sacar donativos corporativos sin exprimir todas las fuentes locales primero. Aquí tratamos de ser auto-suficientes. Dale un poco de tiempo al tiempo.

—Tiempo es lo único que no tengo. Yo debería estar pidiendo equipo en este momento. Cada día que me demoro significa un día más en que mis pacientes no reciben la atención médica que merecen —levantó la voz por la frustración, y lo miró con expresión rebelde.

—¿Qué quieres que haga, Isabel? Simplemente no hay dinero.

—Consíguelo.

Él sacudió la cabeza.

—Siempre trato de conseguirlo; para caminos, escuelas, la clínica, servicio de basura, todo. Tendrás que esperar tu turno como todos los demás.

—¡Yo no estoy hablando de baches! —ahora estaba realmente enojada—. Estoy hablando de la vida de la gente. Voy a buscar los fondos, y a conseguirlos, no voy a esperar.

—¿Podrían bajarle un poco, Papá? —gritó Lidia al pasar furiosa por el pasillo—. Estoy tratando de trabajar.

—Nosotros también, Lidia —dijo Javier secamente—. Creo que deberías ofrecer una disculpa a la doctora.

Se vio apenada al darse cuenta que Bel estaba sentada en el sofá.

—Perdón —dijo, al dar media vuelta para regresar a su cuarto.

—Lidia —la llamó Bel—. ¿Puedo hablar contigo cuando termine con tu papá?

—Sí —se oyó la respuesta, antes de que cerrara con llave su puerta.

Bel volvió su atención hacia Javier:

—Así que… tengo mil dólares para gastar. Cualquier otra cosa tendré que mendigar. ¿Así es?

—Yo no lo pondría exactamente así, pero sí, atinaste en cuanto a los números.

—Está bien, entonces ya acabamos aquí —alcanzó las listas que todavía tenía Javier, y el agarró la mano de ella, sosteniéndola.

—Isabel, no es personal esto —dijo gravemente—. Te daría todo lo que quieras para la clínica si pudiera. Pero no hay dinero. Una comunidad pequeña siempre tiene más necesidades que fuentes de ingreso. Así es la vida.

—Y la muerte —la mano de él apretó la suya cuando ella trató de zafarse—. Puede hasta morir la gente —dijo deliberadamente.

—Y para evitarlo te tenemos a ti.

—¿Cómo puedo dar lo mejor de mi misma sí...? —trató de quitarle la mano de encima, pero Javier nada más se acercó a ella y colocó su brazo sobre el hombro de ella, inclinándole la cabeza para que la descansara en el hombro de él.

—Tranquilízate —le acarició el cuello con su mano sana—. No ayuda emocionarse. Aunque de verdad te hace, pues... muy atractiva —le plantó un beso sobre la parte superior de su cabeza—. Jamás supe que podría ser tan agradable mezclar los negocios con el placer.

—¡Javier! —ella trató de zafarse de nuevo, pero Javier la tenía atrapada contra el descansabrazos del sofá—. ¡No puedes hacer esto!

Pero continuó consolándola y tranquilizándola.

—Hablo en serio —dijo fuertemente, empujándolo y levantándose.

Javier levantó la mirada para verla, curioso.

—¿Qué te pasa, Isabel? Esta discusión es nada más de negocios, ¿sabes? No tiene nada que ver con... nosotros.

—Javier, no puede existir un 'nosotros' si eres mi paciente.

—Bueno, entonces o tenemos que conseguir que venga otro médico muy pronto o yo iré a otra parte. Porque definitivamente existe un 'nosotros,' Isabel. No trates de negarlo.

La acercó a su lado en el sofá, inclinándose para besarla. Este beso no se pareció en nada al rápido beso de saludo. Este fue una repetición de la noche del viernes en su recámara, caliente, ansioso, duro. Como un hombre besa a la mujer que desea.

Levantándola, la acercó más a él, de modo que estuviera acurrucada contra su pecho muscular. Al profundizar el beso, los senos de Bel se arrugaron indefensos ante la sensación de Javier contra ella, tocándola.

La cubrió de besos, recorriendo su boca, su mejilla, hacia su oído y luego a lo largo de su cuello. Su piel era suave, con sólo un poco de barba, y su aliento era cálido y picante, oliendo a comino y chiles.

Él deslizó su mano buena bajo su chaqueta y hacia su espalda, encontrando el borde de su suéter y meneando la mano para tocar la suave y cálida piel desnuda.

Las chispas entre ellos eran muy reales. Ella no podía pensar, y mucho menos respirar cuando la tocaba. Y no podía rehusársele.

Movió su mano sobre la espalda de ella y recorrió sus costados, acariciando la suave redondez de sus senos al abrazarla contra él.

Sonó el tintineo de un reloj, y Javier la miró intensamente.

—Cuando regateé los términos de mi contrato, no conté con esto —suspiró ella.

—Pensé que no regateabas.

—Y no lo hago. Quizás me esté influenciando Río Verde.

—Sí —él le sonrió, una sonrisa enorme que convertía todas sus facciones en foto para la portada de la revista Gente para el ejemplar que anuncia al Hombre Más Sensual del Mundo—. Deberías venir con una advertencia, doctora. Picante, pero sabrosa.

Ella lo vio con expresión de curiosidad.

Él parecía actuar de modo ambiguo. Hacía tres días que había estado absolutamente seguro que Isabel no era lo que buscaba el pueblo. Ahora no estaba tan seguro.

Él ya no estaba seguro de lo que quería. Pero sabía que quería a Isabel.

—¿De qué querías hablar con Lidia?— preguntó, cambiando el tema tan disimuladamente como pudo.

—Es que encontré unas... cosas en el departamento. Nada más quise, este, devolvérselas.

Sería su imaginación, pero, ¿sonaba un poco forzada la respuesta de Isabel?

—Yo se las doy. Para no interrumpirle al hacer su tarea.

—No importa —dijo ella rápidamente—. Necesita un descanso, y yo también.

Antes de que él pudiera decir cualquier otra cosa, Isabel se había levantado y había caminado por el pasillo para luego tocar la puerta de Lidia.

Bel pensó que el papá de Lidia había estado a punto de enterarse, cuando Lidia abrió la puerta para dejarla pasar. Javier no tenía que estar involucrado hasta que ella se enterara de que era lo que sucedía. No tenía sentido causar problemas si estaba equivocada.

Y si no estaba equivocada, entonces sobraba bastante tiempo para los fuegos pirotécnicos.

—Hola. Pase a platicar un rato —dijo Lidia, cerrando la puerta tras de ella.

—Hola —vio alrededor del cuarto. Era el típico cuarto de una adolescente, desordenado, con montones de libros y papeles tirados sobre la cama y sobre el escritorio, y otro montón de ropa cerca del armario. Media docena de carteles con poses de actores populares de la televisión estaban pegados a la pared, y sobre su mesita de noche había una pequeña foto enmarcada de Lidia en la que ella tendría unos tres años, en brazos de una mujer bella de cabello oscuro. Javier estaba parado al lado de ellas abrazándolas a las dos.

Su madre, sin duda alguna. Muy joven. Y ahora ausente. Bel se preguntaba cómo.

—Mire, discúlpeme ... si grité. No sabía que era usted.

—No importa. La verdad es que la discusión ya estaba un poco escandalosa —sonrió. De varias maneras.

Y por eso le costaba trabajo comenzar esta plática con Lidia. Pero nada más un poco. Bel sabía como cuidarse si ella y Javier progresaban más allá de los besos. Quería estar segura que Lidia también lo supiera.

Lidia estaba mirándola, esperando. Bel respiró hondo y habló lentamente.

—Estaba yo limpiando el departamento, y encontré unas cosas que pueden ser tuyas —sacó la pequeña bolsa de plástico del bolsillo de su saco y la entregó a Lidia.

Lidia la volteó. Tenía que haberlo reconocido, pero durante un largo momento no dijo nada. Luego se encogió de hombros.

—Debo haberlo dejado durante una de aquellas noches cuando visitaba con Mamá Rosita.

—¿Hace tres años? —dijo Bel con naturalidad—. No me parecían tan polvorientos, ni tan viejos.

Lidia metió la bolsita en un cajón de su armario, y se quedó ahí, dándole la espalda a Bel.

—¿Qué es lo que está preguntando?

Bel decidió ser franca.

—A mi me parece que estás experimentando con el sexo. Es el momento más común para que alguien se quite la ropa interior y la deje en alguna parte.

—Pues no es eso, ¿entendido? Yo no se como llegó ahí.

—Encontré una prenda abajo de la cama, y otro entre los cojines del sillón. Lugares comunes.

—¿Comunes para qué? —Lidia volteó y caminó hacia el centro del cuarto. Recogiendo un libro de texto de su cama, lo abrió.

—Para… experimentar —Bel esperó un momento, pero Lidia no dijo nada. Ni siquiera vio a Bel a los ojos, nada más siguió viendo el libro abierto. Así que Bel continuó:

—Lidia, el sexo entre los adolescentes no es buena idea. Hay tantas presiones y cambios tomando lugar a tu edad, que es mejor esperar par la … intimidad. Pero si no has esperado, y si tú y David, ¿así se llama?, ya están metidos en una relación íntima, entonces quiero estar segura que te estés cuidando. Soy médico, me preocupo por ese tipo de cosas.

—No soy una niña —cerró el libro.

—No, eres casi una mujer. Biológicamente lo eres. Y necesitas pensar como mujer si vas a portarte como mujer. La actividad sexual lleva consigo algunos riesgos.

—Sí, sí.

Bel persistió:

—En la lista, destacan la enfermedad y embarazo. Cualquiera de esas dos posibilidades pueden hacer de tu vida, o de la vida de David, una miseria.

—Y la abstinencia precluye las dos cosas. Lo he oído antes. Mi papá jamás deja de sermonearme —dijo Lidia.

—¿Por qué crees que lo hace?

—No se necesita un doctorado en matemáticas para saber que yo estaba presente cuando se casaron él y mi mamá.

—Ah —eso era novedad para Isabel—. Eso no tiene por que sucederte a ti. Puedes protegerte.

—Y usted puede ayudar —Lidia parecía burlarse.

—Si me lo permites.

—Nada más se lo diría a mi padre.

Ahora estaban progresando.

—Confidencialidad entre paciente y médico, ¿te acuerdas?

—Soy todavía menor de edad, ¿se acuerda?

—Eso no importa. No hay ninguna ley en Texas que requiera notificación a los padres.

—Bueno, cumpliré dieciocho en diciembre. Entonces no importará en lo más mínimo.

—Lidia, para éso faltan varios meses. Por favor, no tomes riesgos con tu salud. Tampoco con tu futuro. Si eres sexualmente activa, entonces, sé responsable y déjame ayudarte. Es lo único que estoy pidiendo.

Lidia miró a Bel de reojo. Asintió con la cabeza una vez, apenas perceptiblemente, y Bel tuvo que conformarse con éso.

—La clínica abre mañana —dijo Bel, cambiando el tema. Ya había dicho todo lo que podía sobre el otro tema. Obviamente, había que dejar tiempo al tiempo—. ¿Todavía estás dispuesta a ayudarme?

—Sí —dijo titubeante.

—Que bueno. Entonces, debes de venir a finales de la semana para platicar sobre lo que puedes hacer.

—Está bien —su cara pareció iluminarse un poco, viéndose menos desconfiada y hostil—. Si mi papá me levanta el castigo algún día.

—¿Cuál castigo?

—Llegué muy tarde el viernes.

—Y despertaste a tu padre.

—Me estaba esperando —dijo Lidia, poniendo los ojos en blanco.

Bel frunció el ceño.

—Estaba dormido cuando… Le dije que descansara. Parece que podría aprender a obedecer órdenes.

—Nada más sabe darlas.

—Lo he notado —y eso, pensó Bel, era todo lo que podía hacer hoy—. Hablaré contigo más tarde, Lidia. Me da gusto que vayas a trabajar conmigo.

Caminó a la puerta y puso su mano sobre la manija para abrirla.

—¿Qué hay entre usted y Papá? —preguntó bruscamente Lidia—. Primero quería despedirla, y luego hubo esa escena en la escuela, y ahora…

—Decidimos darnos mutuamente otra oportunidad —dijo Bel tranquilamente, abriendo la puerta—. Quizás tú y él deberían hacer lo mismo.

Lidia bufó y luego apretó los dientes. Javier estaba parado en la puerta, sosteniendo una bandeja con latas de refresco y hielo con su mano buena.

—La doctora dijo que necesitabas un descanso —dijo Javier—. Esto podría ayudarte a seguir por la tarde.

Bel echó una mirada a Javier, luego a Lidia y de nuevo a Javier. Había estado escuchando en la puerta, ¿esperando una oportunidad para interrumpir?

Sin decir palabra, Lidia agarró una lata y un vaso con hielos, y lo colocó sobre su escritorio.

—Yo tengo que terminar mi tarea. Gracias por traer las cosas, doctora. Ni siquiera supe que había dejado esa pulcera —enfatizó la mentira.

—Nos vemos —pero la despedida de Bel fue cortada al cerrar Lidia la puerta tras de ella.

—¡Lidia! —Javier empezó enojado, pero Bel levantó una mano para callarlo.

—Está bien. Ya habíamos terminado.

—¿Una pulcera? —preguntó él, regresando a la sala.

—Es lo que dijo —era lo más cerca de una mentira que ella estaba dispuesta a decir.

Él colocó la bandeja sobre la mesa de centro y volteó hacia Bel, sus ojos brillando.

—¿Cuándo decidiste que Lidia iba a trabajar en la clínica? ¿Y cuándo pensabas decírmelo?

—¡Estabas escuchando tras la puerta! —exclamó enojada, sus sospechas confirmadas.

—No. Pero tardaste mucho, así que pensé que sería buen anfitrión.

—¿Y por pura casualidad oíste nuestra plática? ¿Qué más escuchaste? ¿La parte donde me dijo que la habías castigado? ¿Después de dejarte dormido con órdenes que te quedaras ahí? ¿No escuchas a nadie aparte de ti mismo?

—Pensé que habíamos decidido que ya no eres mi médico, Isabel...

—¡Lo era esa noche! Y necesitabas descansar, no pelear con tu hija adolescente.

—Bueno, lo hice —dijo furiosamente—. Peleamos todos los días. Es obstinada y terca e intrépida, y me vuelve totalmente loco. ¡Es idéntica a su madre!

Se detuvo bruscamente y le dio la espalda, como si estuviera horrorizado porque había dicho demasiado. Eran asuntos de familia, y no deberían ser airados con extraños. Aún extraños que pudieran comprender la naturaleza humana y dinámica de una familia.

Bel puso una mano sobre su hombro.

—Quizás deberían pasar ustedes un poco más tiempo separados.

—¿Separados?

—Están en la escuela juntos, están en la casa juntos. Jamás tiene ella tiempo sin estar contigo. Por eso le haría bien trabajar en la clínica. Todas somos mujeres ahí. Podría ser exactamente lo que necesita.

Lidia necesitaba la influencia de mujeres. Javier lo sabía. Él lo había sabido desde que murió su madre, y aún antes, cuando Linda los había abandonado. Era nada más uno de los motivos por lo que peleaban tanto; habían cosas que una adolescente simplemente no podían platicar con su padre, y la frustración se extendía hacia el resto de su vida.

¿Pero Isabel? ¿Qué clase de influencia podría tener una mujer que besaba como Isabel? ¿Una mujer que tenía una pasión quemando casi a flor de piel? Cuya mente estaba llena de ideas y valores que eran tan diferente a los suyos, de los valores que estaba tratando de inculcar en Lidia.

Iba a darle una oportunidad a Isabel con él. Y aún con el pueblo. Podría esperar para ver si podía ella adaptarse a las costumbres y cultura de Río Verde. Pero no podía tomar riesgos con Lidia.

—Mala idea —dijo cortante.

—Ella quiere saber algo de la profesión médica. Aprendería los dos lados en la clínica; de doctor y de enfermera. Estará supervisada, y tendrá que ser responsable y —jugó Isabel su as en la manga—, reduciría el tiempo que pueda pasar con David.

La mujer era demasiada perceptiva para su propio bien. Y para el de él. Sin embargo…

—Si quieres castigarla de noche, adelante. Manténla en casa durante los fines de semana. Pero ella necesita hacer esto, Javier. Quiere hacerlo. A veces hay cosas que tienes que permitir.

Él no contestó.

—Platícame de su madre. Tu esposa.

Silencio.

—Vi la foto sobre la mesita de noche de Lidia. Era hermosa, Javier.

—Nos abandonó cuando Lidia tenía cuatro años. Era demasiado para ella, casada y madre a la edad de dieciocho años. Siempre soñó con una vida elegante y excitante, en lugar de ver que la vida era buena aquí, también.

—Y ¿qué pasó?

—Se fue a Dallas y se metió de modelo. Fue bastante exitosa, pero Lidia jamás comprendió por qué su mamá nunca regresó. Creo que me culpa a mí.

—¿La ve Lidia ahora?

Él meneó la cabeza.

—Ella murió unos años después. Se pasó un alto durante la hora pico de tráfico, y llegó su fin.

—Lo siento.

Él se sacudió la mano de ella de su hombro.

—Es historia antigua.

—Pero todavía le afecta a Lidia.

Él no dijo nada.

—Javier —intentó Bel de nuevo—, si va a existir un 'nosotros,' Lidia debe de ser parte de ello. La clínica es importante para ti. Es mi vida. Deja que ella comparte eso con nosotros.

Dios, no podía ser buena idea. Isabel y Lidia juntas podrían ser una mezcla absolutamente explosiva.

Sin embargo, tampoco estaba funcionando ninguna otra cosa. De ser honesto consigo mismo, estaba a punto de perder a Lidia. Era tajante, belicosa y malhumorada. Se había fugado de la casa la otra noche, sin regresar hasta el amanecer.

Sus instintos decían que no. Su intuición decía que esperara.

Su voz dijo:

—Está bien.

CAPÍTULO SEIS

La señora Gómez está en el cuarto número dos —dijo Alicia Madrigal, la enfermera de la clínica, al pasarle el expediente de la señora Gómez a Bel—. Ire en cuanto termine de tomar los signos vitales del señor Stevens.

Bel tocó a la puerta y entró. Sonrió y dijo:

—Buenos días, señora Gómez. ¿Cómo se siente hoy?

—Mucho mejor, doctora —la señora Gómez sonrió ampliamente, su cara arrugada reluciente. Era diabética, y hacía un mes había llegado a la clínica a punto de coma. Bel y Alicia la habían cuidado toda la noche y hasta la mañana siguiente lograron estabilizarla.

Y luego Bel la había impuesto una dieta mucho más estricta que la que había recomendado el doctor Rodríguez. La señora Gómez se había quejado al principio diciendo que era molesto todo éso de medir y planear todo lo que comía… ¡aparte de las inyecciones! Sin embargo, ahora estaba contentísima.

—Tengo tanta más energía; ya puedo lidiar con mis nietos todo el día. Y ya no tengo sed todo el tiempo.

—Excelente. ¿Cómo siguen sus números?

La señora Gómez sacó una hoja de cálculo donde había puesto sus niveles de glucosa en gráfica durante las últimas dos semanas y la entregó a Bel. Alicia entró unos segundos después.

—Mm — Bel entregó la hoja a Alicia, quien la estudió un momento antes de devolvérsela—. ¿Ve usted estos picos, señora? Sus niveles de glucosa son demasiado altos aquí. Quiero que agregue una unidad más de insulina a la hora del desayuno para ver si podemos nivelarlos.

Platicó unos momentos más con la señora Gómez, explicándole exactamente lo que debería hacer la medicina, para luego contestar sus preguntas.

—Bueno, doctora —dijo la señora Gómez—. Sabe, usted platica mucho más que el doctor Rodríguez. Siempre pensó que me iba a confundir, pero creo que comprendo más que lo que comprendía antes.

—Me agrada éso —Bel sacó una pluma y apuntó la indicaciones de la nueva medicina en un recetario. Nos vemos dentro de dos semanas. Quiero estar segura que hayamos nivelado esos picos.

Luego siguió con otro paciente, y otro.

Últimamente habían dado consulta a casi ciento cincuenta personas por semana. Era gratificador, pero fatigante. Algunos días Bel se preguntaba como había sobrevivido el doctor Rodríguez día tras día durante treinta y tantos años. Examinando, analizando, diagnosticando y aconsejando le exprimía por completo.

Ahora comprendió por qué jamás había redecorado la sala de espera. Apenas había tiempo para lo más esencial, mucho menos los lujos como la redecoración. Caray, el nombre del doctor Rodríguez todavía estaba pintado sobre la ventana de la clínica. Ella ni siquiera se había molestado en agregar el suyo.

Pero a pesar de las exigencias de la clínica, ella tenía aún más que hacer. Todavía faltaba lo de su laboratorio.

Javier todavía se negaba a soltar fondos del propio presupuesto de la clínica para el laboratorio, pero sí que había sido muy valioso para ella de otros modos. Cuando ella había pronunciado su súplica apasionada ante el consejo municipal, explicando lo que necesitaba y por qué lo necesitaba, él había sido su aliado fiel. Los miembros del consejo no se habían convencido antes de que Javier se levantara a hablar. Sus palabras, combinadas con las de ella, habían persuadido al consejo a votar diez por ciento de las ganancias de la Fiesta de este año para la clínica.

Mejor aún, habían aprobado su petición para operar un puesto de servicio médico durante el festival, dándole uno de los mejores locales en el zócalo, aparte de dejarla exenta de pagar la cuota normal, lo que también fue por obra y magia de Javier.

Sin duda, el alcalde estaba tratando.

Pero no era suficiente. Ella todavía estaba mandando más análisis fuera de la clínica que los que hacía ella misma, y la molestaba mucho tener que esperar días para resultados que podía haber sacado en dos horas.

Pero no veía como podría Río Verde proporcionar todo lo que ella necesitaba, y definitivamente dentro de la agenda que ella había fijado. Ella tenía que hacer más para equipar su laboratorio. Sólo cuando éso fuera realidad, podría atender los otros aspectos de su trabajo; los servicios para adolescentes, clínica de medicina preventiva para bebés, educación para la comunidad. Todo era parte del buen ejercicio de la medicina. Su trabajo.

El resto de la mañana pasó rápidamente, y para mediados de la tarde, Lidia había llegado a hacer su turno como voluntaria. Alicia rápidamente la puso a llenar los reportes de laboratorio y a sacar expedientes para el día siguiente.

—Sería fantástico tenerla otra tarde durante la semana —Alicia dijo en confianza a Bel—. Puede ser todo un paquete para Javier, pero aquí es una maravilla.

—Por supuesto —dijo Lidia más tarde, cuando Bel le había preguntado sobre la posibilidad de trabajar otro día—. Pero todavía estoy castigada en la casa. Tarea y quehaceres domésticos son mis únicas ocupaciones. Ah, y escuchar sermones, por supuesto.

Bel frunció el ceño. Tendría que volver a hablar con Javier. Lidia no podía ser domada con un fuete. De seguir así, a Javier le iba a salir el tiro por la culata.

Bueno, estás haciendo una fantástica labor aquí —dijo Bel halagadoramente—, tanto Alicia como yo te lo agradecemos.

—Me agrada dar gusto en algún lado —meneó la cabeza—. En serio, ¿qué es lo que ves en mi papá?

He ahí una pregunta interesante. Después de seis semanas, Bel tenía por lo menos seis respuestas. Primero, por supuesto, veía a Javier el hombre. Él que la llamaba con pasión y fuego, quien la deseaba y la hacía desearlo. De ese modo fundamental, entre hombre y mujer, que le quemaba la piel y derretía su corazón. El hombre quien la había forzado a abandonarlo como paciente para enfocar toda su atención en cuidarlo como hombre.

Luego veía a Javier el maestro, que la animaba casi todas las tardes a aprender español; vocabulario, gramática y conversación. Era bueno, también con un sentido de humor que a Bel la agradaba mucho, aunque al mismo tiempo exigía un esfuerzo del ciento diez por ciento de su parte.

Luego veía a Javier el entrenador, con él que se encontraba ella durante sus paseos matutinos corriendo a la orilla del río. También era exigente en ese campo, alternativamente forzando y animando a sus atletas a dar lo mejor de sí mismos.

Su pasión se derramaba sobre todos los aspectos de su vida. Como alcalde, como director de la clínica, era dedicado y acomedido, sin vacilar en su creencia en el hogar y en los valores familiares. Él adoraba a su pueblo, sus amigos y a sus estudiantes. Y ellos correspondían a su cariño.

Excepto por Lidia. Como padre, que era lo que más le importaba él, lo mejor que pudo lograr era ahuyentar a su hija.

—Antes era divertido —Lidia continuó—. Antes me llevaba a los mercados para regatear comprando juguetitos tontos para mí. Antes me dejaba tomar de su taza de café, aunque fuera unas cucharaditas, pero me sentía tan grandecita. Siempre trataba de compensarme por, pues usted sabes, como se fue mi mamá. Pero Dios, desde la muerte de mi abuela...

Bel pensó para si misma que realmente había sido desde que Lidia fue suficientemente grande y chula para atraer a los chicos.

—Y desde que empecé a salir con David —Lidia dijo, terminando el pensamiento de Bel—. ¿Por qué no puede entender que ya no soy una niñita?

—No, lo entiende perfectamente, Lidia —miró a la chica de cerca, recordando su última plática sobre lo mismo—. ¿Siguen bien tú y David? ¿No ha cambiado nada?

Lidia se encogió de hombros y siguió archivando expedientes.

—Estoy aquí para escuchar y para ayudar si puedo —reiteró Bel, y esperó.

Pasó un minuto y luego otro. Abruptamente, Lidia levantó la mirada.

—Está bien —dijo—. Mentí. David y yo estamos... pues acostándonos. O lo estábamos haciendo hasta que pensé que estaba...

—Embarazada.

La chica asintió con la cabeza, viendo hacia su escritorio.

—No lo estuve, nada más que tardó en bajarme la regla unos cuantos días más que lo normal, pero me asusté. Mi papá me habría matado.

Bel se quedó callada.

—No pude ir con el doctor Rodríguez para conseguir anticonceptivos. Nada más le habría dicho a mi papá. Y si no se lo decía él, el señor García de la farmacia se lo habría dicho. Yo me quise ir a Del Río para ver un médico ahí, pero siempre me andan castigando y si me vuelo clases, mi papá lo sabrá y…

Se le llenaron los ojos con lágrimas.

—Sabes, Lidia, la abstinencia es la mejor elección para una adolescente —dijo Bel, manteniendo neutral su tono de voz—. Así no hay complicaciones ni preocupaciones.

—Sí, pues ya no me funciona. Deseo a David y él a mi. Tengo casi dieciocho años —agregó rebelde.

—¿Qué pasará si se entera tu padre?

—No se enterará, ¡si no le dice usted! —respiró hondamente, tratando de controlar el temblor en su voz—. Mire, doctora Sánchez, no quiero acabar como mi madre. Ella lastimó a todo el mundo porque no pudo manejar lo que sucedió. Yo no quiero estar atrapada en Río Verde toda la vida. Por eso necesito su ayuda. Ahora bien; estaba engañándome, ¿o hablaba en serio?

—Hablaba en serio —dijo Bel suavemente—. Si no vas a escoger la abstinencia, la otra y mejor opción es una pastilla anticonceptiva de baja dosis. Así no tienes que recordarte de ponerte algo, ni que se rompa algo. No es sucio y no interfiere. Lo único que tienes que hacer es tomarla una vez al día.

—Pero necesito receta médica, ¿no?

Bel asintió con la cabeza.

—Y, ¿cómo compro la receta sin que García vaya con el chisme con mi papá?

Bel consideró sus opciones, preguntándose por que se sentiría tan… nerviosa. No debería ser difícil. Estaba entrenada para hacer esto. Lo había hecho cientos de veces durante su residencia. Y para chicos que probablemente se estaban rebelando contra los deseos de sus padres siendo sexualmente activos.

Pero se trataba de Lidia. La hija de Javier. El cual, de descubrir la verdad, estaría furioso con las dos.

Pero, ¿qué le quedaba? Lidia era la que contaba en esta situación. Era su vida, su decisión, y su responsabilidad. Y Bel tenía que protegerla.

—Podría dispensar las pastillas desde la clínica —Bel dijo lentamente—. Ya lo hago con otras drogas; antibióticos y cosas por el estilo. Tendría que ordenarlas, así que la gente en la farmacia sabría lo que estaba recetando, pero no para quien.

—Está bien —dijo Lidia—. Entonces, hágalo.

Dios… se sentía tan… falsa. Pero, ¿qué otra cosa podía hacer? Lidia le había dicho directamente que era sexualmente activa y que quería anticonceptivos. Era decisión médica, y si Javier se enteraba, simplemente tendría que aceptarlo. Bel simplemente estaba cumpliendo con su deber.

—Llamaré a la farmacia —dijo Bel, entrando a su oficina—. Alicia o yo personalmente las recogeremos hoy por la tarde. No te vayas a casa antes de verme.

Lidia levantó la vista y susurró:

—Gracias.

Estaba haciendo lo correcto. Bel lo sabía. Entonces, ¿por qué sentía esa sombra de alarma al marcar a la farmacia?

Tres días más tarde, Javier estaba caminando de la alcaldía hacia la clínica para recoger a Isabel. Iban a inspeccionar el puesto que había sacado a los porristas de la escuelas para el debut de la clínica en la Fiesta.

Y se le había hecho tarde porque mucha gente lo paraba en la calle para felicitarlo por tan brillante idea de traer a la doctora Isabel Sánchez a Río Verde.

—Yo no puedo aceptar el mérito —decía a cada uno—. Yo nada más quería más ayuda en la clínica, pero la doctora Sánchez fue idea del doc.

—Bueno pues, ella esta muy bien. Diferente del doc. Pero trabaja mucho más rápido. La clínica trabaja como reloj. Y habla más con los pacientes de sus males y como tratarlos. Además, está muy chula —eso último lo habían dicho dos hombres diferentes.

Le caía bien a la gente. Hasta el momento, por lo menos. Lo cual era bueno, dado que la búsqueda de un segundo médico por la mesa directiva no había avanzado absolutamente nada en las últimas seis semanas. Ni siquiera había alguno provisional hasta pasando la Navidad.

Isabel era una mezcla muy perturbadora de profesional dura e intransigente con mujer de sangre caliente. Entre los brazos de él, era suave, sensible y deseable. Sin embargo, ante la mesa directiva o el consejo, era absolutamente combativa, sin jamás dejar de aprovechar una oportunidad de arengarlos por lo de "su" laboratorio; lo que ya estaba añejo.

Pero los halagos que le cantaban en el pueblo eran suficiente para tolerar esa costumbre tan molesta que tenía. Lo que más importaba era que pudiera seguir sin meterse en problemas durante lo que quedaba de su estancia probatoria.

Una parte de él esperaba que sí. La parte que no podía controlar, que no quería controlar, eran las chispas que volaban cada que estaban juntos. Era inteligente, dedicada, trabajadora; todo lo que admiraba en una persona. En una mujer. Parte de él quería que ella se quedara durante mucho tiempo.

Y parte de él todavía tenía un cierto y vago nerviosismo respecto a ella. ¿Sería simplemente porque era tan agresiva en cuanto a su profesión? Como lo de su laboratorio, o como su determinación para tener un puesto médico en la Fiesta. Meneó la cabeza. Se suponía que la Fiesta era para divertirse, no para ver asuntos serios como la presión arterial alta.

O sería por sus opiniones tan fuertes respecto a Lidia, y porque por lo menos algunas veces, ¿había tenido lo que parecía ser la razón?

De algún modo y de alguna manera, esperaba que en cualquier momento lo iba a descontrolar por completo. Y su propia caída no iba a ser nada agradable. De eso estaba él completamente seguro.

Entrando a la recepción de la clínica, tocó la puerta que daba a la oficina. Ya pasaban de las cinco; nadie más estaba ahí.

Alicia abrió la puerta, las llaves de su coche en la mano.

—Hola, Javier —dijo—. La doctora está en su oficina, y yo ya estoy fuera de servicio. Lidia está allá atrás; y estoy tan emocionada porque nos va a dar otra tarde por semana. Nos vemos después —luego pasó al lado de él, saliendo por la puerta principal, antes de echarle llave tras de ella.

—Hola —llamó él, buscando primero a Lidia. Al asomarse por la puerta del cuarto de atrás, ella se limitó a gruñir sin decir palabra alguna.

—Buenas tardes a ti también —dijo medio molesto. Hiciera lo que hiciera, las cosas nunca estaban bien con Lidia—. Termina ya pronto. Vamos a irnos luego.

Bel lo recibió mucho mejor.Sonrió, y lo besó en las dos mejillas. La dulzura de su aliento sobre su piel le disolvió la mayor parte del nerviosismo que él tenía en las orillas de su consciencia, y le sonrió.

—¿Un día difícil? —preguntó ella.

—Como siempre. ¿Tú?

—Largo —cerró los expedientes con los que había estado trabajando y los puso sobre una esquina de su escritorio. Luego se quitó su bata de laboratorio y la colgó sobre un gancho en la puerta de su oficina—. Vamos a ver el puesto. Me queda nada más una semana para adaptarlo a nuestras necesidades.

—Las cuales, ¿son?

Isabel abrió la puerta y pasó a la parte principal de la clínica.

—Un lugar donde la gente pueda entrar y salir con facilidad. Espacio para que Alicia y yo trabajemos, y espacio para poner folletos respecto a los servicios de la clínica. Y el laboratorio —agregó como tiro final.

—Jamás te vas a dar por vencida, ¿verdad?

—Si se tratara de tu trabajo, ¿tú te dejarías vencer?

Ahí sí que le tenía que dar la razón. Simplemente era que sonaba… pues diferente, de parte de una mujer. Era algo en que tenía que pensar.

Pasaron por Lidia y se metieron en el coche de Isabel. Después de dejar a Lidia, Isabel sacó el coche por la entrada y siguió el camino hacia la escuela. El puesto estaba atrás del campo de deportes, y la luz desteñida de la tarde de otoño suavizaba sus defectos.

—Parece más tienda de campaña que puesto —dijo Javier—. Por eso está disponible. Los porristas están construyendo uno de madera, con un piso y alambrado eléctrico.

Isabel le dio toda la vuelta, inclinando la cabeza de un lado al otro, examinándolo. Al terminar, sonrió.

—Va a funcionar. No tiene escaleras, para empezar, y podemos sostenerlo abierto donde esta la cremallera, y hay suficiente espacio para una mesa larga y unas sillas. Está un poco percudido —dijo, metiendo el dedo por un hoyo en un lado—, pero el techo está entero. En caso de lluvia.

—Jamás llueve durante la Fiesta.

—Que bueno —ella volteó hacia él y tocó su mejilla suavemente con su dedo índice, trazando una línea hacia su mentón—. ¿Sabes, Javier? Me has tratado bastante bien últimamente. ¿Debo estar preocupada? ¿Tienes algún plan para mi?

Se le brillaban los ojos, y Javier apretó su mano contra el mentón, mirándola fijamente con un deseo controlado sólo a medias.

—Sí —dijo con voz profunda, y tapó la boca de ella con su boca, impidiendo que siguiera hablando.

Al estar juntos, Isabel siempre lograba encender un fuego dentro de él. Lo perturbaba totalmente con deseo y necesidad, y él simplemente no comprendía de dónde había sacado ese poder sobre él. Ni siquiera había querido que estuviera ahí, no al principio. Todavía no estaba convencido de que debiera estar ahí del todo. Sin embargo, ella se le había metido bajo la piel.

Y ahora la deseaba. Toda ella. No importaba que a veces lo volviera loco, ignorando casi todo lo que él pedía razonablemente, al igual que ignoraba sus sugerencias. No importaba que ella las considerara exigencias. Nada importaba aparte de esto.

El estaba atrapado en el círculo de franco deseo, y nada menos que poseerla totalmente lo ayudaría.

Ella ofreció una débil resistencia a su primer beso, luego suspiró y se entregó a él. Abrió la boca, ofreciéndola la entrada, mordisqueando su labio inferior, gimiendo suavemente contra él.

Ella también lo deseaba. Él lo sintió por la manera en que movía su cuerpo contra el de él, despacio, sensualmente, con una ansiedad apenas controlada. Él lo palpaba por la manera en que la mano de ella recorría su mejilla y su cabeza, enredando sus dedos en su grueso y lacio cabello color azabache.

—Tienes que dejar de tentarme así —dijo ella en voz baja, su aliento cálido contra el rostro de él, su estómago suave contra su ingle—. Es que me… es demasiado doloroso.

—Lo sé, Isabel. Pero aquí no.

—Entonces, en mi casa.

Él estaba pesado y ansioso por el deseo. Y su invitación le decía lo mismo que le indicaba su cuerpo; que lo deseaba tanto como él la deseaba a ella.

No podía aplazar la unión física con Isabel mucho más tiempo. Pero…

—Hoy, no —casi lo mataron las palabras—. Lidia está esperando.

—Un poco más de tiempo separados les hará bien —susurró Isabel—. Estaba quejándose de eso el otro día. Dale oportunidad —pasó su mano por lo largo de la camisa de él, deteniéndose para rascar ligeramente su pecho con la uña—. Piensa en lo fantástico que va a ser estar juntos.

Dios del cielo, estaba tentado. Cada vez que la veía, cada vez que la tocaba, le provocaba una tormenta de calor y necesidad. Y si no lo dejaba de tocar así…

Con un gemido fuerte, se apartó del placer de las cálidas caricias de Isabel.

Pero Isabel no lo soltaba. Rodeó su cuello de nuevo con sus brazos y se presionó cerca de él. Su lenguaje corporal y gemiditos guturales expresaban todo lo que ella deseaba. Explícitamente.

Un beso más y ya, se convenció él, metiendo sus manos dentro del cabello de ella y apretándola tan fuertemente contra él que ni una molécula de aire podría haberse metido entre ellos. Ella le robó todo el aliento, se lo devolvió de nuevo, ofreciendo su boca y manos de modos que casi lo hicieron olvidarse de su firme resolución.

—Si no nos vamos a casa ahora mismo, quizás tengamos que hacerlo aquí mismo en la tienda de campaña —susurró Isabel con una voz gutural—. ¿Te imaginas qué escándalo?

Por segunda vez, armándose de toda su fuerza de voluntad, Javier se apartó. Dios, como la deseaba. Deseaba sentir la suavidad del cuerpo de ella bajo su cuerpo, tocar cada centímetro de su tierna piel, hundirse dentro de ella y jamás soltarla. Pero no podía pensar nada más en sí mismo.

—No puedo permitir que Lidia me vea entrando así a tu casa —dijo, su voz ronca, pero firme—. Cuando haga el amor contigo, Isabel, será en mi cama. Con absoluta privacidad.

Bel lo miró despectivamente, enojada y frustrada.

—No sabes lo que te estás perdiendo.

"Y confía en lo que te digo", agregó en silencio. "Tu hija sí que sabe."

CAPÍTULO SIETE

El día de la Fiesta amaneció asoleado y despejado, y Bel se despertó temprano. Había estado observando durante dos días mientras la gente había transformado la plaza central, levantando alegres tiendas de campaña, puestos de comida y de artesanías por todo el zócalo. Habían llevado y organizado el equipo de cocina así como la mercancía para sus puestos mientras los obreros colgaban las luces para las festividades de la noche.

Bel y Alicia habían terminado de montar el puesto de la clínica, con montones de folletos y un gran anuncio que decía "Porque la Clínica de Río Verde Necesita un Laboratorio" en inglés y en español.

Brincando de su cama, se baño rápidamente en la ducha, y se vistió con ropa caqui y camisa blanca, sacando una bata de laboratorio limpia de su closet para ponérsela más tarde. En lugar de correr esta mañana, caminaría a la clínica para recoger su instrumental. Luego se iría al centro del pueblo para empezar con las actividades del día. Y esperaba que hubiera suficiente tiempo para tomar uno que otro descanso para ver de que se trataba la Fiesta.

—Pero la verdadera fiesta comienza al la noche —Javier le había dicho—. Pasaré por ti a las cinco. Estás lista.

Poniéndose sus zapatos de correr, Bel dejó su departamento. En la entrada, la saludó el pitazo de un claxon de carro. Lidia corrió por la puerta principal, su maleta de fin de semana en la mano.

—¿Qué es esto? —dijo Bel, señalando la maleta—. No piensas escaparte de casa, ¿o sí?

—¿Puede creerlo? —dijo Lidia alegremente—. Ya cumplí mi sentencia por fin. Hasta me dejó pasar la noche con Ana y Sofi —abrió la puerta del coche—. Por supuesto, la madre de Ana tiene que jurar que llegué a casa a mi hora, pero … —se encogió de hombros con indiferencia.

—¿Y David?

Lidia sonrió.

—¡No puedo esperar!

Bel la vio seriamente, pero no dijo nada.

—Estoy bien —le aseguró Lidia—. Y gracias, de nuevo —abrió la puerta del coche y se metió entre media docena de jovencitas. Con un meneo de mano para despedirse, salieron de la cochera y el coche corrió calle abajo.

Así que Lidia no estaría esta noche. A pesar del cálido aire matinal, Bel tembló un poco por la emoción mientras empezaba a caminar el kilómetro y medio de distancia para llegar a la clínica. Javier le había prometido privacidad para su primera vez, y estaba cumpliendo.

Esta noche.

Ella estaba lista. A pesar de que a veces Javier la volvía loca con sus interferencias.

Era su mayor defecto. Su único defecto, de verdad, pero era uno que muchas veces destacaba por encima de sus otras cualidades. Bel era suficientemente fuerte para evitar que la controlara, por mucho que él quisiera hacerlo, pero la pobre de Lidia… Realmente exageraba su control de padre con ella. Gracias a Dios que había restaurado sus privilegios antes de que ella volviera a rebelarse.

Pero cuando Javier se separaba de esa parte de su personalidad, era encantador. Muy, muy encantador. La hacía reír, la entretenía con cuentos de la vida en

Río Verde, la hacía sentir bien recibida y estimada. Y a veces hasta la ayudaba con sus objetivos profesionales, como lo había hecho con la Fiesta.

Y cuando ella se encontraba entre sus brazos, no podía pensar en nada aparte de él y cuanto lo deseaba. Todo él. La reacción química entre ellos era fuerte y real.

Esta noche se terminaría la larga espera.

Dando la vuelta a la esquina de la calle principal, Bel entró por la puerta principal de la clínica. Las calles ya estaban llenas de gente, y el aire estaba lleno de voces saludándose y pidiendo ayuda. Aún a una distancia de cuatro cuadras, Bel olía el aroma de carnes al carbón y jugos de fruta fresca.

Al llegar a la tienda de campaña de su clínica, su instrumental en la mano, Alicia la estaba esperando. Rápidamente tomaron sus lugares, y pronto, una fila constante de pacientes empezaron a pasar con ellas. Algunos eran personas que Bel ya había visto en la clínica, como la señora Gómez, quien había traído a su marido con ella para conocer a "la nueva doctora." El señor Gómez era un coqueto desvergonzado, y Bel escuchó mientras Alicia bromeaba y se reía con él, con destreza metiendo sus preocupaciones reales respecto a la salud de él en la plática.

También habían muchas caras desconocidas, pero Bel y Alicia los recibieron con igual gusto, tomando su presión arterial y haciéndoles algunas preguntas básicas sobre su salud.

Para aquellos cuyas respuestas o presión arterial estuvieran fuera de los límites de la normalidad, Alicia concertaba citas ahí mismo para que fueran después a la clínica. Escribía sus nombres en el anticuado libro de citas y luego les escribía una tarjeta como recordatorio.

Si sólo una docena de gentes acudían a sus citas, Bel podría declarar como exitoso el día. Era lo más importante en dar servicios médicos de salud pública, descubrir los problemas rápidamente. La educación, un diagnóstico a tiempo, tratamiento adecuado. Cada paso significaba que más gente podía vivir una vida más larga y saludable.

Cuando terminaban cada revisión médica, entregaban un volante a su visita, explicando lo de su campaña de recaudación de fondos para el laboratorio y por qué era tan importante para la clínica y para los pacientes.

Casi toda la gente abría la cartera ahí mismo para donar un dólar, cincuenta centavos, o lo que tuviera a la mano. Unas personas regresaban varias veces, trayendo cambio de cualquiera compra que acababan de hacer.

A mediodía, Alicia había conseguido un gran frasco de salsa de uno de los vendedores de comida. Después de lavarlo bien y colocarle una etiqueta que decía "Fondo para el Laboratorio", ella y Bel metieron las monedas y billetes en el frasco. Observaron con asombro mientras crecía la cantidad de cambio y billetes a lo largo del día.

Enfrente de la plaza, a cada lado del río, un grupo presentó un simulacro de la batalla original de Río Verde. Unos cuantos caballos de rigor relincharon y se levantaron sobre las patas traseras cuando las filas de soldados de Santa Ana marcharon hacia el río en camino al pueblo. La retaguardia disparaba sus antiguos rifles y cañones con fuertes tronidos, y el olor de pólvora flotaba en el aire.

El simulacro de batalla duró dos horas, bastante menos que la batalla original que había durado dos días, y luego la gente regresó a la plaza, a comer tacos y tomar aguas de fruta fresca, riéndose, gritando y jugando.

Luego empezó la música. Había un foro en el extremo izquierdo de la plaza, y durante las dos horas siguientes se oyeron las alegres notas de las guitarras y cornetas de los mariachis. Llegaron más y más personas, hasta que se llenaron también las calles, todos aplaudiendo y cantando con los mariachis.

Justo a las cinco, Bel vio a Javier acercándose a ellas. Un rayo de la luz del antenoche lo iluminó al caminar, haciendo relucir su cabello oscuro y hombros poderosos. Se abrió camino lentamente por entre el gentío, parándose una y otra vez para saludar a uno o para dar unas palmaditas en el hombro de otro, sonriendo y saludando con un meneo de la mano a la gente del otro lado de la plaza.

Se veía muy bien así, en su elemento, rodeado por la gente que lo conocía y que lo quería.

¿Y tú? Bel se preguntó repentinamente, hipnotizada por la escena. *¿Qué es lo que sientes?*

Necesidad, se dio cuenta, y mientras el sentimiento se disparaba desde sus ojos hasta lo más profundo de su ser, quedándose ahí con la promesa de ser satisfecho. Y la necesidad, sabía ella, tenía la costumbre, frecuentemente, de convertirse en algo más.

Había venido a Río Verde en espera de encontrar algo de sí misma. De repente parecía que Javier era parte de esa búsqueda.

Alicia lo miró y sonrió.

—Váyase, doctora —dijo—. Van a llegar pronto mi hijo y mi marido, y nosotros llevaremos todo a la clínica de nuevo.

—¿Estás segura? —todavía mirando fijamente al hombre que se acercaba. Durante un momento se preguntó si podía esperar que terminaran las festividades de la noche. Quizás pudieran irse directo a casa desde ahora.

Alicia la empujó por los hombros hasta sacarla de la tienda de campaña.

—¡Váyase!

Bel se fue. Al caminar por el gentío hacia él, la gente la saludaba por todos lados, y ella sonreía o decía "adiós" con acento ya aceptable. Ellos tenían la ventaja, por supuesto. Nada más tenían que recordar su nombre; ella tenía que recordar por lo menos mil. Pero de algún modo, se imaginaba que la perdonarían.

Río Verde era un lugar que perdonaba mucho. O quizás una mejor descripción era que era un pueblo generoso. Eso le parecía hoy.

Ya estaba ahí, delante de él. Casi sofocada, tendió sus manos para que él las tomara. Inclinándose el uno hacia el otro, se besaron en las mejillas. Pero Bel sabía lo que les esperaba más tarde esa noche, y sonrió, con una sonrisa secreta y conocedora.

—Te ves como un gato que se acaba de comer un ratón —dijo Javier—. ¿Qué es lo que no estás diciéndome?

—Nada. Nada más ha sido un bonito día. Vimos a unas trescientas personas; ¡tenías razón al decir que todo el mundo viene a la Fiesta!

—Sacamos unos cuatrocientos para la carrera, así que debemos sacar una buena ganancia.

—¡Yo quiero la parte que le toca a la clínica! —dijo Bel, meneando su dedo ante la cara de él.

—Te lo prometo —dijo, fingiendo desesperación—, ¡a nadie se le va a olvidar la parte de la clínica! No con tu afán de recordárnoslo.

—¿Sabes?, con lo que ha donado la gente en cambio, más esto, deberíamos poder equipar por lo menos una parte del laboratorio casi de inmediato. Lo cual sería fantástico.

Javier se limitó a sonreír.

—Ahora eres tú quien pareces tener un secreto. ¡Desembucha!

Pero Javier se limitó a decir:

—Lo sabrás en el momento apropiado —y Bel no le pudo sacar ni una palabra más.

Así que cambió el tema.

—Tengo hambre —dijo triunfalmente, buscando dentro de su mente las palabras correctas—. De veras, me muero de hambre. Alicia y yo pasamos todo el día oliendo toda la comida tan rica y jamás tuvimos un solo momento para comer.

—Ándale, pues, a comer —Javier la tomó del brazo y la escoltó en dirección de los vendedores de comida.

Cenaron tacos al carbón y cebollitas a la parrilla, acompañados de sidra fría. Terminaron con un flan de postre, y una rica nieve de vainilla.

Después pasearon por el mercado, viendo las artesanías tanto de México como de los Estados Unidos; carteras y bolsas en piel labrada, guayaberas y vestidos de manta en colores fuertes, ónix labrado, piñatas y docenas de muñecas, juguetes de madera y artículos bordados a mano.

Bel estaba fascinada con un nacimiento de cerámica. Elaborado con arcilla pintada de colores brillantes, era la escena más alegre del niño Jesús y la Sagrada Familia que Bel había visto jamás. Recogió uno de los Reyes y recorrió sus dedos sobre los brillosos colores alegres.

—¿Cuánto? —preguntó, regresando la pieza con los demás.

El vendedor la vio, calculando el precio.

—Cincuenta dólares —dijo, ocupándose con su mercancía.

Bel sacó su cartera, pero antes de que sacara el dinero , Javier había tomado su mano y dijo tranquilamente:

—Quince.

Ella le echó una mirada a Javier al notar que el vendedor levantó la vista con alegre sorpresa.

—Cuarenta y cinco —respondió.

—Veinte —dijo Javier como contra-oferta mientras Bel silbaba suavemente. ¿Qué es lo que estaba haciendo?

Regatearon hasta quedar de acuerdo en treinta dólares como precio para Bel, el vendedor gruñendo que sólo era porque a la dama le gustaba tanto que sería una lástima que no lo tuviera. Javier sonrió y soltó la mano de Bel, señalando que debería pagar al hombre. Él envolvió las piezas en papel de periódico y los puso en una vieja caja para zapatos, quejándose que no le había convenido el precio acordado.

—¿Qué es lo que estabas haciendo? —exigió Bel al alejarse del puesto—. ¡Qué vergüenza!

—¿Cómo? ¿No me agradeces que te ahorré veinte dólares?

—¿De qué se trató todo eso?

—El regateo. Una clásica tradición mexicana. Ya está desapareciendo, con las grandes tiendas departamentales y supermercados, pero en un mercado como este, los precios jamás son fijos. El precio que ofrecen no es más que un punto de partida.

—Pero nada más pagué como la mitad de lo que pidió.

Javier asintió con la cabeza.

—Y también fue un precio más o menos justo —llegaron a otro puesto, con blusas de colores alegres y vestidos y Bel se paró a verlos—. ¿Quieres tratarlo?

Ella le pegó en broma.

—¿Yo? Te dije. No me gusta regatear. Soy demasiado americanizada. Demasiado acostumbrada a los precios de tiendas departamentales.

—Bueno, piensa en ésto como si fuera tu propia barata personal.

—Está bien —dijo ella lentamente, comprendiendo finalmente—. ¡Ya lo veo!

—¡Cuídense vendedores de la Fiesta!

Unos minutos más tarde, ella encontró un vestido que le gustó, con flores bordadas en colores alegres y encaje blanco en la bastilla y en las mangas. Lo probó en un puesto con cortina, gustándole la manera que colgaba de sus hombros y cuello mientras le apretaba la cintura. Se abría acampanado desde la cadera en falda circular, y ella giró para verla volar sobre ella.

—Los tenis no funcionan con este equipo —dijo ella, recogiendo unas sandalias de color rojo vivo, colocándoselas en los pies—. Pero éstas son perfectas.

Ella hizo contra-ofertas al primer y segundo ofrecimiento del vendedor, pero se dio por vencida después del tercero.

—Pagaste demasiado —le dijo Javier al alejarse del puesto, Bel todavía portando su vestido y sandalias—. No puedes ser tan ansiosa.

—Pero me gusta y fue buena compra aún al precio que pagué. Y me divertí. ¿Qué más puedo pedir?

—Un precio aún mejor. Observa al maestro.

En el próximo puesto, regateó furiosamente por un collar de cuentas, hasta alejándose en un momento dado para que el vendedor lo siguiera, suplicándole que terminara la transacción. Al final, pagó mucho menos que la mitad del precio original por dos de los collares, con un par de aretes gratis. Le regaló uno de los juegos a Bel.

—Está bien. Estoy impresionada —concedió ella, al ponerse el collar en su cuello. Las cuentas eran un color nacarado de ónix, altamente pulidas y lisas, y se sentían frescas sobre su cuello. No como donde la tocaban las manos de Javier, mandando pequeñas descargas de excitación desde su cuello hasta su cintura— eres... muy... bueno.

—De varias maneras —susurró él en su oído, sus manos deteniéndose un momento más sobre su cuello. Sacando un arete con tres bolitas de ónix, le quitó sus mas sencillos aretes de oro y le puso los nuevos.

La sensación de los dedos de él sobre su cuello y oídos casi era más de lo que Bel podía soportar. Los vellitos sobre su cuello estaban erizados, electrificados, y los lóbulos de sus oídos se sentían como si fueran zonas erógenas. Algo espeso y dulce se formó en la boca de su estómago, extendiéndose lentamente por su cuerpo como miel calentada por el sol.

Se apoyó contra él, su espalda contra el pecho de él, descansando su peso en él.

—Esta noche —susurró justo arriba de su oído— tienes que ponerte este conjunto para mí… y nada más.

Sus palabras, y su dulce aliento contra su oído, le provocaron un escalofrío por toda su columna. Tocó suavemente las cuentas, maravillándose ante su fresca dureza contra el calor de su piel.

—¿Esta noche? —dijo ella—. ¿Aquí? ¿Ahora?

—Pronto —prometió él, plantando un beso breve pero ardiente sobre el cuello de ella. Luego la tomó por los hombros y la volteó para enfrentarla a él—. Pero primero tenemos que ser vistos.

Metió el otro collar y aretes en la bolsa de su camisa.

—¿Y para quién es ese juego? —bromeó ella, recobrando algo de su compostura perdida. Ya podía moverse sola, aunque la excitación que corría casi a flor de piel no había disminuido en absoluto.

—Lidia —dijo él—. No es realmente su estilo. Demasiado tradicional y conservador. Pero quizás le guste después —meneó la cabeza—. Vamos a bailar.

Ya era noche, y las linternas que habían sido colocadas sobre la plaza centelleaban. Una luna llena estaba ascendiendo tras del campanario de la iglesia, agregando su brillo a la escena iluminada.

Los mariachis había abandonado el foro, y un alegre conjunto había tomado su lugar. El ritmo era contagioso.

Javier extendió la mano y la guió hacia el centro de la gente, donde varias parejas ya estaban bailando. La mayoría de ellos se limitaban a un paso doble sencillo, pero otras parejas probaban pasos complicados con contorsiones y giros con nada más tocarse para comunicarse sobre el siguiente paso.

¡Que diferente de la última vez que habían bailado! Pensó Bel. Aquella noche había estado llena de enojo, posesión, hasta vergüenza. Pero aquí estaba más cómoda. Se movieron juntos tan tranquilamente como si hubieran estado bailando juntos tanto tiempo como la pareja de ancianos de cabello canoso a su izquierda.

Era agradable estar entre sus brazos, pensaba ella no por primera vez.

Él la apretó más fuerte, cambiando de un rápido paso doble hacia un paso más lento de vals. Bel miró alrededor con mirada soñadora, mirando a las parejas de ancianos moviéndose con la misma gracia que los jóvenes. Mirando de reojo, pensó que había visto a Lidia con David, pero entonces Javier la guió en otra dirección y no estaba segura de haberlos visto.

Al hacerse más tarde, los vendedores empezaron a cerrar ventanas y puestos, juntándose con la gente en la plaza. Los vendedores de comida todavía estaban haciendo buen negocio, bailar era trabajo rudo. Las parrillas chisporroteaban al ponerles la carne y verduras, y tintineaban las tapas de las ollas mientras los trabajadores servían chile, arroz y frijoles.

Se juntaba aún más personas en la plaza, ya llena de gente bailando, riéndose, hablando y gesticulando en los dos idiomas. El lugar zumbaba con vida y energía, bastante distinto a lo conservador del medio-oeste que Bel había conocido toda su vida. Ella se apoyó contra Javier y observó todo, maravillándose ante todo lo que había llegado a ver y entender en tan poco tiempo.

—Gracias —susurró.

—¿De qué? —la voz de Javier era profunda.

—Por las cuentas, por la clase de regateos, por estar conmigo. Por todo, me supongo. Me sentí muy … pues aceptada en Río Verde hoy.

—De nada —respondió, poniendo sus manos sobre los codos de ella e inclinó su boca hacia la de ella. La besó tiernamente, para luego decir seriamente—, Isabel, yo sé que no he sido digno contigo. No… pues no confiaba en ti, en que alguien como tú pudiera venir y comprendernos, comprender nuestros valores y nuestra cultura. Estaba equivocado.

—Gracias, Javier. Significa mucho para mi escuchar eso. Empiezo a sentir que hay un lugar para mi aquí. Es justo lo que había esperado.

—¿Qué cosa, corazón?

El término flotó en el aire como una brillante gota de agua, frágil pero hermosa.

—Suena ridículo, pero una de las razones por las que escogí a Río Verde fue para que pudiera encontrar una parte de mi misma. Mi padre murió cuando era tan chica que jamás había llegado a conocer esa parte de mis orígenes. El doctor Rodríguez lo comprendía, y me quería ayudar. Tú no te imaginas lo anonada que me sentí cuando llegué y me enteré que él había muerto, y lo único que me quedaba eras tú.

Javier se rió.

—Jamás lo mostraste. Eras puritita actitud, y determinada a seguir adelante. Pero deberías verte en un espejo ahora.

Mirándolo, vio tanto su calidez como su promesa en los ojos. Era aceptación, y quizás más.

—Me gusta este lugar, Javier. No es nada más el aprender español, o el trabajo, que es fantástico. Es la forma de ser de la gente, les importa la vida y la gozan, y disfrutan sus familias y la música… —señaló con la cabeza a un grupo de parejas de avanzada edad todavía bailando cerca de ellos—. La vida nunca descansa aquí. Nadie es demasiado viejo para tomar parte en todo, o para divertirse o… —hizo una pausa y se encogió de hombros—. No puedo explicarlo.

—Lo hiciste muy bien, querida —y luego la tomó por la mano y la condujo fuera de la pista de baile y por una calle a un lado de la plaza.

Caminaron juntos bajo la luz de la luna. Algunas nubes hinchadas manchaban el cielo, jugando al escondido con la luna. No hablaron más; no era necesario, y el silencio entre ellos era tranquilo, una cobija de comprensión.

Unas cuadras más adelante, llegaron al vehículo de Javier, y él abrió la puerta para ella, apoyando su mano mientras ella se subía. Hubo un momento de absoluto silencio mientras cerraba la puerta tras de ella, bloqueando lo que quedaba de ruido de la Fiesta, y Bel cerró sus ojos para flotar en ese silencio un momento.

Ella lo observó de reojo mientras manejaban a casa. Se veía guapo bajo la luz de la luna, como un poderoso dio azteca, bronceado y apuesto. Algo más que un simple mortal.

Al meterse en la cochera, Bel ni siquiera pensó en acercarse a su propia puerta. Siguió a Javier a su puerta. Sin palabras, él la condujo a lo largo del pasillo oscuro hasta su cuarto, donde cerró la puerta tras de ellos con un sólido golpe.

Prendió una luz, pero nada más durante el tiempo necesario para prender media docena de velas sobre el escritorio y la mesita de noche. El humo se movía en espiral negra mientras se prendían los pabilos, y luego apagó la lámpara.

La alcanzó entonces, y Bel no pudo resistirse. Él presionó sus labios contra los de ella, seduciéndola, tentándola, haciéndola desear lo que ella habría creído imposible hacia sólo un par de semanas.

La besó de nuevo, duro y fuerte, y Bel se rindió ante él. Echó los brazos alrededor de Javier, acercánidolo fuertemente contra ella, deleitándose en la sensación suavemente áspera de su labio superior contra el de ella. Ella abrió la boca para recibir su lengua, respondiendo con la suya propia, gozando el dar y recibir de hacer el amor que prometía, finalmente, satisfacer todas sus necesidades.

El cuerpo de ella estaba derritiéndose por dentro, volviéndose cálido y ansioso. Ella deseaba fundir su femineidad con la masculinidad de él, sus curvas contra sus partes angulares, su suavidad contra su rigidez. Se acurrucó, sintiendo su pasión en aumento al soltar un chorro de deseo que fluyó sobre su piel y sobre cada fibra de los nervios bajo su piel. Sus extremidades temblaban con excitación, y ella se daba cuenta que no podía esperar mucho más. La combustión espontánea los llegaría a encender como yesca si se negaban a satisfacer el deseo de sus cuerpos.

—Isabel —gimió desde la profundidad de su garganta—. ¿Estás lista?

—Sí, sí —murmuró ella, mordisqueando y saboreando su boca, su cara, su cuello. Estaba lista, más que lista. Estaba ardiendo, temblando ansiosa a recibir y ser recibida por el.

Rodeando su hombro con un brazo, Javier colocó el otro justo bajo sus nalgas y la levantó. Ella le rodeó el cuello con los brazos en rendición, y él la cargó los diez pasos hacia la cama.

Había dejado la cama abierta en la mañana, exponiendo las frescas sábanas blancas y una suave cobija roja. Una colcha roja y canela estaba colocada sobre el marco de la cama. Un aroma suave de cedro y sándalo flotaba en el aire.

La colocó sobre el colchón. Era suave, como hundirse en una nube al principio, pero luego pego al fondo de la cobija de pluma de ganso donde el colchón estaba más firme, para apoyar fácilmente a los dos. Ella alcanzó la mano de Javier, acercándolo a su lado sobre la cama.

Lo sentía cálido al lado de ella, y su peso hacía un pequeño hueco en las plumas donde ella podía descansar, también. Durante un momento, Javier estuvo acostado ahí, mirándola, consumiéndola con el fuego de sus ojos.

—No tengas miedo, corazón —susurró—. Jamás te lastimaré.

Desenredó sus manos de las de ella, y tocó su cara. Lentamente recorrió el marco de su cabellera lacia con las yemas de los dedos, recorriendo su oído y todo lo largo de su cuello, acariciando sus oídos de nuevo, sacando los broches con los que había sostenido su cabello. Su pelo cayó hacia abajo, y él lo extendió sobre la almohada como si fuera un abanico color dorado.

Se tomó su tiempo acariciándole la cara, el cabello, los hombros, durante lo que parecía una eternidad. Sus manos apenas la tocaban pero lograron agregar capa tras capa de sensaciones, de placer, de excitación. Su piel se sentía increíblemente tersa, con el ardor y necesidad pulsando justo por debajo de la superficie.

Metiendo la mano por debajo de ella, él encontró la cremallera que mantenía cerrado su vestido y la bajó. Deslizó la tela de sus hombros, las mangas por sus brazos, y empujó todo por su cintura, hasta dejarlo al pie de la cama.

Metió un dedo por debajo de sus sostén, un retazo de nylon translúcido. Abrió el broche delantero y luego apartó las copas, soltando sus senos ante su vista... y sus manos.

Entonces movió sus manos, más y más hacia abajo, trazando dibujos sobre su piel desnuda, el espacio entre sus senos, su abdomen, los costados de sus costillas. La sensación era exquisita, su toque como petroleo blanco ante un cerillo encendido.

El fuego se encendía y aumentaba dentro de ella, extendiéndose desde su centro hasta sus extremidades, calentándola, convirtiendo toda su piel en una enorme zona erógena. Lo único que podía hacer Bel era sentir, aceptar el placer que Javier le ofrecía como si fuera una droga.

Deslizó sus manos sobre la espalda de ella, su estómago, luego más y más arriba hasta tomar por fin su seno. Javier gimió. Bel gimió, sintiendo que una pila de deseo se formaba en su interior, haciéndola pensar que jamás se calmaría. Ella alcanzó la camisa de Javier, estirándola para soltarla de su pantalón de mezclilla, torpemente tratando de desabrochar los botones hasta que se rindió para luego quitarla desesperadamente por encima de su cabeza. Recorrió sus manos sobre su lisa piel color café claro, y luego le rodeó el cuello con sus manos para levantarlo encima de ella.

Javier se limitó a sonreír y quitó sus brazos, empujándolos sobre la cama y por encima de su cabeza. Ella estaba estirada hasta donde puso estirarse, y Javier se emocionó al verla.

—Eres una maravilla, tan bella —murmuró suavemente, poniéndose de rodillas y frotando su estómago con su mejilla.

Bel respiraba en pequeños jadeos, sus senos subiendo y bajando con cada temblorosa inhalación de aire. Ahora Javier la besaba de nuevo. Su estómago, los huesos de su pecho y cuello, los lugares suaves entre su torso y sus brazos. La tocó por todos lados, moviéndose aquí, recorriendo allá, y siempre, siempre dando placer.

Ella cerró los ojos durante un momento, y cuando lo hizo, jadeó. Javier se había prendido de su seno y estaba tocándolo con la boca como si fuera algún instrumento musical exquisito. Algo afilado y dolorosamente dulce le apuñaló hasta lo más profundo de su ser mientras la tocaba con la boca, explotando dentro de ella como fuegos pirotécnicos.

Ella gimió de nuevo, apretándose contra él, maravillada ante la exquisita sensación de piel contra piel.

—Ahora —suplicó—. Ay, Javier, por favor, ¡ahora!

Javier aumentó su lento ritmo, pero no lo suficiente para la necesidad de Bel. Recorrió todo lo largo del cuerpo de ella con besos, haciendo una pausa para quitarle su húmeda y translúcida pantaleta para depositarla al lado del resto de su ropa.

Luego siguió besándola. Parecía que no lograba saciarse con saborearla y tocarla; todo su estómago, muslos, rodillas, pies. Cada centímetro de ella estaba vivo, ardiente, ansioso, y lo deseaba. Dios, ¡cómo lo deseaba!

Enderezando sus brazos, alcanzó el cinturón de él, moviendo la pesada hebilla de bronce de su lugar para abrir desesperadamente los botones de su pantalón de mezclilla. Bajo el pantalón, pudo palpar el ardiente deseo de él, y desesperadamente trató de soltarlo. Javier la ayudo a quitar la mezclilla de su cuerpo, luego su calzón.

—Corazón —estás… ¿protegida? De…

Lo vio de manera estúpida, maldiciéndose por ser tan idiota.

—N-n-no —dijo desesperadamente, casi dispuesta a tomar cualquier riesgo para poder apagar las llamas que quemaban su cuerpo—. No ha habido razón alguna...

Él se extendió sobre ella y metió la mano en el cajón de la mesita de noche, sacando un profiláctico envuelto en papel de estaño.

—Te ha estado esperando, Isabel —dijo desde las profundidades de su garganta—. Pero nada más por ahora. No quiero que nada esté entre nosotros... la próxima vez.

Dos segundos más tarde, todo estaba en su lugar, incluyendo a Javier. Se había estirado de nuevo encima de ella, apoyando su peso sobre sus rodillas y brazos.

Su pecho era liso y musculoso, con unos cuantos vellos. Su estómago era plano y terso, y el resto de él era, pues... completamente masculino. Exquisitamente masculino. Perfectamente masculino. Hecho para ella.

La ansiedad y hambre volvieron a surgir en ella, y Bel envolvió su cuerpo alrededor de él. En un momento, se habían acoplado como piezas de un rompecabezas, por fin completo e íntegro.

La llenó profunda y completamente, y ella estaba lista y receptiva. Ella mecía su cuerpo contra el de él, satisfaciendo las exigencias de Javier para saciarse ella con sus propias exigencias.

La magia que el cuerpo de él logró con el suyo no la asombró sino hasta después, al pensar en ello. Durante el acto, apenas pudo deleitarse en el calor, la pasión, la emoción ante la unión después del largo aumento de tensión. Lo llevaba hacia adentro y lo sostenía para su propio gusto, devolviendo cada beso, cada caricia, cada embestida.

Y luego su centro se fue subiendo en espiral, tensándose para la explosión. Javier se deslizó sobre ella, de lado a lado, provocando olas de excitación en ella en la espera del momento final.

Y luego ella llegó a su cumbre. Se tensó por un último e infinito segundo, y luego se convirtió en algo tan brillante y claro como un centavo nuevo de cobre. Su orgasmo fue tan intenso como tierno, agudo, sin embargo suave y entregado. Se fundió alrededor de él, y con un llanto gutural final, Javier empujó una última vez, liberando por fin su propio clímax.

Se desplomaron juntos, sus cuerpos húmedos con el calor y deseo consumidos. La tomó entre sus brazos, colocando su cabeza sobre su pecho mientras su mano izquierda recorría lentamente su costado, haciendo una pausa en la curva de su cadera y en su seno, agregando otra capa perezosa de placer a las capas más profundas que ya había experimentado ella.

Bel suspiró, descansando la cabeza de Javier sobre sus senos como si fueran una almohada, y trazaba pequeños círculos sobre su espalda con su dedo índice.

—Fue… fantástico. Podría acostumbrarme a eso.

—Quizás vuelva a mandar a Lidia a pasar la noche fuera de casa más seguido —gruñó, luego de agregar calladamente—, tú entiendes, ¿verdad Isabel? Esto puede suceder sólo cuando ella no se encuentre. Y eso tampoco pone muy buen ejemplo que digamos para ella… —meneó la cabeza—. Yo soy sólo un hombre, y no pude esperar más para estar contigo. Ojalá que estuvieras dispuesta a casarte conmigo, pero me imagino que no, ¿verdad? Por lo menos todavía no.

—¿Casarme contigo? —dijo Bel, de repente alarmada. Apenas lo estaba llegando a conocer; y,

¡pasarían varios meses antes de pudiera siquiera pensar en ese tipo de compromiso!

Ella tembló nerviosamente. ¿Qué es lo que estaba pensando Javier? Que si estaban listos para hacer el amor, entonces, ¿estaban listos para el matrimonio? Imposible.

El matrimonio sólo era opción cuando estaba una segura; segura del hombre, de que querían las mismas cosas de la vida, seguros que sus valores eran similares. Ese tipo de seguridad no llegaba después de hacer el amor una sola vez. Por fenomenal que hubiera sido.

Tembló de nuevo, y Javier estiró la sábana y cobija, tapando a los dos. La acurrucó contra él, y acarició su cabello, todavía extendido sobre la almohada.

—No te asustes, Isabel —susurró—. No estoy pidiéndotelo ahora. Pero es algo que debes… pues pensar. Para el futuro.

Enfatizó la última palabra, y sonrió en dirección de ella, cálidamente, para consolarla. Respirando profundamente, Bel se relajó un poco y rechazó sus pensamientos anteriores. Todo saldría bien. Javier comprendía sus preocupaciones.

Y ella comprendía las suyas. Podrían ser discretos, por el bien de Lidia. Aunque la chica supiera mucho más que lo que su padre hubiera querido sobre las relaciones entre adultos, sobre la vida y el amor.

Ella le devolvió la sonrisa y dijo alegremente:

—Creo que deberíamos aprovechar el tiempo que tenemos a solas. ¿Quieres volver a intentarlo?

A él le brillaron los ojos traviesamente y empezó a besarla de nuevo.

—Estaría loco si decía que no.

Cerrando sus ojos, Bel se dejó amar de nuevo. Su pasión aumentó lenta y profundamente, su orgasmo de nuevo tan intenso como jamás había vivido. Eran excelentes juntos, pensó con sueño, acurrucada entre sus brazos. Debería ser suficiente por ahora.

Afuera, había empezado a lloviznar.

CAPÍTULO OCHO

Cinco días después, todavía no había dejado de llover. La lluvia era incesante, constante, fatigante y ya estaba afectando los nervios de todo el mundo.

Pero ni la lluvia ni la obscuridad de los días podían disminuir la alegría interior de Bel. La magia con Javier se había repetido la noche siguiente, cuando él había accedido ansiosamente a la petición de Lidia de dormir en la casa de sus amigas de nuevo.

Javier se había comportado como el amante perfecto, trayéndole el desayuno a la cama, preparando su baño y llenándolo con flores, lavando cada centímetro de su cuerpo para poder amarla de nuevo. Había sido asombroso; compasivo, comprensivo, imaginativo y tierno.

Un hombre con quien gozar una amistad íntima. Un hombre para... amar de todas las maneras posibles.

A ella le costaba trabajo creerlo, pero sin embargo, era cierto. Javier se le había metido de lleno en su corazón. Su pésimo comienzo se había borrado de su mente, repuesto por esta nueva relación. Segura. Aceptada. Querida.

Jamás habías esperado que sucediera esto durante su búsqueda en Río Verde. Pero había sucedido. Dios, ¡y de que manera!

Javier seguía intentando entrometerse en sus asuntos. Pero nada más en las cosas que él conocía, como ofrecerle consejos al correr. Más que nada, él trataba de evitar el tema de la clínica en sus conversaciones,

y ella se lo agradecía. De esa manera evitaban el exceso de fuegos pirotécnicos verbales.

Pero los fuegos físicos… ella no se bastaba de
ellos. La pregunta que se hacían constantemente los
dos; ¿cuándo podrían volver a estar juntos?

Se acercaba el viernes, y con ello sus propias
promesas.

—Ya llegó el correo por fin —dijo Alicia, trayendo
un montón de sobres y revistas médicas a la oficina
para entregárselos.

—La lluvia hace todo más lento, ¿verdad?

Alicia asintió con la cabeza.

Dijo el cartero que ya es difícil repartir el correo
en las áreas rurales. Hay acumulación de agua en
algunos de los caminos.

—Esperemos que el mal tiempo se acabe pronto
—Bel hojeó los sobres.

—Me quedé con los reportes de laboratorio —dijo
Alicia, pasando hacia la oficina principal de nuevo—.
Sacaré los expedientes para incluirlos antes de
traérselos.

—Gracias —al salir, Bel abrió el sobre cuyo remi-
tente era "Farmacéuticos Austin."

Le temblaban un poco las manos. Hasta la fecha,
su búsqueda de fondos corporativos para el laboratorio no había logrado más que rechazos, pero esta
carta se sentía diferente. Un poco más gruesa. Sacó
las hojas y las leyó. Las leyó de nuevo. Luego recogió
el teléfono.

Justo cuando Javier estaba tocando a su puerta.

—Justo estaba llamándote —dijo Bel cálidamente,
parándose para ir con él. Cerró la puerta tras de él—.
Tengo noticias.

—Yo también —Javier pasó la mano tras de su
espalda y cerró la puerta con llave. Dejando su
paraguas mojado, tomó a Bel en sus brazos y la besó.

Un beso de verdad, no el besito tradicional sobre las mejillas.

Javier le supo a lluvia, y Bel se entregó a la fresca sensación, deseando que durara lo más posible. Pero finalmente se apartaron para respirar, y Bel limpió una gota de lluvia de la mejilla de él. Luego, presionando la mano contra su cara, dio un paso atrás.

—Empieza tu primero —dijo ella, sus ojos brillando.

—Prepárate a amarme cuando oigas la noticia —dijo confiadamente.

—Ya te amo —dijo sin pensar ella, y luego, dándose cuenta como había sonado, agregó rápidamente—, todo el mundo te ama.

—Y, ¿qué harías si te dijera que vas a tener tu laboratorio?

—Bueno, sí —dijo ella lentamente, sin entender—. Tarde o temprano. Tenemos el dinero de la Fiesta y...

—Quiero decir todo —sonrió como niño en una dulcería—. Acabo de hablar con Silvia Rodríguez, la viuda del doc. Ella va a donar el laboratorio para la clínica en memoria de su marido —mencionó una cifra impresionante—. Debe de ser suficiente, ¿no crees?

Los ojos de Isabel se abrieron con asombro:

—¡No lo puedo creer!

—Créelo. Empecé a hablar con ella de eso hace tiempo. Y después de discutirlo con sus hijos, decidió que era una buena causa. ¿No estás impresionada?

—Ay, Javier, lo estoy. De hecho, a lo mejor tenemos de sobra —recogió la carta de Farmacéuticos Austin y se la entregó a él—. Acaba de llegar esto hace ratito. ¡Léelo!

Él leyó rápidamente la carta, y su sonrisa se desvaneció, su cara se ensombreció.

—Ellos están donando todo lo que necesito para los análisis de sangre —dijo Bel con emoción—. Los químicos y el equipo. ¿No es fantástico? Con esto, más el dinero de la Fiesta, junto con el donativo de la señora Rodríguez... pues tendremos el laboratorio mejor equipado en tres condados. Caray, hasta podremos contratar un técnico de medio tiempo.

—Isabel, ¿no te pedí que no acudieras a donadores corporativos sino hasta después de la Fiesta? ¿Hasta ver lo que podíamos hacer de manera local?

Ella lo vio llena de confusión.

—S-sí. Pero cuando hice cuentas entre lo que sacamos de la Fiesta y el puesto, no era suficiente. Recaudar fondos lleva mucho tiempo, así que me adelante. Tuve que hacerlo.

—¿No pudiste haber confiado en que yo supiera de lo que hablaba?

¿No me pudiste haber dicho lo que estabas haciendo? —replicó ella—. Tú estabas trabajando en ésto mientras yo estaba escribiendo una propuesta a Austin. De haber sabido lo que estabas haciendo, me habría esperado.

—Fue una negociación delicada. Su marido acababa de morir. No quería que la presionara nadie —aventó la carta sobre su escritorio—. Estas gentes en Austin quieren que el laboratorio se llame como ellos. La señora Rodríguez quiere lo mismo. ¿Qué propones?

—Bueno, pues obviamente debe de llevar el nombre de los Rodríguez. Pero es una tontería rechazar el donativo por eso. Nada más tengo que explicarles la situación —vio a Javier, furioso ante ella, y se perturbó.

¿Qué es lo que pasaba? ¿Por qué estaba tan enojado? Eran buenas noticias, tanto las de él como las de ella. Había que arreglar los detalles, pero no era problema.

Pero viendo a Javier, uno pensaría que ella acaba-ba de hacer explotar una bomba en la plaza pública. O algo peor.

Éste no era el mismo hombre con quien había hecho el amor hacia unos días. Quien ella había querido que estuviera desesperadamente feliz por ella. No, éste era parecido al hombre que había conocido aquel primer día en Río Verde; arrogante, dominante y controlador. Quien daba órdenes y esperaba que se acataran.

—Es una buena noticia, Javier —dijo, confundida por su actitud—. Hemos resuelto el problema del laboratorio. Deberías estar fascinado. ¿Qué es lo que te pasa?

—Resiento a los fuereños que llegan a simple-mente regalarnos las cosas, cuando nuestra propia gente estaba dispuesta a hacer todo.

—Ay, no eso de nuevo, Javier —suspiró ella—. La auto-suficiencia es una meta muy noble, pero hay que ser práctico. No podríamos haber esperado que la señora Rodríguez donara el laboratorio en memo-ria del doctor. Tuve que hacer que sucedieran las cosas. El laboratorio era demasiado importante.

—Sí, pero no era totalmente tu responsabilidad. Era la mía también, y de la mesa directiva. No siem-pre sabes lo que es lo mejor para nosotros. ¿Cuándo vas a comprender eso? Apenas has vivido aquí unos cuantos meses. ¡Deja de tratar de cambiarnos!

—¡No estoy tratando de hacer nada por el estilo! Las corporaciones ayudan constantemente a las comunidades, no es un crimen pedirles su apoyo.

—No. Pero tus acciones siempre demuestran que no has aprendido lo que significa esta comunidad. Tampoco has aprendido que si te digo que te apoyo es porque voy a buscar la manera para lograrlo. Simplemente no puedes confiar en eso, ¿verdad?

—Primero confío en mí misma.

—Eso no te llevará muy lejos en Río Verde. Nosotros contamos con nosotros mismos. La interdependencia es nuestra fuerza, no la independencia —meneó la cabeza.

Bel respiró hondamente, lo vio tristemente, tratando de hablar, pero no pudo. Las palabras la ahogaban.

—¿Hay más? —preguntó, incrédulo—. Cuéntamelo , Isabel.

—Hablé con el redactor del periódico hace algunos días —dijo ella, lentamente—. Quería escribir un artículo sobre mí, los cambios en la clínica, y cosas por el estilo. Por supuesto, mencioné el laboratorio, y él dijo que haría otro buen artículo. Se supone que te va a llamar.

—¿Cómo? —Javier sonaba verdaderamente enojado ahora—. Y, ¿cuándo pensabas decírmelo? O nada más, ¿ibas a esperar que me agarraran en curva?

—Te lo estoy diciendo ahora. Además, tú eres el alcalde. Hablas con los medios de comunicación todo el tiempo. Lo del laboratorio no era secreto. Ahora puedes anunciar los dos donativos y saldrás como todo un héroe.

—Isabel, jamás llamas a los medios de comunicación antes de reportar las cosas a tu propia mesa directiva. ¿Por qué insistes en hacerla de renegada? ¿No puedes hacer lo que se te pide jamás?

Ella estaba cansada de ser regañada por hacer lo mejor que podía. Dijo coléricamente:

–Cuando me ordenas algo que tiene sentido, lo hago. Pero uno de estos días, esperar al laboratorio iba a costar vidas. No puedo correr riesgos con eso. Siento mucho que no te agrade, pero ya es un hecho.

—Te estás saliendo de fila, Isabel —dijo severamente—. Si no dejas de darte tanta importancia, no tendremos más remedio que despedirte en cuanto se termine tu período probatorio.

Bel se apoyó sobre su escritorio, pasmada por las palabras de Javier y la intensidad de su ira.

—Estás hablando en serio, ¿verdad?

—Tan serio como un infarto.

—Deberías estar arrodillado ante mí agradeciéndome haber hecho esto. Beneficia a todo Río Verde, a cada familia.

—Y en Río Verde, nos gusta cooperar, no nombrar un nuevo miembro —replicó él—. Pensé que ya habías aprendido eso.

—He aprendido muchas cosas —lanzó ella como disparo, habiendo perdido la paciencia—. Y lo más importante es que quieres controlar todo; mi ejercicio de medicina, tu hija, este pueblo. Pero no puedes. Especialmente en cuanto a mí se refiere.

Ella tenía razón. A él le gustaba tener el control, le gustaba saber que las cosas marchaban como debía de ser, le gustaba que la gente se comportara de cierto modo bien definido.

Pero Isabel no había cooperado desde el día que llegó al pueblo en su coche. Era rebelde contra lo convencional, rebelde contra toda definición, y rebelde contra sus órdenes. Lo agarraba en curva cada que entraba en un cuarto. Profesional y personalmente.

—Simplemente no lo entiendes, ¿verdad, Isabel?

Ella apretó los labios fuertemente.

—Entiendo que me amenazas. A pesar de todo lo que hemos compartido. Pues, adelante. Llévame ante la mesa directiva.

Empujó un botón sobre su teléfono y se oyó el tono de marcar en el cuarto.

—De hecho, vamos a tomar una encuesta informal aquí mismo.

Buscó por su rolodex, encontró los números de los miembros de la mesa directiva, y los marcó.

—Hola —le dijo a Julia García—. Javier y yo queremos tu opinión. Farmacéuticos Austin ha accedido a donar mucho equipo para el análisis de sangre y provisiones para el laboratorio de la clínica. Y la señora Rodríguez también está haciendo un donativo bastante grande. ¿Tenemos que rechazar el donativo de Austin para aceptar el donativo de la señora Rodríguez?

Cinco llamadas más tarde, su discusión no podía considerarse más que un empate, y Bel estaba asombrada. Nadie había sido especialmente comprensivo respecto a lo que ella había hecho ni sus motivos por hacerlo, y había tenido que escuchar al viejo Hilarión Hidalgo sermonearla durante diez minutos respecto a la usurpación de autoridad.

Aunque, al final, nadie estaba dispuesto a rechazar del todo ninguno de los dos donativos. El laboratorio era lo que más importaba, había dicho Julia García, agregando que sería una ventaja para la clínica y para el pueblo. Pero nadie la había felicitado por su logro, aunque parecía verdaderamente agradarles lo que había hecho Javier.

—Bueno, ya estuvo —sonrió ella tristemente. No dejaría que él notara su desilusión ni su dolor.

—De momento. Pero toda esta… insubordinación seguirá siendo un problema, Isabel. No basta con que seas una excelente médico. Tienes que seguir las reglas del juego.

—Tus reglas, quieres decir.

—Las mías, las de la mesa directiva, no importa. El hecho del asunto es que tú no tomas todas las decisiones aquí. Trabajamos juntos.

—Tú eres tan independiente como yo, Javier. Nada más que tratas de disimularlo tras antifaces de cooperación. Pero si realmente quisieras cooperar, me habrías dicho lo que estabas haciendo. No me habrías excluido.

Ella abrió la puerta y le dio su paraguas.

—Tengo trabajo que hacer. Adiós, Javier.

Lo condujo al exterior y cerró la puerta, con llave, tras de él.

Dios, que pesadilla. Y todo había comenzado tan bien. Su laboratorio era ya una realidad, suficiente dinero y equipo para hacer todo lo que necesitaba. El logro de Javier. Que él había alcanzado por ella.

No, no por ella. Por Río Verde. Ella seguía siendo la extraña aquí. Y ahora la estaban calumniando y maljuzgando por hacer su trabajo lo mejor que había podido.

Había pensado que estaba cumpliendo muy bien, mejor que bien. Pensó que la habían aceptado ahí. Pero era más que claro que estaba equivocada. Había pensado que Javier la quería, pero estaba equivocada respecto a eso, también. Alguien que la quisiera no pudo haber pisoteado sus sentimientos y su trabajo tan fulminantemente.

Bueno, nada ganaba con sentarse a compadecerse de sí misma. Tenía trabajo. Tenía que planear su laboratorio.

Y, ¿el resto de sus metas? ¿Ser aceptada? ¿Explorar esa parte de sí misma?

Perdón, papi. Simplemente no funciona. Llegué demasiado tarde. Tengo el apellido pero nada más. Simplemente tengo que aceptarlo.

Y los demás tendrían que aceptarlo también. Incluyendo a Javier.

No se presentó ella en la noche, y al acostarse, él notó que el coche de ella todavía no estaba en la entrada. No la vio corriendo a la orilla del río la mañana siguiente, pero casi nadie corrió por causa de la interminable lluvia. Y Alicia no le pasaba sus llamadas telefónicas.

Isabel estaba enojada. Muy enojada. No era difícil verlo.

Javier estaba todavía bastante molesto. Ella había actuado directamente en contra de sus órdenes al solicitar ayuda a Farmacéuticos Austin, y eso lo irritaba. Pero cuando por fin se había calmado, se había dado cuenta que ella había dicho la verdad. Sólo lo había hecho por Río Verde, y no para ella misma. El laboratorio se quedaba en el pueblo estuviera Isabel o no.

No debería haberla amenazado, ni a ella ni su empleo. Había mejores maneras de manejar este pequeño acto de rebeldía. Si él no lograba encontrar alguna, entonces estaba de verdad demasiado involucrado en la situación.

E involucrado era la descripción perfecta. Eso era la cuestión del problema. En menos de una semana, Isabel se había convertido en parte íntegra de su mente y de su corazón. Y si realmente era honesto con él mismo, admitiría que realmente le gustaría tenerla como parte íntegra de su casa, también. Y de su cama.

Pero era prematuro pensar en eso. No para él, sino para Isabel. A pesar de todos sus avances, todavía tenía mucho por aprender de Río Verde, respecto a su modo de vida. Él tendría que darle tiempo, para seguir enseñándole como adaptarse. Demostrarle que le importaba. Para que algún día pudiera ella creer en ellos tanto como él. Juntos para siempre.

Pero primero tenían que hacer las paces.

Flores y una cena siempre eran un buen punto de partida. Pasaría a la tienda rápidamente para preparar todo antes de que ella llegara a casa. Ella tendría que invitarlo a pasar si se presentaba ante su puerta con comida y flores. Podrían hablar. Quizás hasta hacer planes para su reconciliación el próximo fin de semana.

Y ahora, ¿dónde estaban sus llaves?

Javier buscó por su portafolios dos veces, y luego una tercera vez por si acaso. Nada. No estaban en sus bolsillos ni sobre la mesa de centro ni tampoco en la cocina.

Lidia había manejado desde la escuela con sus propias llaves. Lo cual significaba que probablemente había dejado sus llaves sobre el escritorio de su salón de clases.

Murmuró una palabrota.

—¡Lidia! —llamó, encaminándose hacia el cuarto de ella. Tocó impacientemente sobre la puerta cerrada, y sin esperar respuesta, la abrió.

Lidia estaba frente a su escritorio, su texto de matemáticos abierto, el teléfono contra su oído.

—Estoy hablando por teléfono —le dijo, molesta.

—Dejé mis llaves en la escuela —explicó él—. Quieres llevarme para recogerlas, ¿o prestarme las tuyas?

—Estoy hablando por teléfono —repitió ella, pero cuando él la miró despectivamente, le dijo a su amiga que la esperara. Colocando el auricular sobre su escritorio, caminó hacia la cama donde estaba su mochila. Metió la mano hasta el fondo, buscando su llavero, pero aunque Javier podía escuchar las llaves, ella no las agarraba.

—Ay, por el amor de Dios, Lidia —dijo finalmente, mientras oía de nuevo las llaves, dándole la vuelta—. Nada más saca todo.

Levantó la mochila y la volteó. Libros, sobres, papeles, plumas, apuntes, una revista y un lápiz de labios cayeron sobre la cama. También las llaves.

Y encima de las llaves cayó una tira de papel aluminio de pastillas. Faltaba casi la mitad de las pastillas.

—¡Papá! —lloró Lidia horrorizada, y empezó a guardar sus cosas apuradamente.

Javier recogió la tira de pastillas, viéndolo lentamente. Tardó un momento en identificarlas, pero cuando lo hizo, no pudo controlar ni su enojo ni su desilusión.

—Se las pediste, ¿o Isabel nada más te las dio? —dijo en voz baja, pero con tanta furia en la voz que Lidia dio un paso hacia atrás.

—No es asunto tuyo, Papá —dijo con coraje—. Es entre la doctora Sánchez y yo.

—¡Por supuesto que es asunto mío! Eres mi hija, eres menor de edad, y vives en mi casa. Siempre es asunto mío lo que tú haces.

—Voy a cumplir dieciocho años dentro de un par de semanas, Papá. Una adulta.

Él atravesó el cuarto al escritorio, colgando el teléfono de golpe.

—No me importa si vas a cumplir cuarenta y seis años, siempre y cuando vivas aquí, seguirás mis reglas. ¡Y mis reglas incluyen no acostarte con tu novio!

—Tú lo hiciste —dijo retadora—, ¿o piensas que no sé contar? Yo sé que mi mamá estaba embarazada cuando se casaron, y también tenía diecisiete años. Pero yo soy más inteligente que éso.

Ni siquiera escuchó las palabras de su hija, cegado y sordo por la furia. ¿Cómo pudo hacer esto? ¿Como pudo ignorar todo lo que él le había enseñado? ¡Todo!

Pastillas anticonceptivas eran licencia para comportamiento peligroso. Comportamiento que Lidia no estaba preparada para manejar. ¿No sabía eso Isabel? Porque Lidia lo sabía de sobra.

Hizo un puño a su costado, lívido.

—Estás castigada hasta que te mueras, ¡jovencita! —gritó.

—¡No me puedes hacer eso! —Lidia lo miró con odio, lágrimas de furia llenando sus ojos. Luego, desviando la mirada, empezó a meter sus cosas en su mochila, incluyendo los libros de su escritorio.

—Veme —con una rabia helada, quitó el teléfono de la conexión de la pared, y lo tiró hacia el pasillo. Sacó una navaja de su pantalón de mezclilla y la usó para quitar las manijas de las puertas.

Lidia trató de pasar a un lado de él, pero él obstruyó su paso por completo. Un minuto después, había puesto las manijas de las puertas al revés, y había encerrado a Lidia en su cuarto.

Desde el pasillo, dijo a regañadientes:

—Voy a ver a la doctora Sánchez en este preciso momento. Quédate ahí. Terminaré contigo en cuanto regrese.

—¡No puedes arruinar mi vida, Papá! No lo lograrás, ¡nunca!

Javier dio un portazo a la puerta principal al salir y vio por la entrada. En algún momento durante los últimos minutos, Isabel había llegado a casa. Las luces estaban prendidas en el departamento sobre la cochera.

Jugueteó con sus llaves en una mano, las pastillas de Lidia en la otra, deseando más que nada en el mundo aventar las dos cosas contra algo. O alguien.

En lugar de hacerlo, subió tormentoso hacia el departamento de Isabel, inconsciente de la lluvia que seguía cayendo después de casi una semana. Ni siquiera se molestó en tocar la puerta. Nada más metió la llave que estaba en el llavero de Lidia en la cerradura y abrió la puerta de golpe.

Isabel estaba en la cocina sirviéndose un vaso de jugo de naranja. Caminó hacia ella, aventando la tira de pastillas sobre el mostrador de la cocina.

—¿Qué demonios pensaste que estabas haciendo dando estas pastillas a Lidia?

—¿Qué demonios haces aquí? —contestó Isabel—. No te invité a pasar.

Él señaló las pastillas, pegándoles con su dedo índice.

—Esas, Isabel. Pastillas anticonceptivas. ¿Qué demonios pensaste al dárselas a mi hija?

Ella se tensó.

—¿Cómo te enteraste?

—No importa. Lo que importa es que mi hija está acostándose con su novio. ¡Y tú conocías mis sentimientos al respecto! Cómo pudiste…¿traicionarme así?

—No te traicioné, Javier —dijo ella fríamente—. No tuve otro remedio cuando Lidia me las pidió. Ella quería ser responsable y asegurarse de no embarazarse. Es mi trabajo.

—¡Te has excedido demasiado en tus responsabilidades, Isabel! El doctor Rodríguez jamás habría hecho esto, no sin consultar con los padres. ¡O por lo menos nos advertiría!

—Entonces, estaba violando la confianza de sus pacientes, porque no se nos requiere notificar a los padres respecto a la anticoncepción. Ojalá que no te hubieras enterado, Javier. Pero eso es entre Lidia y yo. Y David. No es asunto tuyo.

—Estás equivocada. Es asunto mío. Lidia es mi hija.

—Tu hija, y ¡no tu propiedad! —replicó cortantemente Isabel—. No puedes cambiar las cosas. Ella tomó su propia decisión y es casi adulta. Ya déjala.

—Tiene diecisiete años. Faltan años antes de que sea adulta. Hasta entonces, yo soy responsable. Yo, Isabel. No tú. No Lidia. Yo soy el que tiene que tomar estas decisiones. Y no quiero que tome la pastilla, y no quiero que se ande acostando con David.

—No importa lo que quieras tú. No puedes controlar su comportamiento. Si lo intentas, es como si pidieras que le suceda a Lidia lo mismo que te sucedió a ti y a Linda.

—¡No es cierto! —gritó él—. ¡Es precisamente lo que estoy tratando de evitar!

—Entonces, ve a disculparte con Lidia y dale sus pastillas. No puedes impedir que la naturaleza tome su curso. Pero puedes minimizar las consecuencias.

—Siempre hay consecuencias, pero sólo algunas son biológicas. No se trata sólo de un problema médico entre Lidia y tú. El sexo entre adolescentes es un asunto familiar y social, y estoy involucrado, te guste o no.

—Pero tú no puedes tomar las decisiones de Lidia, sino nada más las tuyas propias. Y la decisión más grande es de ayudar a Lidia para que no arruine su vida. Carajo, Javier, nosotros tomamos precauciones. ¡No pidas menos de tu hija!

—No tiene nada que ver con nosotros.

—Tú y yo no hemos hecho nada diferente a lo que hacen Lidia y David. ¿Por qué podemos nosotros y ellos no?

—Somos adultos, no adolescentes.

—Y yo no soy tu hija —dijo ella astutamente—. No tiene que ver la edad, ¿verdad? Se trata de doble moralidad.

—No, se trata de… ¡de hacer lo correcto! —espetó Javier—. Se trata de esperar hasta que puedas tomar en serio una relación. Se trata de no separar el sexo del matrimonio y compromiso. Lidia es demasiado chica para andar en serio. Tú y yo… no lo somos.

—¿De qué estás hablando?

Él hizo una pausa, de repente consciente de lo que había dicho. Consciente de la dirección en que estaba dirigido su enojo.

—Cometimos un gran error, Isabel —dijo él lentamente, escogiendo cuidadosamente sus palabras—. Yo cometí un gran error. Entablamos esta relación sin pensar en todo el proceso; conocernos, el amor, compromiso, y luego la intimidad. Deberíamos haber puesto el ejemplo.

—¡No puedes decidir esas cosas con agenda! Hicimos el amor porque era lo correcto para nosotros entonces, y, ¡no dentro de un gran proceso!

—Pero debería haberlo sido. Ese es el problema. Yo pensé que estábamos haciendo el amor, y que sólo era el preludio a algo... algo más. Pensé que pensabas en serio... en cuanto a mí.

Ella lo miró, incrédula.

—¿Q-qué quieres decir con eso? Yo no me entrego casualmente, Javier. Hicimos el amor porque no aguantábamos ni una hora más sin hacerlo. O, ¿no te acuerdas?

—No puedo olvidarlo.

—Yo tampoco —dijo ella suavemente—. Fue maravilloso. Pero no tiene que llegar a más.

—Pero, debe de. Ahí es en donde estriba las diferencia entre tú y yo, Isabel —quitó de su cara un mechón mojado de cabello, y sacudió la cabeza con tristeza—. Pensamos distinto respecto a esta cosa tan fundamental. Y no respetaste mis deseos como padre de Lidia.

—Las necesidades de Lidia eran primero.

—Sus necesidades y mis deseos están relacionados.

—Tú no lo entiendes para nada, ¿verdad, Javier? Lidia ya está madurando, experimentando. Nuestro trabajo, tuyo y mío, es protegerla para ayudarla a tomar las mejores decisiones que pueda.

—Y la mejor decisión es decir 'no.' Ninguno de nosotros hemos podido hacerle entenderlo. Pero es mi hija, así que yo tengo que seguir intentándolo, poner un mejor ejemplo. Demostrarle que esperar la intimidad no sólo es posible, sino preferible.

—¡Intenté todo éso! —exclamó Isabel—. No escucha.

—Entonces, necesito hablar más fuerte. O más suave. O algo. Pero no contigo cerca, esperando a subvertirme o influenciarla.

—¡No es lo que estoy haciendo! Nada más soy su doctora, tratando de protegerla.

Javier respiró hondo.

—Lidia no regresará al trabajo en la clínica. Además, Isabel —agregó a regañadientes—, encuentra otro lado para vivir. Tú contrato de arrendamiento... se ha vencido.

—¡No puedes hacer eso!

—Puedo y lo he hecho. Quiero que salgas antes del domingo.

Dio la vuelta para irse.

—No me siento orgulloso de mí mismo. Dejé que mi necesidad por ti rigiera mi juicio. Debería haberme asegurado que tú querías lo mismo que yo, amor, valores compartidos, compromiso. Matrimonio, Isabel. Las cosas que realmente cuentan entre un hombre y una mujer. Y Lidia no está lista para eso. Tú tampoco, por lo que veo.

—Yo sí quiero todas esas cosas, Javier —dijo ella, desesperada—, ¡pero no en este preciso segundo!

Él agitó la cabeza tristemente.

—No te puedo creer. No cuando lo que compartimos fue tan diferente para ti de lo que significó para mí. No cuando puedes actuar en contra de mis deseos y animar a Lidia a llevar una relación para la cual no está preparada.

—Yo no ando recetando pastillas anticonceptivas para los adolescentes. Lidia las quería, las necesitaba. Mi deber era ver que estuviera segura.

—Y ahora, es mi deber.

Caminó hasta la puerta, la abrió y salió, quedando aún cubierto por el alero. Atrás de él la lluvia caía en hojas, y los relámpagos caían en la distancia.

—Adiós, Isabel. Siento mucho que no se te haya cumplido tu deseo —hizo una pausa, y se oyó un trueno—. Pero quizás fue lo que quisiste. Quizás ya comprendas lo que es importante aquí. Yo ya volví a comprenderlo. Gracias por recordármelo de manera tan clara.

Cerró la puerta contra una ráfaga de viento y Bel se quedó inmóvil. Pasmada. Incrédula.

"Maldito él por su reacción excesiva", pensó. Pegó un puñetazo contra el mostrador de la cocina. "¡Maldito sea!"

Pero era la reacción más común en los padres. Con enojo y desilusión y un poco de miedo. Ella podía comprenderlo, si se esforzaba. Si separaba su propio dolor del dolor de Javier.

Pero luego se había calmado, y fue lo que dijo después que la había confundido. Las palabras racionales respecto al amor y el matrimonio, la familia y compromiso. Como si hubiera decidido que alguna vez quiso todas esas cosas con ella.

Se desplomó contra el mostrador de la cocina. Ni siquiera se había permitido pensar en esas cosas durante doce años mientras se prepara para su carrera. Podrían haber mejorado mucho su vida, podrían haberla hecho más comprensiva con sus pacientes en cuanto a sus problemas, pero jamás se había dado el tiempo ni el lugar para esas cosas.

Y ahora, gracias a Javier Montoya, esos pensamientos, esos arrepentimientos, giraban por su mente como un tornado. Las cosas que habían faltado en su vida, las cosas que había pospuesto, las cosas que quizás jamás llegara a tener.

Eran cosas que quería, pero jamás se había permitir buscar. Tenía treinta años y no tenía nada aparte de unas siglas tras su nombre. Sin amor. Sin marido. Sin hijos.

La pasión podía estar en el alma del latino, pero su corazón estaba en el hogar y en la familia. Javier había pintado ese cuadro con exquisitos detalles esta noche. Le había dicho que pudo haber sido algo que ellos compartieran.

Pero ahora no.

Cuando ella había venido a Río Verde, había querido comprender esta cultura, permanecer en ella, de ser posible. De repente entendió, pero ahora jamás sería parte de ella. Las diferencias eran demasiado patentes, demasiado fundamentales.

De decir la verdad, aún con lo que comprendía ahora, no habría hecho nada distinto. Todavía habría hecho lo que había pensado que era lo mejor para la clínica y para sus pacientes. Aún en el caso de Lidia.

No. Especialmente en el caso de Lidia. O de cualquiera de sus amigas.

Todavía habría peleado con Javier, y todavía habría hecho el amor con él. No se arrepentiría de eso. Había sido demasiado brillante, demasiado dulce, demasiado mágico.

¿Pero amor? ¿Matrimonio? Requerían confianza y respeto, y ella no recibía ninguna de esas dos cosas de parte de Javier. No al hacer su trabajo. No al usar su mejor juicio profesional. No al cuidar a Lidia. Ni a él.

Ya no quedaba esperanza alguna para ellos. Él tenía absolutamente toda la razón. Eran demasiado distintos. Él tenía una muy clara idea de lo que ella debería ser, y ella no era ese tipo de mujer. Ella era ella misma, y no era suficiente para Javier.

No era justo. Finalmente saber lo que quería y lo que necesitaba, comprenderlo y tenerlo casi a su alcance.; solamente para ver que todo se destruía en cuestión de segundos. Simplemente no era justo.

Pero la vida no era justa. Ella lo sabía. Simplemente jamás lo había vivido de manera tan dolorosa antes.

Se apoyó contra el mostrador de la cocina y descansó la cabeza sobre su mano, escuchando la tormenta de afuera que hacía eco de la tormenta que sentía en su corazón.

El viento golpeaba contra sus ventanas y puertas, y silbaba bajo los aleros del techo de la casa. Chasqueaba y tronaba, iluminaba los rincones más oscuros de su sala con una macabra luz blanca.

Golpeó.

¿Golpeó? No, los golpes no venían de la tormenta. Había alguien golpeando contra su puerta.

¿Qué clase de idiota andaba en la calle en una noche como ésta? No le importaba. No iba a contestar la puerta. Estaba cansada y deprimida.

Se oyó el golpe de nuevo, y apretó los dientes, sin moverse.

—¡Abre la puerta, Isabel! —gritó Javier—. ¡O la abro yo!

—¡Vete! —espetó ella—. ¡Nada más vete!

Se abrió el seguro, y Javier entró, su mano extendida. Estaba empapado, su cabello aplastado a su cabeza, su pantalón de mezclilla pegado a sus piernas.

—Necesito tu coche —dijo gravemente—. Dame tus llaves.

—¿Estás loco? Usa tu propio coche.

—Ojalá y pudiera. Pero Lidia debe de haberlo arrancado haciendo puente. No está. Y tampoco ella.

CAPÍTULO NUEVE

—No puede haber llegado muy lejos —dijo Bel con toda calma, deslizándose rápidamente hacia su personalidad profesional. Distanciada y tranquila. Si no lo hacía, lo empujaría de nuevo a la tormenta, cerrando la puerta tras de él con un fuerte golpe.

Notando su aspecto, era obvio que Javier necesitaba ayuda. Mucha. Y ayudar era su trabajo, ante todo.

—¿Has llamado a sus amigos? —preguntó—. ¿A David?

Negó con la cabeza, lanzando gotas de lluvia en todas direcciones.

—Volví de inmediato.

—Llámalos —dio un paso lateral para dejarlo pasar a la cocina, donde se encontraba el teléfono. Si no está con alguno de ellos, iremos a buscarla en el coche.

—No quiero que me acompañes, Isabel.

Ella se encogió de hombros, controlando el dolor que le provocaban sus palabras.

—Es mi coche. Ella es mi paciente. Yo manejo, o puedes llamar a otra gente —le entregó el auricular del teléfono y caminó en dirección de su cuarto—. Decide tú. Yo voy a cambiarme de ropa.

Tres minutos más tarde estaba de regreso, vestida descuidadamente en camiseta color verde de bosque, calcetas gruesas y botas para la lluvia. Cargaba una gabardina y un paraguas.

—Ella no se encuentra con ninguno de sus amigos —reportó Javier—. No está en la casa de David, tampoco, pero él aún no llega de la práctica de fútbol, y debería haber llegado hace una hora y media.

—Está con él —dijo Bel severamente—. Veremos primero en la escuela, pero lo más probable es que ya se hayan ido. ¿A dónde irían?

—Probablemente por el río, pero no en una noche como ésta. Con toda esta lluvia, podría desbordarse en cualquier momento — ahora Javier sonaba casi preocupado, su voz trabándose en la garganta—. Tienen que estar simplemente dando la vuelta. Quizás fueron a comer.

—Esperemos. Vamos —dijo ella, agarrando sus llaves y cartera, luego de aventar a Javier el paraguas para salir por la puerta.

Arrancó el coche y salió de la entrada en reversa. Ya conocía las calles de Río Verde, y maniobró el vehículo con facilidad por las resbalosas calles del pueblo. Entrando al estacionamiento de la escuela, vio media docena de coches todavía estacionados cerca de los vestidores de los muchachos.

—¿Conoces alguno de ellos? —preguntó a Javier.

—Sí —dijo sin emoción—. Ese coche plateado. Es de David.

Abrió la puerta y corrió por la lluvia hacia los vestidores. Reapareció unos minutos más tarde, subió al coche, reportando bruscamente:

—El entrenador dice que David salió a tiempo. Lidia debe de haberlo estado esperando.

—Y, ¿ahora a dónde?

Él meneó la cabeza.

—Maneja por el pueblo. Vamos a ver en la casa de David. Si no están ahí… —apretó un puño y no terminó la frase.

No había seña de ellos en la casa de David, aunque sus padres prometieran llamar en el momento que llegara David. Luego manejaron por el pueblo media docena de veces, parándose en las casas de los amigos de Lidia, buscando el camión de Javier por las calles. Jamás lo vieron.

—Tenemos que ver por el río —dijo Bel finalmente, girando el vehículo sobre el angosto camino rural que iba en dirección del río. Manejó poco más de un kilómetro hasta llegar a la parte del río donde dijo Javier que se juntaban los jóvenes.

Hizo el cambio a doble tracción y manejó abajo hasta llegar a la mitad del dique, cerca del río. Algo brillaba en la luz de los faros. Cambió las luces a altas, y señaló con el dedo.

—¡Ahí! A unos quinientos metros. ¿Lo ves?

La camioneta roja de Javier estaba sobre la orilla del río, el agua llegando hasta por arriba de las llantas. La parte delantera había chocado contra un álamo.

Bel maldijo y puso el vehículo en reversa. Las llantas resbalaron, y agitó el volante, tratando de buscar tracción en el lodo del dique.

—¡Detente! —gritó Javier—. ¡Déjame salir! Si están ahí...

—Tengo que regresar al pavimento sólido —dijo ella, apretando los dientes y acelerando el motor—, o jamás podremos ayudarlos.

Finalmente el vehículo agarró tracción y Bel logró manejarlo de nuevo al camino. Antes de pararse, Javier saltó del coche y corrió hacia su camioneta. Agarrando una lámpara y su maletín médico, Bel lo siguió.

El piso estaba suave, y Bel se hundió hasta los tobillos en la tierra suave. Apuntó la lámpara frente a ella, el fuerte bulbo de halógeno cortando la obscuridad y lluvia con su luz. Javier ya estaba a cien metros delante de ella, abriéndose paso por el lodo y el agua que le llegaba hasta las rodillas, sin parar.

Llegó a la camioneta y abrió la puerta, pegando a los asientos. Nada.

—¡Lidia! —gritó— ¡David! ¿Dónde están?

Bel se movió más rápido por el dique, en dirección diagonal para mejorar su estabilidad. Echaba la luz de la lámpara de un lado al otro, tratando de ver si algo humano se movía aparte de la fuerte corriente del agua. Pero no sirvió de nada.

—Javier, ¡regresa! —gritó—. Vas a…

Pero sus palabras se perdieron en el momento que un muro de agua chocó contra él, tirándolo. Desapareció, su cabeza hundiéndose bajo la fuerte oleada de la negra agua helada.

—¡Javier! —gritó, corriendo hasta la orilla de la fuerte corriente de agua, su lámpara echando luz río abajo.

"Exactamente lo que pudo haber pasado a Lidia y David también", pensó, ya con pánico. Nada más que ellos podrían estar heridos, además de todo. Murmuró una grosería, luego una oración. "Deja que estén bien todos, Dios mío. No dejes que termine todo así."

"¡Espera!" Ahí… unos cien metros río abajo. La cabeza de Javier había subido del agua, y estaba jadeando para respirar y estaba moviendo los brazos, ahora nadando en ángulo, contra la corriente, tratando de salir de la oscura agua bramante.

Bel volteó y corrió hacia él. Se quedó fuera de la parte desbordada, arriba donde el dique era más escarpado, lista para agarrarlo si se acercaba suficientemente.

Tropezó al pararce dando tumbos, tosiendo y escupiendo agua. Bel estaba a escasos pasos tras de él ahora.

—Agárrate, ¡Javier! —gritó, desesperada por que la escuchara sobre el ruido de la lluvia y el viento.

Él se tambaleó hasta llegar donde el agua apenas tocaba sus pantorrillas. Alcanzándolo, Bel envolvió su mano sobre el brazo de él y lo ayudó sacarlo totalmente del agua.

Él tosió otra vez, escupiendo el agua que había inhalado al sorprenderlo la primera ola.

—¿Estás bien? —Bel exigió respuesta, ayudándolo a sentarse sobre el dique, con las rodillas dobladas, la cabeza entre las rodillas.

—Sí —dijo, resollando.

Ella levantó su cabeza y echó la luz de la lámpara sobre su cara, sus ojos, y cabeza. Tenía muchos rasguños profundos y estaría amoratado en unos días. Y sobre su frente había una cortada que todavía chorreaba sangre. Ella empujó su cabello hacia atrás, pegajoso por la sangre, para verlo bien. La cortada era irregular y profunda. Dios, sí necesitaba suturarse.

Y no había manera de que pudiera llevarlo a ciento veinte kilómetros con el mal tiempo, con la desaparición de Lidia, cuando lo podía suturar ella misma. Además, ya no estaban involucrados emocionalmente. Lo que pasaba es que simplemente no se había acostumbrado ella a la idea todavía.

—¿Quién eres? ¿Dónde estás? —preguntó ella, para estar segura que él estaba pensando con claridad.

—Tú sabes quien soy, Isabel. Estamos buscando a mi hija —en su voz sonaba la desesperación—. ¿Dónde estará?

—¿No viste a ninguno de los dos? —ella abrió su maletín y encontró un paquete de papel. Abriéndolo, sacó un grueso cuadro de gaza.

Javier meneó la cabeza, y la sangre se derramó por su cara. Bel la limpió con la gaza, y luego tocó la cortada con la misma gaza, levantando la mano de él para sostenerla en el lugar.

—Tuvieron un accidente —dijo Bel firmemente—, pero deben de haber estado suficientemente bien como para salirse a buscar ayuda.

—Pero si estaba desbordándose el río como ahora...

Bel no contestó. No tenía caso alarmar aún más a Javier.

—Vamos —dijo abruptamente—. Quiero decirle al aguacil que encontramos la camioneta. Ellos podrán peinar al condado más rápido que nosotros.

—Y luego vamos a la clínica —agregó ella—. Necesitas suturas.

Ignorando el brazo extendido de ella, Javier se levantó, y regresó a la camioneta por su propio pie. Se acomodó en el asiento del pasajero mientras Bel se subió atrás, buscando las toallas que guardaba ahí para lavar el coche.

—Toma. Sécate —le entregó las toallas y arrancó el motor, subiendo la calefacción a "alto."

Miró de reojo a Javier. Estaba sentado derecho, serio y tenso y muy, muy pálido. Parecía en estado de golpe.

—Pon la cabeza hacia abajo durante un momento —le ordenó.

La ignoró.

—Estoy viendo las orillas del camino —dijo cortante—. Si están caminando, no quiero perderlos. Y maneja más despacio.

¿No era clásico en él? Tratando siempre de controlarse a sí mismo y a todos los que lo rodeaban, aún con una herida en la cabeza.

Pero su hija estaba desaparecida. Con su novio. Y un coche chocado. Qué otro remedio le quedaba para controlarse, ¿aparte de ladrar órdenes? Su mundo había girado totalmente fuera de su control esta noche, así que hacía lo que mejor sabía hacer. La alternativa era impensable.

¿Qué había sido eso? Un par de luces azules deste-
llantes venía hacia ellos, y ella aminoró la velocidad
para dejar pasar a la patrulla del aguacil. El asistente
del aguacil se paró al lado de ella, bajó la ventanilla
del vehículo, haciendo señales para que ella hiciera
lo mismo.

—Regrese. El río se lo llevó el camino ahí
adelante. Acabamos de bloquearlo.

Javier se inclinó.

—¿Quién eres? ¿Pepe? Soy yo, Javier.

—¿Qué haces afuera esta noche, Javier? Esto está
espantoso.

—Quiero que se transmita un boletín sobre mi
hija, Lidia. Y David Silva —gruñó—. Se largó esta
noche en mi camioneta. Encontramos la camioneta
cerca del río; tuvieron un accidente. Pero no estaban
en la camioneta, así que deben de estar buscando
ayuda. ¿No viste nada por aquel lado del camino?

El joven alguacil se alarmó tanto por las palabras
de Javier como por su tono.

—N-no, Javier —dijo rápidamente, agarrando el
micrófono del radio. Rápidamente dio la información de Javier al despachador, y unos segundos
después, el radio difundió el boletín para buscar a
Lidia y David.

—¿Te vas a tu casa? —preguntó el ayudante—. ¿Es
ahí donde debemos llevarlos?

—Vamos a la clínica de Río Verde primero —dijo
Bel—. Si encuentra a los muchachos, llévelos ahí. Yo
soy la doctora Sánchez, y debería revisarlos antes de
que se vayan a casa.

—Sí, señora —dijo el ayudante, y se alejó.

Bel metió el coche en reversa para dar la vuelta,
cuando de repente Javier puso las manos sobre el
volante.

—No. Sigue por este camino. Pepe no estaba
buscando, y no quiero arriesgarme a que estén

heridos por ahí. Este vehículo tiene doble tracción. Estaremos bien.

—Con qué facilidad lo dices tú —murmuró ella—. No es tu coche.

—No. —replicó—. Es mi hija.

Volvió a meter la palanca de las velocidades a primera y siguió el camino, sin aminorar la velocidad hasta acercarse a la barricada amarilla que bloqueaba la ruta. Gruñendo, Javier bajó del coche y la empujó a un lado. Volvió a subir y siguieron el traqueteo del camino quebrado.

Manejaron otro kilómetro y medio, buscando cuidadosamente señas de Lidia y David sobre las orillas del camino. Pero no vieron nada aparte de los profundos charcos y repentinos relámpagos.

—¡Detente! —gritó con el próximo rayo.

Bel puso el freno, apenas esquivando una enorme alcantarilla descubierta frente al coche.

—Hasta aquí llegamos —anunció Javier—. Si pasamos por esa alcantarilla, romperemos la parte de abajo del coche. No servirá de nada si estamos atrapados también.

Javier abrió su puerta y agarró la lámpara.

—Veré que hay. Espérate aquí.

Corrió hasta la alcantarilla, que todavía tenía parte de su cubierta en su lugar. Arrodillándose, prendió la lámpara y miró haci adentro. Un segundo después estaba ayudando a David a salir, señalando frenéticamente a Bel para que se acercara.

Ella agarró su maletín y bajó del coche, sin poder creer que realmente los habían encontrado. ¿Pero en qué estado?

En un mejor estado que si los hubieran encontrado hasta la mañana siguiente, se dijo.

David estaba temblando con el frío, Lidia llorando, todavía acurrucada para medio protegerse de la lluvia. Javier tenía extendida la mano hacia Lidia, pero Lidia no la tomaba.

—¿Puedes caminar? —preguntó Bel a David.

—S-sí. Y-yo cargué a L-Lidia casi to-todo el ca- camino hasta acá. C-Creo que deberíamos haber ido en dirección opuesta —le chasqueaban los dientes, estaba empapado y lucía muy mal.

—Llévalo al coche —le dijo a Javier—. Te llevaré a Lidia en un momento y puedes hablar con ella entonces —volteó hacia la muchacha y dijo suave- mente:

—Lidia, ¿qué te duele?

—¡Todo! —sollozó la chica—. Mi hombro. Mi pecho.

—¿Te duele respirar?

—Un poco.

—Está bien. Voy a ayudarte a salir y vamos a mane- jar a la clínica. Nos va a acompañar tu padre. Está muy preocupado por tí.

—Sí, como no.

Un alivio mezclado con pánico llenó a Bel. Lidia podía estar herida, pero su actitud estaba intacta.

—Olvida lo que sucedió esta tarde —dijo, exten- diendo las manos hacia la alcantarilla para ayudar a Lidia a estirarse—. Tienes que concentrarte en el ahora.

Arrastró a Lidia hacia afuera y la ayudó a pararse derecha. Revisó apresuradamente a la chica. Su brazo derecho colgaba incómodamente a su lado, estaba sosteniendo su abdomen con el otro brazo, y respiraba sofocadamente. Bajo la luz deslumbrante de la lámpara, Bel se dio cuenta que estaba muy pálida y demacrada, con un gran moretón bajo un pómulo.

—Bueno, vamos a caminar despacito —dijo Bel, rodeando un brazo alrededor de Lidia para apoyarla. Pero no habían dado ni media docena de pasos lentos cuando Javier volvió a acercarse, haciendo a Isabel soltarla y levantando a la chica entre sus brazos.

No dijo nada, nada más la cargó al coche como si fuera una niña pequeña. Lidia estaba tensa al principio, y luego se desplomó contra Javier y sollozó. Aún con el ruido de la tormenta, Bel pudo escucharlo canturreando. Parecía como canción de cuna.

—Maneja tú —le dijo a Javier cuando éste colocó a Lidia en el asiento de atrás—. Yo necesito hablar con ellos.

Poco a poco, Bel logró entender lo que había pasado. Lidia se había escapado por la ventana de su recámara, y, como lo había sospechado Javier, había arrancado su camioneta con los alambres eléctricos. Había manejado a la escuela para esperar a David. Luego se habían ido juntos. Habían paseado durante mucho, mucho tiempo hasta que Lidia se había calmado un poco.

Finalmente habían decidido ir a ver que como estaba el río.

No les había parecido tan peligroso desde el camino, así que habían empezado a bajar por el dique. Habían perdido la tracción a la mitad de la bajada, y empezaron a resbalarse, deteniéndose sólo cuando la parte delantera del camión chocó contra un árbol.

—No íbamos tan rápido —dijo David—. Ni siquiera explotó la bolsa de aire. Pero Lidia no estaba usando su cinturón de seguridad...

Lo cual explicaba el hombro dislocado y la costilla fracturada que sospechaba Bel. Y quizás otras heridas.

Tuvo que preguntar.

—¿Bebieron algo? ¿Usaron alguna droga? Es importante.

Los dos adolescentes la vieron horrorizados.

—Tomaré la expresión como un 'no.' Pero hay cosas que no les puedo dar si tienen esas sustancias en el cuerpo.

Javier, notó con asombro, era un ejemplo de propiedad. Nada de interrogatorios, nada de exigir que le dijeran donde había aprendido Lidia a robarse los coches, nada de acusaciones lanzadas contra David. Se limitó a manejar.

Una vez adentro de la clínica, Bel prendió las luces hasta que el lugar quedó deslumbrante.

—Quítense esa ropa mojada —ordenó, entregando a cada uno una bata blanca de la clínica y una sábana. Luego se lavó las manos, se puso guantes latices y preparó un par de jeringas.

Miró a Javier. Era irónico. Podía recetar a la chica sin consentimiento paternal. Pero para tratarla ahora, necesitaba la aprobación de Javier.

Él asintió con la cabeza, y ella inyectó a Lidia en el hombro.

Voy a tratar de meter tu hombro en su lugar —dijo ella—. Esto debe quitar el dolor.

Mientras esperaban, David llamó a sus padres. Javier se negó a dejar el lado de Lidia, no obstante lo que estuviera haciendo Bel. Se quedó con ella durante las radiografías, los jalones y empujones mientras re-posicionaba su hombro, mientras vendaba sus costillas. Sostuvo su mano hasta que se quedó dormida, la mezcla entre el dolor y la anestesia combinándose para ponerla fuera de combate.

Mientras se revelaban las radiografías, Bel examinó a David. Todavía estaba temblando, mojado y cansado. Pero había estado usando su cinturón de seguridad, y se había escapado sin heridas graves.

—Un baño caliente, una cena y mucho reposo — les dijo a los padres de David cuando llegaron. Apuntó su número de teléfono en un papel y se los entregó a ellos—. Debe de estar bien, pero si ven algún cambio o si tienen alguna pregunta, pueden llamarme aquí o a mi casa.

Después de retirarse ellos, era hora de arrinconar a Javier.

Se desplomó sobre el banco al lado de la plancha de exámenes, de repente exprimida. Se le había desvanecido la carga de adrenalina, y con ello su enojo. No se sentía como la doctora Sánchez ahora, sino Bel, nada más. Y Bel estaba rendida y triste.

Respiró profundamente. Y otra vez. De alguna manera tenía que armarse con su personalidad profesional de nuevo. La doctora podría curar a Javier sin partírsele el corazón. Pero Bel...

De algún lado muy profundo dentro de sí misma, sacó valor que no sabía que le quedaba. Poniéndose de pie, se quitó los guantes latices y volvió a lavarse las manos. Se puso otro par fresco de guantes y adormeció la frente de Javier mientras Lidia dormía.

Primero limpió la herida con alcohol. Debería haberle ardido; no esperó mucho entre la anestesia y la limpiada. Sin embargo, Javier ni se inmutó, y no dijo nada. Aceptó todo.

Abriendo un nuevo paquete de suturas, metió la aguja a cada lado de la cortada. Agarró la aguja, ató la sutura y la cortó, y repitió la misma acción. Puso nueve puntos de sutura antes de pasarle un espejo.

—Me parezco monstruo —dijo él calladamente.

—No por mucho tiempo —y tapó su obra maestra con una venda. Luego limpió su brazo con alcohol y lo picó de nuevo—. Vacuna antitetánica. Por si acaso.

Tapó la aguja, la rompió y la depositó en un contenedor plástico para desechos. Quitándose los guantes latices, dijo:

—Creo que podemos irnos ahora. Pero me gustaría... quedarme con Lidia esta noche. Quiero seguir viéndola en caso de una contusión cerebral.

—Yo puedo hacer eso.

—Yo soy su médico. Sé lo que estoy buscando.

—Está bien —dijo Javier, asintiendo con la cabeza.

Levantó a su hija durmiente entre sus brazos y la puso cuidadosamente en el asiento trasero del coche de Bel. Cinco minutos más tarde, estaban en casa. Bel se apresuró a subir a su departamento a cambiarse. Javier llevó a Lidia a la casa para acostarla.

—Ay, Lidia —murmuró, acomodándola en su cama como si tuviera tres años y todavía fuera su bebita—, ¿Qué es lo que nos ha pasado? Estuve a punto de morir cuando vi esa camioneta, pensando que estabas herida o quizás peor. Jamás he tenido tanto miedo en mi vida entera.

—¿Papá? —dijo entre sueños—. Lo... siento. Por lo de la camioneta. No debería...

—Shh. Es sólo un objeto. Pero tú... tú jamás puedes ser reemplazada. Estuve tan preocupado esta noche, preciosa. Casi me volví loco buscándote.

—Me agrada que nos hayas encontrado —cerró los ojos durante un minuto, para luego abrirlos de nuevo, mirando directamente a los ojos de su padre—. Lo siento, Papá. No debería haberme escapado así. Debería haberme quedado aquí para pelearnos. Habría sido más maduro de mi parte. Me supongo que todavía me falta aprender algunas cosas.

Él tomó la mano de ella entre las suyas para acariciarla.

—Yo no podría seguir adelante si algo te fuera a suceder. Eres lo único que me importa. No importa David. Ni siquiera importa... —tragó en seco, sin poder terminar—. Te amo, Lidia. Eres mi vida.

—Necesitas conseguir otra vida, Papá —dijo suavemente—. Yo también te amo, pero ya soy casi adulta. Me iré de la casa el año entrante, y ya no podrás controlar mi vida. Necesitas acostumbrarte a soltarme. Confiar en mí. Dejarme tomar mis propias decisiones. Dejarme aprender de mis propios errores.

Él no contestó.

—¿Qué tan feo regañaste a la doctora Sánchez?

Tampoco contestó.

—Ay, Papá. Cuando piensas que tienes razón, eres como perro feroz. ¿Ya le ofreciste una disculpa?

—Se terminó, Lidia. Le debo por haberte cuidado, pero…

Lidia bufó, luego hizo una mueca de dolor.

—Ella es lo mejor que te ha pasado en años. Yo me voy dentro de seis meses, ¿te acuerdas? Mas vale que empieces a convencerla que se quede.

Santo Dios, ¿cuándo se había vuelto Lidia tan perceptiva en asuntos del corazón? Realmente estaba madurando. Y él no estaba del todo seguro si le agradaba la idea.

—Empieza con una disculpa —agregó Lidia con un destello de su propia personalidad—. Y, ¿cómo puedes compensarla? Flores. Chocolates. Control de tu mal carácter. Quizás deberías renunciar a la dirección de la mesa directiva. Tiene que odiar el hecho de tenerte de entrometido en su trabajo. A ti no te agradaría.

—Gracias, doctora corazón —replicó él—, pero no estoy pidiendo tus consejos. La doctora Sánchez y yo…

—Ya no estamos juntos —dijo Isabel suavemente desde la puerta de Lidia.

Javier volteó, sorprendido. ¿Cuánto tiempo habría estado parada ahí?

Estaba vestida de gris, una suave túnica tejida, y zapatos sin tacón del mismo color, y había recogido su cabello color de miel. El gris no le iba bien; le hacía verse pálida de cara, frágil y vulnerable.

Pero con un demonio, tal vez lo fuera. Ni él mismo estaba sintiendo su acostumbrado control de las cosas. Había estado a punto de perder su vida entera esta noche. No podría haber sobrevivido de haber perdido a Lidia. La vida habría sido insoportable sin ella.

¿Y de perder a Isabel? Con la voz de Lidia, se dio cuenta de repente. ¿No había sido verdad lo que había dicho en la noche? ¿Respecto al amor, compromiso y matrimonio? ¿No sería posible todo eso con Isabel?

No habría sobrevivido esta noche sin ella. Ella había estado tranquila y equilibrada cuando él había estado a punto de rendirse por la desesperación. Ella mantuvo la calma cuando habían encontrado a los muchachos, y los había tratado con sincera preocupación y sumo cuidado. Y ahora estaba aquí, habiendo ya cumplido con su deber hacía horas, revisando los ojos de Lidia y su pulso, asegurándose que pasara la noche sin complicaciones.

¿Cómo podía más que quererla y admirarla? ¿Aún cuando pelearan?

¿Cómo podría convencerla de darle otra oportunidad?

Isabel se paró al lado de él, tomando la muñeca de Lidia.

—¿Cómo te sientes?

—Cansada. Estúpida. No puedo decirle cuanto lo siento doctora Sánchez. Pero no sabe cuanto me agrada que hayan llegado usted y mi padre cuando llegaron.

—Yo también. Estás bastante bien, Lidia. Me voy a quedar cerquita toda la noche, por si acaso me necesitas. Pero, duérmete ya.

—Gracias. Recuerda lo que dije, Papá —Lidia cerró sus ojos y se quedó dormida en cuestión de segundos.

—Déjala descansar —dijo Javier, tomando la mano de Isabel para acompañarla fuera del cuarto.

Pero Isabel evadió su mano.

—Me quedaré. Quiero estar segura que respira bien.

Él movió la silla de en frente del escritorio de Lidia hacia un lado de su cama, y luego trajo una de la cocina para si mismo. Se sentaron lado a lado casi en la oscuridad, con sólo la luz del pasillo iluminando el cuarto.

¿Habrían pasado escasas seis horas desde que se le había volteado su mundo entero? Desde que Lidia había declarado su paso a la madurez, ¿qué él se había rehusado a aceptarlo? ¿Desde que la había rechazado por su furia provocada por miedo casi perdiéndola para siempre? ¿Desde que Isabel había tomado el control ayudándolo en cada paso tan crítico? ¿Probando su valor? Su valor ante él, ante Lidia y ante Río Verde.

El mundo sí que podía cambiar en un instante, y su mundo había cambiado. Dobló las manos y juró con fervor que jamás volvería a arriesgarse con esa clase de ira, ese tipo de condena de alguien a quien amaba. Contra quien fuera.

Lo había hecho a Isabel, pero gracias a Dios, no había funcionado. Ella lo había confrontado a diestra y siniestra, y de repente le dio gusto que así lo hiciera. De no haberlo hecho, de haber sido intimidada por la fuerza de él, o por su terquedad, no habría estado ahí para rescatar a Lidia. A rescatarlo de sí mismo. Le debía su mundo entero.

—Isabel —dijo en voz baja, alcanzando de nuevo su mano. ¿Qué había dicho Lidia? Que empezara por ofrecerle una disculpa.

—Lo siento. Fui... fui un absoluto idiota esta noche. Te dije cosas horribles, y ojalá que pudiera retirar lo dicho. Pero lo único que puedo hacer es ofrecerte una disculpa, y pedirte que me permitas que te compense el mal que te he hecho.

Isabel cruzó sus brazos sobre el pecho, resistiendo ser tocada por él. Tenía la mirada fija hacia adelante, su perfil en la sombra con la luz del pasillo a sus espaldas.

—Es demasiado tarde, Javier —susurró—. Acepto la disculpa, porque no deberías haberte portado como te portaste. Pero nada más. No vamos a hacer las paces. No vamos a volver a empezar. Q-quiero que la mesa directiva dé por terminado mi contrato para dejarme ir. No hay lugar para mí en este pueblo.

—Sí hay lugar. Fui un ciego, Isabel. Y fui estúpido. Pensé que importaba que no fueras de aquí, pero no es cierto. Lo único que importa es que te importemos. Tus pacientes lo pueden palpar. Me lo dicen todos los días. Lidia y David lo saben. Salvaste sus vidas esta noche.

—Y yo también lo sé, Isabel. Mejor que cualquiera otra cosa que haya sabido en toda mi vida.

—Así que ya probé mi valor, ¿no es así?

—Una y otra vez. Nada más que fui demasiado estúpido para darte el crédito que merecías.

—Y ahora, ¿todo ha cambiado? —había sarcasmo en su voz, y dolor.

—Hoy todo cambió. Todo. Ya estoy viendo al mundo de otro modo, completamente, porque estuve a punto de perder todo lo que amo en la vida. Lidia. Y tú, Isabel. No quiero que llegue la mañana sin que las dos sepan éso.

Ella suspiró, extendiendo la mano para tentar la frente de Lidia, y Javier aprovechó la oportunidad. Puso su mano sobre la de ella, entrelazando sus dedos con los de ella, los dos tocando la cara de Lidia.

Isabel levantó su mano y trató de desenredar sus dedos de los de Javier, pero él no la soltaba. Levantó la mano de ella hacia su boca, para besar su palma, su muñeca, y la miró seriamente.

—¿Me escuchaste, Isabel? Te amo. Quiero pasar el resto de mi vida demostrándotelo. Te quiero aquí, en Río Verde, en mi vida y en mi casa. En mi cama, Isabel. En todos los lugares que te pertenecen.

—¡Detente! —lloró ella, levantándose de un brinco y arrebatando su mano. Caminó fuertemente a la puerta y le señaló que la siguiera.

Cuando llegaron a la sala, ella giró, los puños apretados a sus costados.

—Escúchame, Javier. Nada más voy a decir esto una sola vez. Dices que me amas, ¿pero sabes qué? El amor es sólo un sentimiento. No cuenta sin respeto y confianza. Hacia mi y hacia mis decisiones.

—Desde el momento en que llegué, has cuestionado lo que hago por la clínica y lo que hago por mis pacientes. Pensé que ya habíamos superado esa etapa hace unas semanas. Pensé que empezabas a tenerme cariño, comprenderme, confiar en mí, y respetarme. Y luego llegaste hecho una furia esta tarde, recriminándome no haber cumplido... tus deseos.

—Un hombre que me amara y me respetara no me haría eso. No así.

—Ahora dices que han cambiado las cosas. Y puede ser cierto. Durante un rato. Pero qué pasará en unos seis meses, ¿cuando los traumas de hoy pasen al olvido? Volverás a ser el mismo de antes; arrogante, controlador, tratando de manejar todo a tu antojo.

—Yo no puedo vivir así. Interfieres en mi trabajo, tratas de tomar decisiones que no te corresponden.

—Yo quiero un hogar y una familia y un hombre para amar. Uno que me ame. Pero no puedes ser tú, Javier. No puede ser aquí.

Sus palabras fueron como espadas que atravesaban el corazón de él, pero Javier Montoya jamás se dejaría vencer.

—Isabel, quiero otra oportunidad. Nada más una oportunidad. Yo sé que soy de carácter… difícil, pero es porque me importan mucho las cosas. Y de verdad te amo. No me había dado cuenta cuánto hasta esta noche.

—El amor no es suficiente, Javier.

—Es el mejor punto de partida.

—No puedo —ella tragó en seco, fuertemente, y lo miró con pena, y absoluta firmeza, en los ojos, brillando por las lágrimas.

—Hay demasiadas diferencias entre nosotros, demasiadas cosas que ninguno de los dos podemos comprender. No puedo ser la mujer que quieres ni la que necesitas. Lo… lo siento.

Lo dejó con la palabra en la boca y caminó de vuelta al cuarto de Lidia.

—Te llamaré si hay algún cambio. Vete a dormir, Javier. Ha sido un día muy duro.

Entró de nuevo al cuarto de Lidia y cerró la puerta tras de ella. Él la escuchó moviendo el pomo de la puerta, y recordó que tendría que arreglarla el día siguiente.

Tendría que arreglar muchas cosas mañana. Pero no dudaba poder lograrlo. Javier Montoya jamás fallaba cuando se fijaba una meta.

Isabel Sánchez era su meta. Ni cuenta se daría cuando ya habría caído. Pero tendría un nuevo apellido, y una nueva vida. Con él, y aquí mismo en Río Verde.

CAPÍTULO DIEZ

"Bueno, ya fue todo", pensó Bel, firmando su nombre al calce de la carta. Su renuncia. Ya había terminado con Río Verde. Terminado con tratar de encontrar esa otra parte de sí misma. De aquí en adelante, sería Bel Sánchez, M.D. a secas. Nacida en el medio-oeste y educada ahí mismo, y aceptando quién era. Y punto.

Y después de esta noche, habría terminado de una vez por todas con Javier Montoya. Había tenido que soportarlo unos cuantos días más después del percance de Lidia, porque la chica había desarrollado una pulmonía fulminante. Bel había pasado todas las noches a revisar su tratamiento, hasta ver por fin que estaba mejorándose.

Y todas las noches la acosaba Javier. Le llevaba flores, chocolates, sopa casera de tortilla. Dejaba mensajes en su máquina contestadora, y notitas firmadas por "JM" aparecían misteriosamente sobre su escritorio en la clínica.

Peor aún, había conseguido la ayuda de Lidia, que desde el accidente había cambiado radicalmente su actitud y carácter. Ella y su padre de repente estaban llevándose mejor que durante meses, reportó Lidia. Nada más había un problema. Javier extrañaba a Isabel. Quería otra oportunidad.

A veces, muy noche, Bel también lo extrañaba. Extrañaba su calor a su lado, sus brillantes ojos, su fuerza y su espíritu. Extrañaba los escalofríos de emoción cuando la miraba, la frenética excitación que salía a flor de piel en ella cuando él la besaba. Cuando la amaba.

Pero en la fría luz de la mañana, afirmaba su resolución. Era demasiado tarde para ellos. Le agradaba que la crisis hubiera unido de nuevo a Lidia y Javier, pero no podía olvidar que Javier había provocado todo el problema. Por negarse a escuchar. Por negarse a confiar en ella y no respetar sus decisiones. Y Bel había tenido que volver a integrarse, curando cuerpos despedazados que no deberían haber estado quebrados. Era un desperdicio.

Podía ser cierto que Javier la amara. Ella podría sentir lo mismo hacia él. Pero sin confianza, lo que sintieran el uno por el otro, aunque fuera amor, no significaba nada.

Y las sopas y dulces y flores y todas las demás muestras de cariño no la convencían de que él no volvería a interferir, ni a tratar de controlarla. Ni que tendría confianza en ella.

Sus pacientes confiaban en ella. Eran más amistosos y chistosos con ella con cada cita. A veces hasta seguían sus consejos. Realmente había gozado la clínica en esos días.

Pero ella encontraría la misma satisfacción en otro lado. Algún lado sin Javier Montoya acosándola día y noche.

Ya había llegado el momento de entregar la carta; la mesa directiva de la clínica se iba a reunir esta noche para evaluar su período probatorio. Su renuncia iba a ser lo primero en la agenda.

Metiendo la carta en un expediente amarillo, se paró tras de su escritorio. No sería suyo durante mucho tiempo. Recorrió su dedo sobre la fibra de la caoba, reflexionando. Había hecho buenos trabajos aquí en Río Verde. Y había sido una gran experiencia.

Se quedaría hasta principios del año, cuando aquel médico provisional estaría disponible. Pero ahora sus días en Río Verde estaban contados. Gracias a Dios.

Alisó su mano sobre la parte delantera de su pantalón de lino y se pasó un peine por el cabello. Recogiendo el expediente, apagó la luz y salió de la clínica para caminar en dirección de la plaza.

—Hola, Isabel —dijo Javier cuando ella entró a la sala de conferencias. Como había sucedido desde el accidente, su voz era cálida y sugestiva, llena de chispas de promesas no hechas ni realizadas.

Por supuesto que estaría aquí temprano. Ella no había podido ir a ninguna parte durante los últimos diez días sin algún recuerdo de su presencia. ¿Por qué había de ser diferente esta noche?

—Javier —dijo ella fríamente, rehusando ser influenciada por su voz ni por verlo. Sus ojos negros, su cuerpo delgado y terso todavía perfectamente visible bajo su saco color canela, su camisa azul y pantalón color azul marino, el mechón de cabello cayéndole sobre su ojo derecho.

—Se trata de un mera formulismo esta noche —dijo él, colocando agendas frente a los lugares de los diferentes miembros de la mesa directiva alrededor de la mesa de conferencias—. Nadie piensa en cancelar tu contrato.

—Yo sí —ella abrió el expediente amarillo y le entregó su carta. Él la leyó rápidamente, y frunció el ceño, arrugando la orilla. Pero luego colocó el papel sobre la mesa y alisó las arrugas. Doblándolo en terceras partes, metió la carta dentro de un bolsillo interior de su saco.

¿Qué haces? —preguntó Bel—. Dame éso.

—¿Cambiando de parecer, Isabel? Demasiado tarde, como te gusta decir. Ya me la diste. Te avisaré sobre la decisión de la mesa directiva.

—Esperaré —dijo ella, repentinamente irritada.

Javier sacó una pluma y agregó un renglón a cada una de las agendas sobre la mesa, que decía: "Renuncia."

Los otros miembros de la mesa directiva se filtraron hacia el cuarto, saludándose cordialmente. Tomaron sus lugares y Javier empezó la junta.

—Tenemos tres asuntos que tratar esta noche —dijo—. Primero, tenemos que decidir si extendemos el contrato de la doctora Sánchez para los dos años. Todos ustedes saben que en un principio no estuve... pues muy entusiasta ante la idea de su llegada a Río Verde, y ella de verdad ha tenido un modo a veces extraño de manejar la clínica... y de equiparla.

—Sin embargo, la doctora Sánchez cuenta con todo mi apoyo para continuar como directora médica. Ustedes saben lo que sucedió con mi hija la semana pasada, y la doctora Sánchez demostró su valor en el campo de batalla. Río Verde no puede sin ella.

Miró sentidamente a cada miembro de la mesa directiva, y luego a Bel.

¿Qué era lo que hacía? Aunque la mesa directiva votara para extender su contrato, ella ya había renunciado. Y Javier lo sabía perfectamente. Es que estaba jugando algún juego, y ella no tenía interés alguno en seguirle la corriente.

Ella se puso de pie.

—Javier, no tiene sentido todo esto. Ya has...

—Está usted fuera de orden, doctora Sánchez —dijo Javier burlonamente—. Siéntese.

—No lo haré. Estás desperdiciando el tiempo de la mesa directiva. No tiene sentido votar sobre mi contrato, porque ya he renunciado. Javier tiene mi carta en el bolsillo de su saco.

Todos empezaron a hablar al mismo tiempo.

—Javier, ¿es cierto éso?

—Doctora Sánchez, no puede hablar en serio. El pueblo ya está muy encariñado con usted. No nos puede dejar ahora.

—Jovencita —fue Hilarión Hidalgo—, incurrirá en incumplimiento de contrato. Una vez que lo aprobemos. Ni crea que podrá zafarse tan fácilmente.

—Javier —dijo Julia García—, veamos la carta.

Javier metió la mano en el bolsillo de su saco y sacó una hoja de papel. Lo desdobló y lo leyó en voz alta:

—"A la mesa directiva de la clínica de Río Verde: Con tristeza, me veo obligado a extender mi renuncia como presidente de la mesa directiva. Me he dado cuenta de manera muy clara que no me es posible supervisar a nuestra directora médica, la doctora Isabel Sánchez, bajo ninguna circunstancia. La amo, y al amar a alguien, no se puede vigilar a esa persona como capataz. Hay que confiar en esa persona y aceptar que hace su trabajo, y que toma sus mejores decisiones médicas y éticas sin intervención."

"Es lo que ha hecho desde el momento en que llegó a Río Verde. Chocamos por muchas de sus decisiones, pero con el paso del tiempo, y por la doctora Sánchez misma, he llegado a entender que ella siempre ha tenido la razón, y yo he estado equivocado. Me arrepiento de no haberme dejado guiar por la doctora Sánchez."

"Pero la razón más importante para mi renuncia es que quiero casarme con Isabel Sánchez. Y no puedo hacer campaña libre para ganarme su corazón y su consentimiento si tengo control sobre su trabajo."

"Ofrezco mi voto en apoyo de su contrato, y por la presente, entrego el mando de esta junta a Julia García."

Entregó la carta a Julia, recogió sus papeles de sobre la mesa y caminó a la puerta.

—Vamos, Isabel —dijo—, deteniéndose frente a su lugar y haciéndola ponerse de pie—, hay que dejar a la mesa platicar y votar.

El cuarto se convirtió en pandemonio, con todos hablando al mismo tiempo y gritando preguntas que Javier ignoró al sacar a Bel por la puerta.

—Tú... ¡tramposo! —regañó Bel mientras él cerraba la puerta de la sala de juntas tras de ellos—. No fue mi carta que leíste.

—No —sonrió como si acabara de lograr un golpe de estado, y Bel se sintió... derrotada. Confundida. ¿Qué era lo que él estaba haciendo?

Entonces Javier se puso serio de nuevo.

—Hablé en serio, Isabel. Quiero otra oportunidad contigo. Pero no me has estado escuchando. Necesitaba hacer algo... dramático para que me hicieras caso.

—Ah, pues, me he fijado perfectamente bien —dijo ella en voz baja—, por encima de todo, eres dramático, sin duda alguna.

—Pero no me hacías caso —la regañó con cariño—. Finalmente me di cuenta que yo estaba haciendo las cosas equivocadas. Tú no necesitabas romance de mi parte, por lo menos todavía no. Necesitabas algo más fundamental.

—Te amo, Isabel Sánchez. Y te prometo por todo lo más sagrado que no intervendré en tu trabajo, ni en tus decisiones. Tú no me rindes cuentas de eso ya para nada.

Lo único que quiero es compartir el resto de tu vida. Como tu marido.

Él le tocó la cara, levantándola para que ella pudiera ver la absoluta sinceridad en sus ojos.

—Javier, no. Te he dicho que...

—No hables. Escucha. Tú te has g[...]
en Río Verde. Ya es tu hogar. Nada más tiene[...]
creerlo para que sea cierto.

—Alguna vez lo sentí así. Pero Javier, tú y yo,
somos tan diferentes…

Él sacudió la cabeza.

—No, corazón. Somos muy parecidos. Queremos
las mismas cosas; un lugar nuestro, del que seamos
parte, donde nuestro trabaja tenga importancia. A
los dos nos gusta estar en control —rió, secamente—,
pero estoy dispuesto a renunciar a ese control en lo
que te concierne a ti.

Había renunciado de la mesa directiva. Por ella.
Para que se diera cuenta que tenía confianza en ella.
Para que no tuviera excusa alguna para supervisarla
ni controlar sus decisiones. Era una concesión de su
parte. Una enorme concesión.

¿Pero había sido suficiente para que ella pudiera
imaginar el resto de lo que él había ofrecido? ¿El
matrimonio? ¿Siempre? ¿Una vida juntos en Río
Verde?

Ella lo miró desesperada. Estaba acostumbrada a
tomar decisiones de vida o muerte, pero ésta…pero
¡ésta! Exigía la decisión de toda su ser, cada fibra de
su ser. Esta vez la decisión tenía que ver con su vida.

—Si me dices que no, Isabel, si insistes en irte, te
seguiré —presionó los dedos más firmemente
alrededor de su cara—. He esperado demasiado
tiempo por ti, y no voy a dejar que te me vayas.
Regresaremos a ese cuarto, daré tu carta a la mesa
directiva, y nos iremos juntos.

Ella lo miró, incrédula.

—¿Me seguirías? ¿Aunque te dijera que no?

—No me queda otra, Isabel. Te amo.

No esperó que ella respondiera con palabras.
Cortó su tren de pensamiento con un beso duro que
revivió en ella todos los recuerdos que tenía de él en

stante. Él se hundió en la consciencia
...a, en su alma, y ella supo que tampoco le quedaba otra alternativa.

—Di que sí, Isabel —murmuró contra su boca—. Di que te casarás conmigo. Mañana, el mes entrante, dentro de un año. Pero di que sí.

—Sí, Javier —jadeó—. Ay, sí.

Él rompió el beso para levantarla del suelo, dándole vueltas en el aire.

—Vamos a decirle a la mesa directiva. Ellos tienen su médico, yo tengo una esposa.

Día de los Novios, tres meses después
—¡No puedo creer que me traigas a la clínica el día de nuestra boda, Javier! —Bel rió al bajar de su camioneta—. ¿Qué podemos necesitar de aquí ahora?

—De verdad, se trata más de lo que ellos necesitan de ti —dijo—. Subieron a la acera, y Javier abrió la puerta principal de la clínica para Bel.

Dentro de la sala de recepción, ese cuarto oscuro y deprimente, un pequeño grupo de gentes se había reunido. Bel reconocía a todos. Pacientes, colegas de Javier, hasta Hilarión Hidalgo. Cada uno estaba armado con escobas, sacudidores, lonas, brochas y rodillos. Y Alicia estaba parada a un lado de ellos, viendo muestras de pintura y planos.

¿Qué es lo que pasaba?

—Hola, doctora —dijo Alicia, pareciendo algo apenada—. Queríamos sorprenderla, pero Javier dijo que usted debería poder opinar sobre la redecoración.

—No comprendo —dijo Bel, viendo alrededor del cuarto a Javier, Alicia y los demás.

—Es su regalo de bodas —explicó Alicia—. Por venir hasta aquí y soportarnos a todos, y por quedarse con nosotros. Quisimos hacer más agradable la clínica. De verdad, para todos nosotros. Así que todos estamos aquí para limpiar y pintar, pero usted tiene que escoger los colores.

Alicia entregó a Bel varias muestras de pintura; hermosas cremas, pasteles pálidos, azules brumosos.

—Todos diseñados para calmar a los pacientes y mantener baja la presión arterial —notó Alicia—. Queremos pintar un arco iris en el rincón de los niños, poner unos animales y colocar un pizarrón, pero el resto del cuarto será pacífico y relajante.

—Yo, yo no sé que decir —titubeó Bel, emocionada más allá de las palabras—. Gracias. Este cuarto necesita tanto... y llegué a pensar que jamás tendría tiempo.

—Así que escoja un color —le dijo Alicia.

Ella frunció el ceño un momento, estudiando la selección.

—El arco iris y animales se verán mejor sobre ésto —dijo, entregando a Alicia el pedacito del color de marfil.

—También reflejará la luz de la ventana —dijo Alicia en aprobación—. Bueno, Hilarión, ve por la pintura —le entregó el pedazo de pintura, y al salir él, recogió un par de cajas hermosamente envueltas para regalo de una mesa.

—Tenemos unas cuantas cosas más para usted —continuó Alicia, entregando la primera caja a Bel—. De todos nosotros que dependemos de la clínica.

La caja era ligera, y Bel vio a todo el mundo, casi sin poder hablar.

—Yo, pues, gracias —dijo débilmente. Se le llenaron los ojos con lágrimas. Era tan inesperado, tan sincero. Había llegado como extraña, y ahora...

—¡Ábrelo! —escuchó una voz.

Y lo hizo. Quitó el bonito moño blanco con plateado, metió su dedo sobre la cinta adhesiva que sostenía el papel de regalo en su lugar y lo dejó caer al piso. Levantando la tapa de la caja, vio una nueva bata blanca de laboratorio, igual que la que siempre usaba en el trabajo. Nada más que ésta estaba bordada "Clínica de Río Verde, Isabel Sánchez de Montoya, M.D.

Su nuevo nombre. Su nueva recepción. Su nuevo hogar. Era tan emocionante, tantos cambios tan maravillosos. Una lágrima recorrió su mejilla, y la limpió, apenada.

—Perdón —aspiró por la nariz—. Estoy un poco … emocionada.

—¡Hay más! —dijo otra voz en el grupo—. Entrégalo, Alicia.

La segunda caja era pesada, muy pesada. Bel se sentó para abrir este regalo, otra vez jalando el moño y el papel de envolver antes de levantar la tapa. Quitó las capas de papel de china, y descubrió una placa de bronce. También decía: "Clínica de Río Verde, Isabel Sánchez de Montoya, M.D."

Bel levantó la mirada hacia Javier, impotente ante la emoción, y luego miró a toda las personas reunidas a su derredor, viéndola con aprobación.

—Es tu placa —dijo Javier orgullosamente—. Para colgar afuera para que todo el mundo sepa donde trabajas. De dónde eres.

—Estará colocada en cuanto regresen de la luna de miel —prometió Alicia—. De hecho, ya ni reconocerá este lugar —golpeó las manos—. Y ahora, que todo el mundo termine de limpiar y de mover los muebles. La pintura llegará pronto, y todos tenemos que asistir a una boda esta tarde.

Todos empezaron a trabajar con entusiasmo cuando Bel se levantó. Durante unos momentos no pudo ni pensar en hablar, tan emocionada por el espíritu de las personas que la rodeaban. Habían venido todos a ayudar en la clínica. Por Javier. Por ella. Se sentía conmovida y honrada, y tenía que darles las gracias.

Levantando una mano, hizo que el grupo se detuviera mientras hablaba.

—Gracias. Muchas gracias a todos. No puedo decirles cuanto significa todo ésto, que estén todos aquí, ayudando en la clínica... y ayudándome a mí. He encontrado un lugar que puede ser un verdadero hogar, y todo se los debo a ustedes y a sus familias, a todos en Río Verde. No hay palabras para agradecerles.

—Y ahora, es hora de irnos, Isabel —dijo Javier, tomándola por el brazo con un poco de actitud posesiva—. Veremos a todos en la iglesia a las cinco.

—¡Gracias una vez más! —dijo Bel, agitando la mano mientras Javier la impulsaba a salir por la puerta y a la camioneta de nuevo.

Al arrancar el motor, se inclinó hacia ella y la besó suavemente.

—¿Estás lista, Isabel? ¿Para toda una vida de nosotros?

Ella sonrió y asintió con la cabeza.

—Para toda una eternidad, Javier.

—Para siempre jamás —asintió él.

THINK *YOU* CAN WRITE?

We are looking for new authors to add to our list.
If you want to try your hand at writing Latino romance novels,
WE'D LIKE TO HEAR FROM YOU!

Encanto Romances are contemporary romances with Hispanic
protagonists and authentically reflecting U.S. Hispanic culture.

WHAT TO SUBMIT

- A cover letter that summarizes previously published work or
  writing experience, if applicable.
- A 3-4 page synopsis covering the plot points, AND
  three consecutive sample chapters.
- A self-addressed stamped envelope with sufficient return
  postage, or indicate if you would like your materials recycled
  if it is not right for us.

Send materials to: Encanto, Kensington Publishing Corp.,
850 Third Avenue, New York, New York, 10022.
Tel: (212) 407-1500

Visit our website at
http://www.kensingtonbooks.com

¿CREE QUE PUEDE ESCRIBIR?

**Estamos buscando nuevos escritores. Si quiere
escribir novelas románticas para lectores hispanos,
¡NOS GUSTARÍA SABER DE USTED!**

Las novelas románticas de Encanto giran en torno a protagonistas
hispanos y reflejan con autenticidad la cultura de Estados Unidos.

QUÉ DEBE ENVIAR

- Una carta en la que describa lo que usted ha publicado
  anteriormente o su experiencia como escritor o escritora, si
  la tiene.
- Una sinopsis de tres o cuatro páginas en la que describa
  la trama y tres capítulos consecutivos.
- Un sobre con su dirección con suficiente franqueo.
  Indíquenos si podemos reciclar el manuscrito si no lo
  consideramos apropiado.

Envíe los materiales a: Encanto, Kensington Publishing Corp.,
850 Third Avenue, New York, New York 10022.
Teléfono: (212) 407-1500.

Visite nuestro sitio en la Web:
http://www.kensingtonbooks.com

WINNING ISABEL

Gloria Alvarez

For my mother and father,
Carlos and Jacqueline Alvarez,
who always believed in me.
You're the best.

One

Isabel Sánchez breathed a sigh of relief. She was here at last. Río Verde, Texas. Population 1,800.

She pulled her car into the first parking spot she found and cut the engine. Rolling her shoulders and stretching her neck, she got out of the vehicle and shook her legs. What should have been a three day drive from Ohio had taken a week because the engine on her ten-year-old Jeep Cherokee had died halfway through Kansas. She'd already missed her first official days at work. Dr. Rodríguez had told her not to worry, but Bel was still frustrated. People were counting on her; she was supposed to be available.

Well, now she was. And since the clock on her dashboard read one-thirty, she still had half a day to get oriented. She could watch Dr. Rodríguez, see how the clinic was laid out, meet their nurse. Tomorrow, she could jump in with both feet and start seeing patients.

She took a deep breath and stretched again in the midday autumn sun. In Ohio, summer had already yielded to fall's crisp days. But not here in southwest Texas. This air was dry and hot, and above her sat a wide, clear blue sky that seemed to go on forever. That much open space made Isabel a little nervous after the urban skylines she'd grown up with. It would take some getting used to.

So would everything. This was a new life, a new beginning. She reached into the back of her vehicle and pulled a fresh lab coat from the rear seat. Her name was embroidered in red across the left breast: Isabel Sánchez, MD. She ran her finger over the lettering, remembering her mother's tearful joy when she'd earned those initials after her name.

"Just like your father," Mom had said. "He would have been so proud."

Well, Daddy, Mom, here I am, Bel thought, slipping the coat on over her blue, oxford cloth shirt and khaki pants. *Do you have any idea what I'm in for?*

She had some, of course. Río Verde was a small, rural, understaffed clinic with one doctor, a part-time nurse, no hospital, and what Dr. Rodríguez had called "a poor excuse for a lab." The work would be hard, the hours long, the pay low by most standards.

But it was a Health Service Corps position, and that meant that the US Government would be paying a huge chunk of her student loans in exchange for two years of her life. And while she was here, she'd be able to do some good.

Bel was looking forward to working with Dr. Rodríguez. She'd never planned to come to south Texas, where her name alone would create expectations among her patients. But she'd felt an instant affinity for the older doctor when they'd talked by telephone, as if he had something she was missing, and if she came to Río Verde she might find it for herself.

She could start right now. The clinic was just up the street. Pulling her doctor's bag from the back, she locked the car and started walking. She stopped in shock when she saw the clinic. Two men were screwing plywood to the windows, and the word CLOSED was painted in bold, black letters on the rough wood.

She began to run, stopping only when she could grab one of the men by the shoulders, spin him around, and demand, "What is going on? You can't close this clinic."

The man pulled away and finished screwing in the plywood. "Board ordered it, *Señora*," he said huffily. "Doc Rodríguez passed away two days ago."

"What?" Bel couldn't believe her ears. "But I just talked to him—"

She broke off, realizing how foolish she sounded. She was a doctor. She knew how fragile life could be. But Dr. Rodríguez—dead? It couldn't be.

But it was. The pair of men and the whirr of drills and screws were proof enough. She felt a pang for the colleague she'd liked so well in countless telephone conversations, and another for the family he'd left behind.

But he would not have wanted the clinic closed. She'd known him well enough to know that he was as passionate about public health care as she was.

"Stop right now," she ordered the men. "I'm Dr. Sánchez. I'll be running the clinic now, and I need to get in and look around. We'll be open for business tomorrow."

"Sorry, *Señora*. Orders are no one goes in. There's too much stuff in there—drugs and needles. That's why we're boarding up."

"Don't be ridiculous." She strode to the front door, which the men had not yet covered with plywood, and pulled out the key Dr. Rodríguez had mailed her with her contract. "I'm going in. Take the rest of that plywood down. *Now!*"

As she put the key in the lock, one of the men

took her by the shoulders, and the other removed the key. They looked at her and repeated helplessly, "Sorry. You can't go in."

She jerked away from them and reached for the key, but the man held it out of reach. "Who hired you?" she said furiously.

"The clinic board. Javier Montoya."

Bel fished in her pants pocket, pulled out a handful of change, and handed it to one of the men. "Go call Mr. Montoya. Tell him Dr. Sánchez is here, and she wants to see him now!"

The two men conferred. Then one of them bolted down the block and disappeared into the corner diner, while the other stayed with her—a guard of sorts.

Bel bit her lip in fury. She didn't like to resort to intimidation, but hell, the board knew she was due any day. She had a signed contract. Why had they sent a couple of laborers to close down the clinic? They could've posted a guard if they were worried about the drug cabinets, but it was insane to board the place up. What were people supposed to do for medical care?

She paced in front of the place impatiently, waiting for the man to return with news of Mr. Montoya. She remembered his name now; it had been on her contract as chairman of the Río Verde Clinic Board. It didn't bode well if he had ordered this.

Before the second man had returned, a battered green Dodge Dart squealed up, nearly slamming into the pickup that held the remaining sheets of plywood.

A woman was driving, and she looked wide-eyed and frantic. She jumped out of the car, took one look at the boarded window, and wailed, "*¡Mi niña! Está grave. Where's Dr. Rodríguez?*"

The man went to her and put his arm around her. "You haven't heard? He died day before yesterday. You have to go to Del Rio until we get a new doc."

Bel's blood pressure rose dangerously at the man's words. Hadn't she made it perfectly clear that *she* was a doctor, trained to treat the sick? What was going on here?

She held her tongue. The woman was young and in distress, and the best thing Bel could do for her was stay calm.

"Ma'am?" Bel said gently, pulling her away from the man. "I'm Dr. Sánchez. Can I help you?"

"You're a doctor?" the woman asked desperately.

Bel nodded. "What's the matter?"

"My baby. In the car. She's burning up, she won't eat, she's sick."

"Let me see." She walked with the woman to the car, where the baby lay listlessly in her car seat. Bel reached in, felt the baby's forehead, pulled open her eyelids, noted her sunken features. She unbuckled the child and pulled her out of the car.

"Let's go inside so I can check her more completely."

"It's . . . open?"

"Yes," Bel said firmly. "You can ignore that sign."

"You can't go in, *Señora.*"

She glared at the man, who still had her key. "Open . . . the . . . door."

When he made no move to comply, Bel set her lips in a tight, thin line and opened her medical bag. Pulling out a heavy metal tuning fork, she slammed a small hole in the glass just above the doorknob and pushed away the shards until she could safely stick her hand through and turn the handle.

And she walked in, baby in one arm, her medical

kit on the other. The child's mother followed behind. Stunned, the man followed both of them.

She flipped on a light, looked around the waiting
room and shuddered. The place was downright depressing, with dark paneling, hard wooden benches,
old magazines, and some worn orange and teal
Naugahyde chairs. The plywood on the front window didn't help matters, either.

The room really needed a face-lift, but she'd have
to tackle that later. Right now she needed to get
inside, to the clinic itself.

She twisted the knob to the only door. Locked. Of
course. But it was only a push-button lock, and Bel
reached in her lab coat pocket for the barrettes she
kept for the days when her light brown hair wouldn't
stay out of her eyes. She opened one, inserted one
prong, and tickled the lock until it sprang open.

"Why don't you go see if you can fix that hole?"
she told the man, taking the woman's hand and gently pulling her with her. "What's your name? What's
the baby's name? How old is she?"

"Maria Gutierrez. The baby is Laura. She's five
months."

Bel found an examining room and lay the baby
on the table. Then she rummaged through the instrument table looking for the right tools.

Finding a thermometer, she lubricated the end and
took Laura's temperature. The baby was too sick to
protest, and Bel drew her lips in a tight line. Babies
could get so sick so fast. Fortunately, they recovered
equally quickly, if you got the right meds into them.

"How long has she been this way?" she asked,
pulling out the thermometer and then shaking her
head. She set it in the sink and began to wash her
hands. When they were clean, she wet a hand towel
and placed it on the baby's forehead.

"Since last night. I came this morning, but no one was here. She got worse, so I came back, and—"

"I'm sorry about that," Bel said. "There seems to be some misunderstanding. But I'm here now, and I'm going to help you."

There was no lighted scope for ears and throat on the instrument table, so Bel took her own out of her bag. She looked down Laura's throat and in her ears, felt the child's abdomen, and listened to her heart and lungs.

Turning to the nervous mother, Bel said, "Ms. Gutierrez, Laura has an ear infection. They can make young babies very sick, but they're easy to treat. I just need to know how much she weighs, and then we can give her the medicine she needs. Could you come with me?"

Back in the main office area, Bel saw no baby scale—"Underequipped," Dr. Rodríguez had warned her—so Bel just had Maria weigh herself with and without the baby in her arms. Then Bel excused herself.

She took a swift tour of the remaining rooms in the office, looking for the drug cabinet. There were three other modestly equipped examining rooms, Dr. Rodríguez's office, the nurse/receptionist's area she'd seen when they'd walked in, and a narrow lab in the back, where she found part of what she wanted—drug samples—but no IVs.

She mixed an antibiotic solution and went back to the nurse's desk. She'd seen a Rolodex there; maybe she could find the drugstore's telephone number.

There was nothing listed under drugstore, nothing under pharmacy. But this was southwest Texas. Maybe . . .

Sure enough, she found it under the Spanish

spelling: *Farmacia García.* After making the call, she opened the door to the waiting room.

"What's your name?" she asked the man, who'd since been rejoined by his companion.

"Ben Hernández," came the reply, and his tone was now tempered with respect.

"Mr. Hernández," Bel said crisply, "the baby is very sick. I need some supplies from the pharmacy. Do you know where it is?"

He nodded.

"Good. I've talked to the pharmacist. Can you go there and pick up what I've ordered, please? Tell them to charge it the clinic's account."

"Yes, ma'am."

"Thank you." As he left, Bel turned to the other man. "Any word from Mr. Montoya?"

"He'll be here any minute," he said, and his voice held a note of awe, too. The two men must have been talking about her dramatic entrance. Well, it couldn't be helped.

As if on cue, the front door opened, jangling a cowbell. And into the cave-like waiting room strode something from an erotic dream. He was about five ten, with devil-dark eyes and a shock of black hair, a lock of which fell carelessly over his right eyebrow. His face was thin, his nose sharp, but the whole effect was keenly masculine, in a decidedly unsettling way.

And his body . . . Bel's breath caught, in spite of herself. He was like something from the pages of a magazine, with a tough, muscular frame almost too big for his clothes. He wore an open-collared white shirt, snug black jeans, and a black-and-white plaid sports coat, and Bel could see that his shoulders were a match for the rest of him.

"Julio," he said to the man, "what happened?"

Julio shrugged. "The lady doctor, she just—"

"Mr. Montoya?" Bel interrupted, for who else could this be? "I'm Dr. Sánchez. If you'll wait here while I finish with my patient, I need to talk with you."

"Your patient?" he asked incredulously.

"My patient. That's what I'm here for, after all. Mr. Hernández just went to the drugstore for me. I should be done in a few minutes. Then we can talk."

His voice turned steely. "Doctor, this clinic . . . is . . . closed. Shut. *Cerrada.* You got that?"

"I've got a patient. That means the clinic is open, and it's going to stay that way until I meet with the entire board. Now have a seat. I'll be with you soon."

She shut the door behind her with a firm click and leaned back against it. She wasn't sure what was going on, but Javier Montoya was clearly the enemy. She thought she remembered that he was Río Verde's mayor as well as the chair of the clinic board. How *could* an elected official be so unconcerned about public health?

It made no sense, and it made Bel mad.

After a moment, she went back to show Maria how to coax the baby into taking her medicine. "And be sure you give her all of it. If you don't, the infection could come back, even more resistant."

"She still looks so sick, *Doctora,*" Maria said, her mother's worry suffusing her tone.

"Someone's coming from the pharmacy with some more medicine and fluids. You'll see, she'll be like new in an hour."

A few minutes later Javier appeared in the doorway with a paper bag. "Ben sent me in with this."

Bel snatched the bag from him and looked in. Satisfied everything she'd ordered was there, she deftly attached the baby's IV. Laura managed a startled cry as the needle stuck her, but was too weak

to continue. Bel gave her a dropperful of Tylenol,
too, and told Maria to stay with the baby.

"You, Mr. Montoya, can come with me."

She led him back to Dr. Rodríguez's office—her
office now. Sitting behind his big mahogany desk, she
tried to imagine how the doctor had handled such
touchy situations in his forty year career. Somehow
she thought he'd never faced anything quite like this.

She gestured for Javier to sit, and he pulled the
straight-backed chair around to the side, away from
the front of the desk. Obviously, he was familiar with
power positions, too.

"Doctor, I'm sorry we couldn't get hold of you
and tell you not to come. Dr. Rodríguez's death
changes everything, and the town won't be needing
your services any longer."

"You needed them this afternoon," Bel said pointedly. "Or at least Laura Gutierrez did. She could
have had convulsions or brain damage with that
high fever. She didn't have time to go to Del Rio
for treatment. It's unconscionable for your board to
take risks with this town's health."

"And it's unconscionable for you to practice without your Texas license, or without insurance."

"I don't think about that when someone is sick.
That's what your board is for, to worry about the
inconsequential crap while I save lives."

She drummed her fingers on the table four times
in rapid succession. "Tell your workmen to take
down the plywood. The clinic is open. And then call
your board, because we have to renegotiate my contract. I expected to work *with* Dr. Rodríguez. Now
that I have to run this clinic by myself, a few changes
are in order."

"No one said anything about you running this
place," Javier said, his voice low and edgy.

"I don't see anybody else qualified to do it," Bel pointed out. "Del Rio is seventy miles away. You want to be responsible for sick people trying to drive that far? If they even have a car?"

"We'll make it up to you. Pay your expenses for the drive here, and to go back where you belong."

Isn't that just like a man? she thought angrily. *Always reducing things to money.* "That's enough, Mr. Montoya. I don't know why this has gotten so personal on your part, but I want to deal with the entire board on this issue. I can meet tonight, or first thing in the morning. But the clinic opens at nine, so plan accordingly."

She stood up and escorted him to the waiting room, "I'll call you later this afternoon. And Mr. Hernandez," she added, "please take down the plywood. If you don't, I'll call the police."

Damn! thought Javier. He'd lost that round completely. He'd made a classic mistake—underestimating his opponent. Dr. Isabel Sánchez had ice water for blood. He'd never met a woman so cool and calculated. Even when she was furious, she stayed in control.

How could a woman like that ever sympathize with her patients? The answer was, she wouldn't, which was why the board had to find some way to send her back where she came from and bring in one of their own.

"Muy guapa when's she angry, eh?" said Ben Hernández, and then, more seriously, "You want us to take down the plywood?"

Javier nodded curtly, and sank down on one of the hard wooden benches to think. Ben was right. Isabel Sánchez *was* pretty in an Anglo sort of way, he admitted to himself. She was willowy, about five-

six, with clear skin and thick brown hair with hon-
eyed highlights. Hazel eyes, too, that flashed when
she was angry.

His were just as angry. The young doctor hadn't
been in town half a day, and she'd already overstepped her bounds—dangerously—breaking and
entering, practicing without supervision, without a
Texas license, without insurance, against the direct
wishes of her board. She was still in there, doing
who knew what to her patient.

Ben and Julio left and began unscrewing the plywood to the drone of an electric hand drill. Boarding up the clinic had been a daring idea, more
symbolic than practical. But with Doc Rodríguez
gone, there was no way a young doctor barely out
of medical school, an Anglo woman despite her
name, could take his place. Javier had simply wanted
to make his point in a big way.

And the board would agree with him. He was sure
of that. Isabel Sánchez did not belong in Río Verde,
and certainly not practicing solo. It was just a question
of finding the right terms to persuade her to go.

He'd better go round up the board and brief them
before they heard about today's little incident from
someone else.

He got up from the bench and walked out to the
street, where he asked the men for their version of
the lady doctor's actions. When he'd heard enough,
he told them to reload the plywood in the truck and
take it back to his house.

What he saw next punched like a right hook to
the gut. Maria Gutierrez and her baby came out of
the clinic. Isabel couldn't have known it, but her
first client was the biggest talker in all of Río Verde.
Word of the doctor's arrival would be all over town

by tomorrow; he'd have to move fast to shut her down.

But shut her down he would.

What an afternoon! Bel had never expected breaking and entering would be part of being a doctor.

But it had been worth it. Maria had been so grateful for her help, and the sight of the mother and the child, who was alert again after her fever had broken and she'd gotten some fluids, had made Bel feel fiercely proud and protective. This was her calling, what she'd trained to do for almost a dozen years. Healing. Helping.

No one was going to drive her away from that without a fight. Especially not Javier Montoya, who looked like a god and behaved like a devil.

The only thing she worried about was her faulty Spanish. She and Maria had communicated just fine, but if Maria's mother or grandmother had brought in the baby . . .

You'd have still diagnosed the problem, Bel told herself. *You knew what to do, and you didn't let anyone stop you. That's what they need.*

She stayed behind for an hour or so after Maria left, making notes on the baby's chart, which she'd located. And when she was ready to leave she noted with grim satisfaction that the plywood was gone from all the windows—except for a strip tacked over the hole she'd made to get in.

Closing the clinic as best she could, she headed back to her car and began the search for a motel. She wouldn't dream of imposing on Dr. Rodríguez's widow.

The town of Río Verde was small and compact, but pretty, with lots of brick and colonial architecture, completely different from the steel and glass high-rises Bel had grown up with. As she drove toward the center of town she glimpsed the town plaza, where a large fountain splashed and footpaths crisscrossed from each corner, people strolling and chatting along the way. It looked charming from that perspective, in sharp contrast to the stinging encounter she'd had with some of the town's citizens that afternoon.

On the outskirts of town, Bel found the Río Verde Motel and checked in. She ordered a plate of tacos from the short order grill next door and ate them hungrily. The day's events, plus the stress of the last week, had left her famished, and if she had to face the clinic board tonight, she'd need fuel for the ordeal.

In the shower an idea occurred to her. She took special time with her hair and makeup, and chose a tailored navy dress with stockings and dress shoes. Over it she wore a clean, pressed lab coat. She might as well wear the uniform if she had to face the lions on the board.

The motel clerk sketched a map of the main residential streets for her, and Bel took it with her to the car. She wasn't letting Javier Montoya off with a phone call. She was going to show up on his doorstep. It was so much more effective, and it would give her the advantage of surprise.

And she needed every advantage she could get.

The Montoya house was easy to find, just a couple of streets off the north end of Paseo de la Plaza. Bel parked in front of 727 Paloma and studied her adversary's house. It was a wood and brick one-story ranch, with large windows and a Río Verde Jaguars flag hanging over the front porch. There was a garage toward the back with an outside metal staircase leading up to an office or apartment. In the driveway sat a shiny, red pickup truck, loaded with plywood.

Taking a deep breath, Bel got out of the car and walked to the door. After brushing an imagined wrinkle from her dress, she rang the doorbell. And waited.

"Can I help you?" asked the young woman who answered.

The teen's polite if bored manners were at odds with her appearance, which screamed "Attitude!" This girl didn't belong in Río Verde, Texas. Dallas, maybe, or better yet, New York, on the cover of some up-and-coming fashion magazine.

The girl sported three earrings in one ear, four in the other, chunky platform shoes, wide-legged jeans, and a snug chartreuse T-shirt that showed off her every attribute to its fullest advantage. Her face wasn't traditionally pretty, but it was interesting, with a full, generous mouth, huge dark eyes, and a spiky, asymmetrical hairstyle that left a chunk of black hair covering only half her forehead.

"I'm looking for Javier Montoya," Bel said. "I'm Dr. Sánchez, and he and I need to talk."

"You're the new doctor?" the girl said, wide-eyed. She shook her head, and a couple of her more dangly earrings rang softly. "It's too bad about Doc Rodríguez. You're gonna have your work cut out for you."

She opened the door a little wider, grinning mischievously. "Dad's not home yet. Want to come in and wait for him?"

"Thank you, I will." Bel stepped over the threshold, amazed at how easy this had been. In a city, the door would have opened on a chain, if at all. Here she was being ushered into a comfortable living

room. Her quarry's daughter, whose name was Lydia, went to the kitchen to get her a Coke.

Bel studied her surroundings for a moment. The
walls were a pale sage green, and the art adorning
them all dealt with Mexican themes: a framed Rivera
print, several bark pictures of brightly painted birds,
a small Virgin of Guadalupe.

The bookcase held an assortment of volumes in English and Spanish—textbooks, novels, poetry. At least
that was what the English books were. She couldn't
tell about the ones in Spanish, except for one called
Beginning Conversational Spanish. She picked that one
up as she waited for Lydia to return.

Lydia reappeared a few moments later with the
sodas and a plate of flaky, fan-shaped cookies. "I
love these things," Lydia said as she set them on the
coffee table, grabbed three, and sat herself on the
sofa. "But Dad always says they're just for company.
Aren't I lucky you stopped by?"

"Maybe." Bel smiled wryly, joining Lydia on the
couch. "We'll see what your father says."

Lydia rolled her eyes and changed the subject.
"So why did you come to Río Verde?"

"When I finished my residency, I had a lot of
school loans. And the Health Service has all these
jobs around the country for doctors, and they help
pay back your loans. I like public health, I like taking
care of families, and I liked Dr. Rodríguez. It seemed
like a good match."

"And now Doc's gone, and everything's changed."
The girl took another cookie and looked at Bel with
sympathy. "I know just how you feel. I don't want to
stay here, either. When I graduate, I'm never coming
back."

"Oh, no," Bel said. *"I* don't want out. But some

people do want it, including, it seems, your father. That's what he and I need to discuss."

Lydia looked as if she were going to say something, but then reconsidered. "What's it like being a doctor?"

"I like it. I like helping people, figuring out why they're sick. You have to be willing to take charge, though. Sometimes you have to step on a few toes."

Lydia grinned. "Sounds good so far."

"You like the idea of medicine?"

She thought for a moment. "Yeah. I want to do something different, something cool and useful. But women around here . . . well, they all either stay home, or work at the grocery. You're the first real . . . you know . . ." She broke off, looking at Bel with strangled admiration.

The admiration feels good, Bel thought, warming even more to the girl and wondering for a moment how she could be Javier Montoya's daughter. *The apple doesn't usually fall far,* she thought. *Maybe she's like her mother.*

"The future is yours, Lydia," Bel said encouragingly. "You can do whatever you want."

"Try telling that to my dad."

"What do you mean?"

"Dad's all for me going to college. To be a teacher or a nurse. Something that 'fits in with family life.' Like I want to get married and have a kid at eighteen, like he did."

"Well, no," Bel conceded, filing away that little tidbit of information and suddenly even more curious about the girl's mother. "I'm almost thirty, and I haven't found Mr. Right. But medicine can fit in just fine with family life. I know lots of women with part-time practices, or who teach or do research. It's like any profession, if you're flexible."

"Yeah. I guess." Lydia took a drink from her glass and turned back to Bel with a gleam in her eye. "I have an idea. Could I 'shadow' you for a while, once you've settled in at the clinic?"

" 'Shadow' me?"

"You know, watch you, help out. I'm pretty good in the chemistry lab, and I can keyboard okay. Could I . . . see what you do? See if I like it, too?"

Bel considered. She could get herself into even more trouble by befriending Javier's daughter. But she liked the girl, liked her energy and drive. And a teenage girl in Río Verde couldn't have too many role models.

"You couldn't talk about who or what you see," Bel said slowly. "A clinic has to maintain confidentiality."

"I know."

Bel glanced down at the book she'd placed in her lap—*Conversational Spanish*. A thought occurred to her.

"How's your Spanish?"

Lydia snorted. "Like I could live in this house if it wasn't perfect."

"Well, mine's pretty pathetic."

"But your name—"

Bel shook her head. "My dad died when I was six, and I grew up speaking English and eating hamburgers. I've studied, but I was always better at science than languages."

"I could tutor you," Lydia said excitedly, "and you could teach me about being a doctor."

The girl was sharp. "If it won't interfere with school."

"My grades can't get any better, and they won't drop," Lydia said matter-of-factly. "I'd lose every privilege I've got."

"And your parents?"

"My mother's . . . gone." Lydia shrugged, and Bel got a quick, clear image of life in this house. No mother, overprotective father with a controlling side, rebellious daughter. She'd bet there were fireworks every night.

"Dad won't like it," Lydia continued, "he never likes anything I do. But as long as I keep my grades up, he won't stop me."

Bel wasn't so sure, but she'd let father and daughter wrestle that one. It wouldn't be the first time, she was certain. If Lydia wanted to volunteer at the clinic, Bel wouldn't turn her away. She was going to need all the friends and allies she could get, even teenage ones.

"So is it a deal?" Lydia held out her hand and Bel shook it.

"Now we just have to convince Dad not to fire you."

"That's the idea," Bel said wryly.

"Well, here's your chance," Lydia said as a key turned in the lock. The door opened, and in walked Javier.

"Lydia," he called, not even focusing on the two women's presence in the next room. "I'm just here to pick up some papers. I'm going back out. The clinic board's meeting tonight. We've got to figure out what to do about this Dr. Sánchez."

"Well, isn't that convenient?" Bel said sweetly, stepping into the foyer. "Dr. Sánchez is right here. She'll come with you."

Two

"How the hell—Lydia!" he shouted. "You know the rule about strangers!"

Lydia sauntered in and slouched against the doorjamb. "Come on, Dad! She told me who she was. She's wearing her name on her chest, for crying out loud. I knew you were working on this doctor thing. I just told her she could wait for you."

Javier wanted to punch something. He'd been out-maneuvered again. He'd never considered that she might lie in wait for him . . . or that his own daughter would become her unwitting accomplice.

There was no doubt about it. Isabel Sánchez had nerve, and plenty of it. She was also unpredictable and passionate, and if he wasn't careful, she just might sway the board to her way of thinking.

He couldn't avoid taking her to tonight's meeting. She'd just follow him if he didn't, and it would be far worse if she walked in unannounced than if he escorted her. He'd have to take the board into executive session afterwards, and with a great deal of silver-tongued persuasion he might still be able to hammer out the terms of her dismissal.

He hoped.

"We'll go as soon as I get what I came for," he snapped at Isabel. "Stay here."

"I wouldn't dream of leaving," she replied, a half-smile playing around her mouth—her very attractive mouth.

What was he doing noticing her mouth? Every time she opened it, he didn't like what he heard. But attractive? Yes. Moist, with some sort of raspberry lip gloss? That was *not* what he should be seeing.

He stalked down the hall, furious with himself. He had no interest in any part of Isabel Sánchez, especially not her mouth. He only wanted her gone.

In his office, he snatched up a hand-tooled leather portfolio and looked around for a tie. The doctor had dressed with care, and so should he. Even though he'd known his fellow board members his entire life, sometimes all they remembered about *him* was a crazy seventeen year old.

He hoped tonight wasn't one of those times.

He found a tie laid carefully over the back of his reading chair, flipped up his collar, and tied it. It was sharp, with a geometric Aztec motif that was echoed in the tooling on his portfolio.

It gave him a renewed sense of what he wanted, what he stood for. Which was, quite simply, self-sufficiency. Self-determination. Pride in your roots. A sense of history. Things threatened by the omnipresence of American culture. Which was, after all, the very thing that had seduced Linda away from him.

The thing he feared most about Isabel Sánchez and his beloved Río Verde.

He picked up the portfolio, made sure it contained the papers he wanted, and strode back to the foyer.

"Let's go," he said to Isabel. "I'll drive. And Lydia," he added sharply, "is your homework done?"

"Yes," she answered equally sharply.

"Don't tie up the phone all night. And read the next Rulfo story. We'll talk about it tomorrow."

"Yeah, sure. You gonna be late?"

"Maybe. Be in bed by eleven."

"It was nice meeting you," Lydia said pointedly to Bel.

"I hope I'll see you again." Bel smiled, and Javier took her by the elbow and hustled her out the door.

"I like your daughter," Bel said as she slid into the passenger side of the pickup truck. "She's funny and bright. Must be like her mother."

Javier started the engine and backed out of the driveway with a squeal. "In more ways than one," he said grimly.

"So were you planning to invite me to tonight's meeting, or were you just going to discuss me while I couldn't defend myself?" Bel's tone was conversational, but there was an undertone of anger in her words.

"We can meet whenever we choose. We don't need your permission—or presence."

"But I'm ex-officio, or I should be. Dr. Rodríguez was, and now that's he's gone I'm the logical successor. Somebody has to advise you about public health issues. You weren't making very good decisions this afternoon."

"You don't get it, do you, Dr. Sánchez? The terms and conditions of your employment have changed. You're not going to be working here now."

As he spoke, he wheeled the pickup into a parking place at the edge of the town plaza. He jumped out, pulled his portfolio from the back, and locked his door. Bel waited a moment. Then, sure he wasn't going to help her out, she opened her own door and stepped down as decorously as she could in her dress.

They crossed the plaza to the far side, where a

single building ran the length of the square. Constructed of reddish brick, it housed several storefronts on either side of a central pair of large carved doors. An arched walkway ran along the entire front, and the whole area was softly lit with gas carriage lights. A small brass plaque to the right of the doors read City Hall.

Javier pulled the door open and let Isabel pass before following her in. He whisked her past the city offices, the door with his own name on it, and up a flight of stairs to a conference room.

His first thought was to let her wait in the hall until he could warn the board that she was there, but on second thought he decided to keep her with him. He wanted to know exactly what she said, and how it played.

He led her into the old-fashioned room with its high, frosted windows and its creaky ceiling fan still turning the warm night air. The board was already assembled around the long table: Ed Gonzáles from the hardware store, Julia García from the pharmacy and her father, the elderly but still sharp Don Ulises, Mike Fernández, a local rancher, and Hilarión Hidalgo, a semi-retired lawyer with a curmudgeonly streak.

"Muy buenas," he said, as he entered, taking a position at the head of the table and making brief introductions. "Thanks for coming on such short notice. As you know, Doc Rodríguez's death has left us in a bit of a mess. Dr. Sánchez, his new assistant, was already en route, and we couldn't get in touch to ask her to stay put until we'd decided what to do. Now she's here"—he gestured to her and Bel nodded again—"and she's begun treating patients, and we have to decide how to handle this."

"Treating patients?" Hidalgo frowned. "Did Doc

get her license taken care of before he passed? And what about insurance? You can't be doing that, young lady." He fixed a baleful stare at Isabel. "That's just why we closed the clinic. We need to get a lot of issues settled first."

"A baby was very sick," Bel said firmly, standing up beside Javier, "and I couldn't turn her away. I'm a doctor. I took an oath to protect life, not ignore it. Dr. Rodríguez would have taken care of that baby, and that's what I did, too."

Don Ulises García, the elderly pharmacist with thick black glasses, broke in. "I knew what she was doing. She called me for some supplies, and she knows what she's talking about. So I let her have what she wanted."

"Papa, you didn't!" exclaimed Julia, who was the real owner of the family pharmacy these days. "You know you're not supposed to dispense anything any more! Your eyes are too bad!"

"It was exactly right," Bel interjected. "And thank you again, Mr. García. The baby's doing fine now—no convulsions, no complications."

"The point is," Javier continued, "we have to decide what to do about Dr. Sánchez's contract. I wanted her to come so you could meet her, and then we have to decide what to do."

"I'll be the first to admit that conditions aren't the same as when you hired me," Bel broke in. "I was looking forward to working with Dr. Rodríguez as much as any part of this job. I genuinely liked and respected him.

"But he's gone now, and this town that he loved is without a doctor. Except for me. Now some of you don't want me to stay, and I'm not sure if it's because I'm young, or a woman, or an outsider. Or maybe all three. But I know what I'm doing, and I have a contract, and, and . . . buying me out will cost you."

"What do you want?" said Hidalgo.

Bel thought for a moment, suddenly realizing that she might, in fact, be let go. It would be bad for Río Verde, and bad for her, too. She had no other prospects, and her loans were crushing.

But if the price was right . . .

"My full two years' salary, plus all the loan repayment money that would have come from the National Health Service."

Hidalgo penciled some numbers on a pad and let out a low whistle.

"That's right, Mr. Hidalgo. It's about a hundred and seventy thousand. And that's *before* you recruit someone else and pay her salary. Not to mention how long you'll be without a doctor in this town."

She fixed her gaze on the elderly pharmacist. "Mr. García, if you get sick one night, do you want to drive seventy-five miles, or do you want a clinic right here? You, Mr. Hidalgo?" Her eyes swept the room, burning with their appeal to common sense.

"What about all the families with small children, like the baby I treated today? You have a big responsibility to this town, and you need to consider how to fulfill it best."

She turned to go, then fired her parting shot. "If you decide not to buy me out, we can discuss terms for a new contract. Good evening."

As she closed the door behind her, back straight, head high, the room exploded with voices. Loud debate lurched back and forth in barely controlled chaos.

"She's right. We can't close the clinic for very long."

"She's insubordinate. Look what she did to clinic property."

"She's too young. She can't manage by herself."

"Doc did."

"Doc knew us, knew who was really sick and who just wanted attention. She doesn't know anything about us."

"Alicia does."

"You can't expect Alicia to take charge. She's a part-time nurse."

"It's deadly to leave us without a physician."

"But this one's a rogue. She doesn't listen."

"She'll want a raise."

"Cheaper than buying her out. We really can't afford that."

"It's all about economic growth. We can't attract new industry without medical care. In fact, we still need another doctor."

"It took a year just to find *her!*"

"So start now! And in the meantime, we keep her on."

Javier let the board argue for another five minutes. Just before Mike and Julia came to blows, he pounded his gavel and imposed order. It was time to call the question.

"We have to vote," he said. "Forget that she wants us to buy out her contract. That's just an opening gambit. The first question is, do we keep her or release her?"

"You've been awful quiet tonight, Javier," called out Mike. "What do you say?"

He marshaled his thoughts carefully. He'd lost ground today, and this was his last chance to make it up.

"I've never been in favor of this particular doctor. You all know that. She's all the things she mentioned—young, inexperienced, unfamiliar with . . . this part of the country. She doesn't know us like Doc did, and her inexperience . . . well, you all know how spectacularly she ignored our wishes today, breaking into the clinic to treat that baby. It doesn't matter that it was an easy case. She doesn't have her license yet, insurance isn't in place, and we *could* have wound up in serious trouble.

"Now, we all trusted Doc. And he thought he could manage this girl. But he's not here, and now we have to manage her. And I don't think we can."

He glanced around the table, noting furrowed brows and frowns, the evidence of deep thought.

"Javier," said Julia finally, "nobody approves of what she did today. Not the way she did it, anyway. But she's still the only doctor we have. Could we . . . reprimand her? Put her on probation?"

There was a moment of silence, and then Mike added, "Hurts to agree with Julia, but she's got a point. We could review Dr. Sánchez in three months. Decide then if we want to keep 'er. And in the meantime, keep recruiting for someone else."

Hidalgo said, "You'd have to keep close track of her performance, Javier. We've got to have grounds for termination. But it could be done."

"She can't pull any more grandstand stunts," Julia said flatly. "And her contract stands for the probation period. We can't reward bad behavior. Even if it was to take care of a baby."

There was silence for a moment, and Javier knew he had to call the vote.

"The first vote is simple. Keep her or release her? If the vote is to release her," he continued, "then we debate severance terms. If we vote to keep her, we decide whether to reprimand her, put her on probation, or negotiate a new contract. Everyone set? Julia, will you tally the votes?"

"Why is the woman always the secretary?" she groused good-naturedly, but she passed out paper and pencils and waited as they considered and voted.

Javier marked his ballot quickly and folded it, but held it a moment, considering.

He'd heard all the arguments. Hell, he'd made most of them at one time or another. And he assuredly did not like Isabel Sánchez's attitude—her high-handedness, her complete lack of respect for authority. In so many ways she was a danger to Río Verde and everything it stood for. Everything *he* stood for.

And there were options. Expensive ones, but options. Once, when Doc had taken his wife to Europe for six weeks, they'd hired a doctor from one of those temp agencies. They could do that again.

Isabel Sánchez was going to require a lot of supervision. And as chairman of the clinic, he'd be the one dealing with her. All the time. Reining her in. Pointing her in the right direction. Keeping costs down.

"Javier?" Julia said. "We're waiting for you."

He wrote out another ballot and folded it, too. He held one in each hand, considering. His first allegiance was to the town he helped govern. His concern had to be for its people.

It was a matter of principles over expediency. He slid his ballot down the table to Julia.

For a few seconds there was silence as Julia opened and counted the votes. She looked up, relieved. "Five to one. She stays."

Javier sagged, but only a little. He'd felt the shift when Julia suggested a probationary period. His vote

hadn't mattered, after all. But that was the nature
of politics, he told himself. The art of compromise.

Three months of Isabel Sánchez and her uncanny
ability to try his patience. He'd only known her one
day, and he was already dreading tomorrow—and
all the ones after it.

"All right," he said. "Next question. Probation, or
her full contract?"

Everyone looked at each other. Hidalgo said, "I
think we're all agreed. We reprimand, and review in
three months."

Mike added, "We all appreciate your concerns,
Javier. Nobody cares more about this town than you.
I will be happy to vote her out in December, if you
can find the grounds."

The sentiment echoed around the table, and even
Don Ulises reluctantly went along. Javier had to be
satisfied with that.

He went to bring her back to face the board.

"What?" she exclaimed when Javier explained their
decision. "I'm on probation? I have to answer to you
for my medical decisions? Because I did my job?"

"If that's the way you want to look at it. We prefer
to think of it as giving you a second chance. But the
bottom line is we'll only honor your contract if you
agree to a review in three months. Take it or leave
it."

"I think you enjoyed saying that."

Javier smiled slightly. "You're free to think about it
until you actually have your license in hand. Take time
to inventory the clinic, meet Alicia, that sort of thing.
Decide if you really want to be here without Doc."

"I'm staying," she said tightly. "In fact, I'll start
looking for an apartment tomorrow." She turned to
the rest of the board, hopeful that some of them

would be willing to help her. "Any suggestions? I can't afford the Río Verde Motel forever."

Hidalgo looked shrewdly at Javier. "There's not much available here in town. Most young people live at home till they get married and then buy a house."

"How about you, Javier?" chimed in Don Ulises. "You've still got that apartment over your garage, don't you? The one your mother lived in until she passed away."

"That's right, Papa," said Julia. "You used to go there for dinner sometimes. It's a lot better than those places out east, or the ones on Rio Drive."

"Private entrance," said Don Ulises knowingly. "Air-conditioning—a real plus in the summer and fall."

Javier stiffened. "I've never had a tenant. I don't think Dr. Sánchez would want . . ."

Neither did Javier. The thought of working with Isabel Sánchez was bad enough, but having her around his home as well was more than he was ready to deal with.

But it *would* be one more way to keep her in line, one more way to watch over her shoulder.

"Why don't you show it to her tonight?" said Hidalgo. "She ought to look at the other places, too, but fact is, it's the best bet." He nudged Javier. "Being that close will make it easier to do those budget reviews."

With that, the meeting broke up. There was lots of shoulder clapping among the men. Then Julia reached for Bel, and without actually touching her face, kissed the air on either cheek. She whispered, "I'm glad you're here. Play by the rules and stay awhile."

And then each of the men took Isabel's out-stretched hand and used it to pull her to them, offering her the same air kisses Julia had. By the fourth man, she'd accepted the ritual, though she didn't quite understand it. At least it didn't feel intimidating. Maybe it was their way of letting her know there was a clean slate for the next three months. She hoped so, anyway.

When Javier's turn came for goodnight, they exchanged uneasy glances and let the kiss pass. Somehow she didn't think she had a clean slate with Javier Montoya.

They gathered their belongings and headed back across the plaza to Javier's truck. He unlocked her door and opened it for her, a small victory, she thought. Well, he'd lost tonight, too. He'd wanted her gone.

She was still around—for three months, anyway. Which, despite the outrage she'd shown for the board's benefit, was probably all she could have hoped for. She'd have done what she did for little Laura again in a heartbeat. She'd been absolutely right, but she'd known from the minute she'd broken the window that the board wouldn't like it.

Well, they'd made their point, and she'd be calling Austin tomorrow to find out where in blazes her license was. She did not intend to keep that clinic closed.

But today's adventure—and tonight's consequences—were history now. What mattered tomorrow was how she and Javier were going to work together. Somehow they had to, or it would be a long and sorry twelve weeks.

She cut a sideways glance at him. The stony look on his features told her he hadn't figured out the answer to that question, either.

Even when he was brooding he looked good. She couldn't deny that; his dark features and deep-set eyes were intriguing, even compelling. But looks were obviously deceiving, because his personality was nowhere near as nice as his appearance. Still, someone in this town must like him. How else could he have been elected mayor?

Maybe she could try to see what others saw. It was worth a shot.

"Truce?" she said quietly as they approached Paloma Street.

"Truce?"

She shrugged. "You know, we try to be civil? We don't have to be friends, but if we don't work together we'll be miserable."

"I already am."

"Well, so am I, but I'm willing to try something different. You could try being a little flexible."

He thought for a moment as he pulled into the driveway. "What did you have in mind?"

"How about a fresh start?" She held out her hand. "I'm Isabel Sánchez. I'm the new clinic doctor."

"Javier Montoya. Your boss."

"Jeez, you just don't quit, do you?" She dropped her hand angrily and glared at him. "What bugs you so much about me? Who do I remind you of?"

A sudden cold chill went through him. How had she known? Was she that perceptive, or was he that transparent?

Neither, he told himself firmly. She was fishing, pure and simple. And he didn't owe her any explanations about why he distrusted her. She'd already provided plenty.

"It's late, Doctor, and it's been a very busy day. I'm sure our paths will cross tomorrow. Let's see how we do then, shall we?"

"It can't get much worse," Bel snapped, getting out of the car and slamming the door. She stalked to her car, opened it, turned the ignition, and let the vehicle roar to life. A second later she tore down the street away from Javier's place.

What a jerk, Bel thought furiously. A class-A, number 1 jerk. He wasn't even trying.

She drove through town, taking the longer way back to the motel so she could calm down. She and Javier just seemed to bring out the worst in each other. How was she ever going to discover something of her own heritage if she spent all her time sparring with Javier Montoya?

That was the real reason she was here, after all. She'd spent her whole life in a Midwestern world made of shades of pink and white, a world in which she moved easily, confidently. But there was another part of her, too, a part she didn't fully own, the part of her that was from her father.

There was almost nothing left of the Sánchezes in Mexico, just a third cousin or two. And a couple of weeks in the land of Quetzalcoatl and Moctezuma wasn't nearly enough time to help her reclaim what had lain out of reach since her father died.

So she'd decided to do the next best thing. She'd searched for a place where she could use her medical training to help people and, at the same time, work herself into a community different from the one she'd grown up in. Maybe, she thought, if she exposed herself to what should have been rightfully hers she might come to understand it, and maybe even own it.

When she'd talked to Antonio Rodríguez, she'd known she was on the right track. He'd understood what she was searching for. In Río Verde, he promised, she could be a part of something she'd missed growing up in Ohio. He would help her.

But now he was gone, and how could she tell

Javier Montoya what she was looking for? He would never understand. He'd just laugh at her, hurl an accusation or two, and then do his damnedest to make sure she never did fit in. He was already doing that now.

Well, she'd just have to find ways around him. After all, he wouldn't be in the clinic day in and day out. She'd have plenty of opportunities to get to know the people—and their values and culture—without him around.

And what the hell, maybe she could try being nice to Javier. Kill him with kindness. At worst there would be no change in the way they reacted to each other—with heat and anger and prickly discomfort. At best . . .

She didn't kid herself. At best they might tolerate each other. But tolerance would be a big step forward after today. Maybe his daughter was a key. Bel liked Lydia. A lot. She looked forward to having her work at the clinic.

As she pulled into the motel's parking lot and killed the engine, she suddenly felt very tired. It had been a long day, a long series of days, beginning with the upheaval of leaving home and ending with tonight's censure. Maybe Javier was right. She'd see how they did tomorrow.

The next morning, Bel awoke surprisingly refreshed. By six-thirty she was in the motel lobby, asking which way she ought to go for a run.

"There's a path by the river," came the reply. "The kids use it as a hangout at night, but during the day lots of people walk or run there. Take a right from the parking lot, and climb down the hill. You can't miss it."

The clerk was right. Bel found the river with no problem and, after stretching a few minutes, began an easy run. The morning was dry, already very warm, and the sky . . . the sky was wide open around her. Looking up, she could feel herself getting lost in it.

Well, that was why she'd come—to get lost in something different from what she knew. The sky simply reminded her of that.

She passed a number of runners, a few older, but mostly teens. That was good, she thought with the doctor's side of her brain. The earlier they got in the habit of exercising regularly, the better.

She loped along at an easy pace, planning her day. It would be better than yesterday, she promised herself. She'd go looking for apartments. Despite the board's comments last night, she felt optimistic about finding a place to live—and not with Javier Montoya.

She frowned and speeded up. The morning had been so pleasant until he'd crossed her mind, with his glowering eyes and quick tongue. *It's a new day,* she told herself firmly. *If I see him today, I will kill him with kindness.*

A minute later her resolve died. Jogging down the path in the opposite direction was none other than Javier, and in his wake were half a dozen teenagers.

He looked even better than yesterday, with green and white nylon running shorts, a T-shirt that read Río Verde Jaguars, and a silver whistle that bounced around his neck. His legs were powerful, and his arms were corded with muscle. And though he hadn't broken a sweat, his skin seemed to glow in the morning sun. He was, she reflected, a poster boy for the benefits of exercise.

"Morning," she called, not breaking stride. Javier and his gang ran past her, and Bel felt a prick of relief that he'd ignored her—until she heard the blast from the whistle and Javier calling out, "Free run. Meet back in forty-five!"

She felt rather than saw him peeling off from his group to follow her. He stayed behind for several hundred yards, but then he caught up with her and slowed his stride to match hers.

He eyed her from top to toe, making her suddenly wish she'd worn a T-shirt over her compression shorts and sports bra. Javier could see every line and curve of her body in her outfit, and he was the last man she wanted to invite to do that.

"Not bad," he greeted.

"What do you mean?" she snapped before she could stop herself.

"Good form, of course," he said, speeding up in front of her, then turning around and running backward while watching her. "You're pacing yourself. That's important when you're not used to a course."

"What makes you such an expert?" she said, even though she knew he was right. His arrogance annoyed her, not to mention the way he'd . . . inspected her. The fact that for once he seemed to approve didn't matter.

"It's my job. I'm the high school track coach."

"I thought you were the mayor," she shot back.

"I am. But it's not a full-time job yet. I'm a teacher by profession."

"So all these kids I saw—"

He nodded, then turned back around and began to run beside her again. "My team. We work out even in the off-season."

"How commendable," she said drily, wishing he'd move on.

"You know, you'd get more power if you'd use your arms more. Pump them harder."

"I've got all the power I need, Mr. Montoya. I'm not racing."

"Improvement, *Doctora,* personal best. Try something different. You might be surprised."

Heaven help her, the man was irritating. It wasn't enough to try to run her out of town, he wanted to supervise the way she ran, too! Unbelievable.

"Look at me," he said. "I'm not winded, I've still got reserves. While you . . ."

She was hot, she was ready to turn around, and yet his words triggered some deeply competitive element in her. Almost automatically, she kicked her legs higher and lengthened her stride.

She ran the next mile—more than she usually did—at top speed. She barely noticed the scenery flashing past or the green water rushing along the riverbank or even the wide open sky. Instead, all she could focus on was Javier beside her, his long legs pacing hers, their footfalls sounding in unison as they ran.

It wasn't doing any good, she finally realized. She couldn't outrun him, and she couldn't shake him. Somehow she had the feeling that the rest of her time in Río Verde might be exactly like this—with Javier dogging her steps, one way or another.

She slowed down and finally stopped, breathing heavily. She leaned against a cottonwood tree and stretched her calf muscles, then crossed her legs and bent forward.

"Giving up?" Javier said, still jogging in place. A small group of his students ran past, greeting their coach and casting a curious glance at Bel. Javier just jerked his head, and the boys, chastened, continued their workout.

"Not giving up," she breathed. "I still have to get back."

"You want a ride?"

"No!" she snapped, then caught herself. His very presence was enough to make her forget her resolution of kindness. "I'm here for the exercise. I'll make it back."

"Suit yourself, *Doctora.* I've got to collect my athletes. We run here every morning between six and seven-thirty. Come back. We'll stretch your limits tomorrow."

Well, wasn't that typical? He just couldn't resist a final dig at her conditioning.

Before she could make a comeback he'd sprinted off, leaving her to finish stretching by herself and wondering just how she was going to manage when Javier Montoya seemed to crop up at every turn.

She took her time getting back to the motel, showering and dressing. The unaccustomed run, and the encounter with Javier, had taken more out of her than she'd wanted.

She had a long day planned. First she'd look at apartments, then do a thorough inspection and inventory of the clinic. She needed to know what she had and what she needed, so she could wrangle with the board about her budget. She expected to have to wrangle, with Javier in charge. The rest of the board might be a little more reasonable.

By three that afternoon, Bel was thoroughly disgusted. The apartment buildings on Rio Drive were only a few steps above tenements: cinder block buildings with small industrial windows, ten-year-old carpeting, and the entrenched smell of cooking oil in the walls. The duplexes on the east side were larger but flimsy, and there were no vacancies—not that Bel wanted to live there, either.

And then there was the clinic itself, which needed practically everything. Bel found herself wondering in amazement just how Dr. Rodríguez had managed without *any* decent equipment. Even his blood pressure cuff was suspect—or what she'd found had raised her own dangerously high.

The clinic's reference library was fifteen years out-of-date, but at least she could compensate for that. She'd have to bring her portable computer in each day, but she'd be able to check drug and treatment protocols on-line. Of course, she'd want a second phone line for her 'Net connection and fax.

The state of the lab concerned her most.

He must have sent everything out, she fumed. There weren't even glucose strips for urine testing, or swabs for culturing for strep throat, let alone a centrifuge for blood work. There *was* a practically antique X-ray machine, but she couldn't find any film.

The clinic resembled one from forty years ago. And while that might do for a routine cold or childhood vaccinations, it wasn't suitable for bigger problems. There were certain tests she'd want to run here in Río Verde, where getting results immediately could speed up treatment by several days. And there were other, more sophisticated tests she'd have to send out. But she still needed the equipment to take the samples.

She scribbled another page of notes in dismay. The time had come, she realized, for another little visit with Javier Montoya. He seemed to be the key to everything she needed right now—from a suitable apartment to the funding for clinic necessities.

Sighing, she shut the door to the lab and shut off the clinic lights. She had a pretty good idea how this encounter would go, and it wouldn't be fun.

But her job was to bring this town's medical care up to twenty-first century standards, whether Javier liked it or not. And there was no time like the present to start.

Three

Where would he be at four-thirty on a Friday afternoon? Bel wondered. She ticked off three possibilities: at the mayor's office, school, or home. When she telephoned city hall, he wasn't in. There was no answer at the school office, either.

And the line was busy when she called his house—repeatedly. He'd never heard of call waiting, obviously. Well, she'd just stop by. That was becoming a habit, but the clinic was serious business.

When she rang the doorbell Lydia answered, a cordless phone snug against her ear, and Bel knew without asking that Javier wasn't there, either.

"Oh, hi!" Lydia said, and then, into the phone, "Gotta go. See you tonight." Stuffing the handset in the pocket of her baggy jeans, she added in surprise, "You survived. I went to bed before Dad got home last night. Self-protection, you know."

"I'm still standing," she said wryly. "At least till I talk to your father again. Do you know where he is?"

Lydia shrugged. "School, probably. There's a dance tonight after the game, and they couldn't start decorating the gym till last period."

"And where's the school?"

"About a mile up the road. Turn right on King, left at the light." She paused for a moment, think-

ing. "I could show you, if you want," she said diffidently.

"If you're not busy."

"I've got to make dinner after a while, but it's just
tacos from a box. And then I'm going to the game.
Everybody does. You ought to, too. It's gonna be
awesome tonight."

Now there's an idea, Bel thought. There was nothing
like football—or high school sports in general—to
bring a town together. She could watch Río Verde
in action, meet a few more people, and perhaps re-
cover from dealing with Javier. Not a bad way to
spend Friday night.

"Lemme get some shoes," Lydia said, and Bel
wondered what she'd find to go with today's color
combination of black jeans and a cropped T-shirt in
what Bel suspected was Jaguar green.

Green platform sneakers, of course.

Lydia locked up the house, and they got into Bel's
car and left.

"You want to start that Spanish lesson?" Lydia
asked. When Bel agreed, they spent the next few
minutes reviewing the words for everything around
them: car parts, neighborhoods, nature.

"And there's *el colegio,*" Lydia said as they pulled
into the parking lot. "Or *la escuela secundaria.* Same
thing."

The school was a low, sprawling building, with several wings coming out like spokes from a central
courtyard. To one side was a large athletic com-
pound: football field, track, and a baseball diamond.
More than a few people were already scurrying
around with boxes of snacks and equipment.

A six-foot, four-inch slab of a man stood guarding
the entrance. Bel stopped, but Lydia just waved and
walked past.

"Come back here, Lydia," the man growled. "You have to sign in."

"You know who I am, Mr. Suárez," Lydia called, tilting her eyes heavenward.

"And you know the rules," he called back. Lydia stopped and came back to scrawl her name on the man's clipboard.

"Who's your friend?" he asked.

"Isabel Sánchez," Bel answered briskly, extending her hand. "I'm the new doctor."

"Jack Suárez, assistant principal." He pumped her hand so heartily she felt it all the way to her shoulder.

"Don't tell me. You're the disciplinarian."

"What gave me away?" He laughed and handed her the clipboard, too. "If you would, please, Doctor. You need to see Javier?"

She nodded, signing her name to the list and returning it. Suárez glanced down, satisfied. Then he reached into his pants pocket and pulled out a ticket. "Here. Why don't you come to the game tonight? It'll be a good one. And welcome to Río Verde, Doctor."

His kindness warmed her. "Why, thank you, Mr. Suárez."

Lydia was waiting for her at the first hallway off the entrance. The school had the layered smell of cafeteria scents, sharp odors from the chemistry lab and locker rooms, floor wax, chalk, and disinfectants. The smells took Bel back to her own high school days; it seemed some things were the same no matter where you were from.

Taking a left, they headed into a set of double doors. Bright paper flowers, a painted cardboard temple, and a glittering mirror ball had transformed the Río Verde gym into a flourishing Mayan metropolis. A few people were milling about, tacking

up last minute decorations and assembling the bandstand. Javier stood on top of a wooden stepladder,
hanging a line of paper flowers across a far doorway.

Lydia led Bel across the wooden floor. "Dad!" Lydia
said impatiently as they approached. "Aren't you finished yet?"

He taped the flowers in place and turned too
quickly toward Lydia's voice. "Lydia, I thought I told
you—"

Then he saw Bel. And lost his balance.

It happened so quickly Bel wasn't sure what had
happened, but Javier suddenly landed on the gym
floor, right wrist first. His eyes closed, and he
groaned. Half a dozen people rushed to the doorway, with cries of "Javier!" "Mr. Montoya!" and "You
all right?"

Bel pushed her way through. "I'm a doctor," she
said quickly. "Let me through, please." Then to Javier,
"Mr. Montoya, can you talk? How do you feel?"

"Dad!" Lydia called, but this time there was a note
of concern in her voice.

He opened his eyes to tiny slits. Of anger or pain,
Bel wasn't sure. Maybe both. "I'm . . . okay," he
rasped.

"The word for that," Lydia said after hearing her
father speak, "is *torpe*. Clumsy." She reached down
and pulled Javier to a sitting position by the shoulder.

He winced and cradled his wrist. Bel knelt beside
him. "Let me look, Mr. Montoya."

"What are you doing here?"

Bel didn't answer, just took his arm and unbut-
toned the cuff of his sleeve. Rolling the green twill
fabric up to his elbow, she methodically examined
his wrist. First she flexed it back and forth and
pressed hard at the sides, then rotated it gently and

then again with more force. Javier clenched his teeth and said nothing.

"I don't think it's broken," Bel said, "unless it's a little hairline fracture. I could take an X ray at the clinic, if I had some film," she added pointedly. "That's something we need to discuss. Soon."

"Not right now, *Doctora,*" Javier muttered. "I'm off duty."

"Lucky for you that I'm not," she replied crisply. "Lydia, your father's sprained his wrist. Can you or somebody go see if the football team has an ice pack and an Ace bandage?"

"Dad, you're a total spaz." Lydia shook her head and went in search of Bel's request, while the rest of the onlookers returned to decoration duty.

Javier held his wrist across his chest with his undamaged hand and looked at Bel suspiciously. "Why are you here, *Doctora?*"

"I told you. I finished looking over the clinic, and I need to talk about my budget. But you weren't downtown and the office here was closed. So I stopped by your house, and Lydia told me you were still working. She offered to bring me by."

He shook his head. "That girl. She'll never be a secretary, that's for sure. She doesn't have the slightest idea how to protect my time."

"She doesn't want to be a secretary."

"And how would you know that?"

"Casual conversation," Bel said carefully, torn between protecting Lydia and not getting caught up between father and daughter. It was Lydia's place to tell Javier she wanted to volunteer at the clinic, that she might want to be a doctor. "She mentioned college, not secretarial school."

He closed his eyes again and squeezed his wrist. In spite of herself, Bel felt a flash of sympathy for him.

Nothing was going his way lately. He was stuck with her, with a teenage daughter, and now an injured wrist. It was a lot for a proud man like Javier.

She loosened his fingers from around his wrist. "Don't clutch so hard. We'll have it iced down in a minute."

"It . . . hurts!"

"I know," she said softly, and then Lydia reappeared with the ice pack and a boxed elastic bandage. Bel took them and looked at Javier's wrist again.

"The swelling's started. Use the ice pack for about ten minutes, and then I'll wrap you. You can keep icing it off and on for the next couple of days. And if you start to turn really black and blue, let me know."

"You're doing it again, Doctor."

"What's that?" she said, but she was hardly paying attention to his words. She'd focused now on his wrist, settling it in the gel pack so the cold penetrated every fiber of his strained muscle.

She took the moment to study his hands. They were clean, with neatly trimmed nails and rows of veins running to each finger. *Strong hands,* she thought, stretching his fingers to their full length.

"Ow!" he protested, and she curled them back slightly.

Out of nowhere, her mind took a left turn, and she saw those fingers wrapped in her hair. Her mouth opened in shock at that mental picture.

And then came the next one, even more astounding: Javier leaning in and stealing a kiss. A subtle, breathtaking kiss.

She pulled her hand away, leaving his in the ice pack although she was the one who needed to shock her body with something cold—preferably a shower.

Where had that hallucination come from? She wasn't attracted to this man. She didn't even like him. She was feeling some sort of misplaced sympathy, that was all.

Javier Montoya was arrogant, controlling, not her type at all. Yes, they had to work together. She might—might!—even live at the same address, for convenience and comfort's sake. But fantasizing about him was just plain stupid. And Bel had never been stupid.

"Practicing without a license."

"What?" Bel said, shaking her head to clear it thoroughly.

"You're doing it again," he repeated. "Practicing without your license."

"Don't be ridiculous. Any football mom could do this. Besides, I called Austin today. My paperwork's processed, and I have my license number. So drop it."

She had to get out of here, give herself a few minutes to collect herself. Quickly she stood up, rocking back on her heels to catch her balance.

"You're probably going to need something for the pain tonight and tomorrow. I'm going to run to the clinic and pick up a few samples. I'll be back soon."

She turned and fled.

Well, hell, thought Javier. Only two days, and he'd already had more encounters with Isabel Sánchez than he cared to count. She seemed to be everywhere—on the running path at the river, for example. He should have had the sense to keep running in the opposite direction when he'd seen her. But she'd looked so confident and cute, he'd just had to see if her attitude was justified.

The confidence had been; she knew what she was doing when it came to running. And if the talk among his athletes on the way back to school had been any indication, she was even cuter than he gave her credit for.

Now, his throbbing wrist was just one more reminder of how unsettling Dr. Sánchez could be.

If he could, he'd keep as far away from her as possible. She was nervy, brash, all-American, not Latin American. He didn't need her, and neither did Río Verde.

Except that he did—for now. Clumsy as he'd been, he could have broken something else. Anybody else could have had an accident. The football team was taking the field tonight . . . and that always meant the possibility of injury. Río Verde needed a doctor.

So for the next three months, he had to tolerate Isabel Sánchez. He had to walk the delicate line between being sure she did her job and finding reasons not to extend her contract past her probation.

And to do that, he had to spend time with her. Way more time than was smart. Because the more time he spent with her, the more chance that he'd have to admit he was attracted to her.

It was only physical, of course. She *was* pretty, after all; she'd left practically nothing to the imagination this morning at the river. And he hadn't had anything but very casual relationships with women in a dozen years, and mostly out of town. Not since Linda . . .

He cut off that line of thought. He could deal with physical attraction. He'd just have to keep himself under control. And with Isabel's personality, that shouldn't be hard. She was aggravating, annoying, and she took charge and took no prisoners. If she got to him again, he'd just start a conversation with her. That would cure him.

As if on cue, Dr. Sánchez reappeared, her dress flats clicking across the hardwood floor. She crossed over to him and unwrapped the ice pack from his wrist.

"Good," she said coolly. "The swelling's under control."

Picking up the elastic bandage Lydia had left beside him when she'd wandered off to help a group of friends, Bel began to wrap his wrist. Her touch was clinical, detached, but Javier still felt it all the way to his gut.

Basta! he told himself. *It's nothing.*

But it sure felt like something.

She finished wrapping, over and under, and fastened the bandage with tape. He had to admit it helped the throbbing—in his wrist, anyway.

"You probably ought to go home," she advised, standing up.

Using his good hand, Javier pushed himself up, too. "Can't. I'm chaperoning tonight."

"Then you'd better take one of these." She handed him three paper packets. "It'll take the edge off without knocking you out."

He walked over to a water fountain, tore the packet open with his teeth, and tossed back the little white pill with a swallow of water. When he'd finished, Bel took a drink, too.

"Two more things," she said briskly. "I want to talk to you about the clinic budget this weekend. We need some serious equipment and supplies, and I'd like to order on Monday."

Take charge, and take no prisoners, he told himself. "All right. Sunday afternoon. Say two?"

"Fine."

"And the other thing?"

"Your apartment. I'd like to see it."

Brash and nervy, too. His first reaction was to refuse.

He didn't need her complicating his life at home as well as at work.

But having her that close might make it easier to find a reason to terminate her in three months. It wasn't spying. She'd come to him.

"Everything else I've seen isn't . . . suitable," she continued stiffly. "I know you're not sure you want to rent it, but there's just nothing else. It would be a big . . . help to be settled soon."

Her tone caught his interest. She'd lost that over-confidence and was—well, begging wasn't the right word—asking, politely.

There was a first time for everything. Later he'd think that whatever painkiller she'd given him had made him go soft, but at the moment the only thing he could think of to say was, "All right.

"Could we do it now? It shouldn't take too long. And Lydia said she still needed to fix supper."

He glanced around the gym. Everything seemed to be under control. He could leave for a short time. He couldn't do much more, anyway.

"Lydia!" he called. "Let's go!"

He had to call twice more and finally go over to wrest her from a group of girls.

"Dad!" she protested, shaking off his hand from her shoulder. "Stop it! You're embarrassing me!"

"And you're making Dr. Sánchez wait."

"She's coming?" Lydia's shoulders straightened a little.

"She's going to look at the apartment."

"The shrine?"

"Lydia, a little respect," he snapped. "It was your grandmother's to decorate as she wanted."

God, some days just talking with Lydia was like walking through a minefield. He could never tell

what might set her off. She did accept Bel's sugges-
tion that she drive instead of Javier enthusiastically.

A few minutes later they were climbing the metal
stairs to the apartment, which rang softly with their
footsteps.

"We haven't redecorated since my mother died,"
Javier warned her, putting the key to the lock. Opening the door, he flipped on a light.

Bel glanced around, not realizing she'd been
holding her breath in anticipation. She let the air
slip from her lungs in relief. The place was captivat-
ing.

On her left, the living room had warmth and character, with a long window seat on the far wall and
a ceiling fan hanging from the exposed ceiling
beams. The furnishings were comfortable and
bright: a sofa and chair in turquoise, reds and tans,
pillows galore, a small end table. The large window
let in a fabulous amount of light, and the cushion
on the window seat matched the sofa upholstery.

To the right was a small dinette set with a gateleg
table, and the kitchen was small but functional, with
a three-burner stove, sink, and garbage disposal. The
refrigerator was covered with magnets and holy
cards: the Virgin of Guadalupe, San José, San
Joaquín, Santa Teresa, and half a dozen others.

"It's a shrine," Lydia repeated. "It's worse in the
bedroom. Mama Rosita kept praying for a new wife
for Dad, but—"

"Lydia!" he interrupted sharply. "That's enough!"

Lydia wasn't far off the mark. A corner of the bedroom *was* set up like an altar. A covered table held
a collection of glassed votive candles to various
saints, a vivid papier-mâché madonna, a prayer book
stuffed with prayer cards, and a rosary. A bright

framed picture of the Trinity hung on the wall behind it all.

It was charming, reminding Bel all too clearly of
what she'd missed, being raised Presbyterian. Those
colorful Catholic saints could stay for a while. She'd
like to get to know them better.

The rest of the room was pleasant, with a double
bed and pale blue walls. There was a window air-
conditioner, and the bathroom was clean and functional. It was far, far nicer than anything she'd seen
already.

"Mr. García knew what he was talking about when
he said this was the nicest place in town," Bel said.

"Except for the landlord," Lydia said smartly.

"Go start supper," Javier commanded. "I have to
get back to the gym." With a toss of her head, Lydia
left.

The real question was whether Bel wanted to live
in Javier Montoya's backyard. Literally. The neighborhood was pleasant, with neatly kept yards and a
few fenced-in dogs. And the apartment was great.
But if she lived here, she'd never be able to escape
this man, who seemed to push every button she had.

The next town was seventy miles south. It was un-
realistic to live so far away, especially when she was
the only doctor. She needed to be available for
emergencies.

Buying property was extravagant, given that she
didn't know for sure how long she'd be here. Renting made the most sense—even if Javier Montoya
was her landlord.

"I'll take it," she said, extending her hand, then
dropping it as she realized Javier wouldn't be shaking hands for several days. "Sorry," she said quietly.

He named a price, and she accepted.

"You were supposed to bargain," he told her as

they headed downstairs. "Never accept the first offer you're given."

She shrugged. "It was fair enough. I don't haggle with car salesmen, let alone anyone else. You either accept a price, or you don't."

"That kind of attitude will cost you."

"It already has, Mr. Montoya. But I have to live somewhere."

At the bottom of the stairs, she wrote out a check for the first month's rent and exchanged it for the key.

"I'll start bringing my things over tomorrow," Bel said. "But most of my stuff is still in storage up north, so if you'd leave all the furnishings, I'd appreciate it."

"A few of my mother's things are probably still in there. Just put what you don't want in a plastic bag, and I'll pick it up later."

"All right." There was an awkward moment because they couldn't shake hands.

Just as she was trying to figure out how to conclude this deal, Javier leaned forward. As the clinic board members had last night, he kissed the air near both her cheeks.

His skin brushed hers gently, a faint sensation of sandpaper, rough on smooth. It only took an instant, and then he stood where he belonged, looking tired around the eyes and stretched a little too thin. Bel wondered if she'd imagined it.

Suddenly unsure, she hid behind professional concern.

"If you won't stay home, at least come home early," Bel admonished him. "Rest is the best medicine for that wrist."

With just the slightest unsteadiness in her step,

Bel retreated to her car and turned the ignition. Where had that kiss come from?

It wasn't quite as breathtaking as the one from her hallucination in the gym, but this one had been real. And completely out of character.

It had to be the painkiller, she decided. It didn't usually make people do stupid, crazy things, but every person reacted a little differently. By Sunday, aspirin would be enough; the worst of the pain would be over. In fact, it would probably be just enough to assure that Javier was his normal, adversarial self. Oh, joy.

Sighing, Bel drove back to the motel. She'd get some supper from the café next door and, after a shower, head back to the game. She owed herself that much fun.

Four

Two hours later, Bel followed the stream of people heading to the football stadium gates, ticket in hand. The field lights had turned the dark sky almost as bright as morning, and people in the crowd greeted each other cheerily. The smell of food permeated the air—popcorn and grilled meats, coffee and Coke.

Bel smiled. It felt good to be here, as if she were a teenager herself.

Jack Suárez, collecting tickets at the gate, broke into a big grin when he saw Bel. *"Doctora!"* he exclaimed. "So glad you came. You're up in the faculty stands. Just introduce yourself. Everyone's friendly. I'll be there after kickoff, and maybe we can talk."

She smiled and nodded. Maybe she'd made a friend.

Inside the gates, Bel scanned the wooden bleacher boxes for her section and seat. Finding it, she climbed up the aisle to her row . . .

And found herself face-to-face with Javier Montoya.

Her smile faded, and she took a quick step back, almost falling down the previous step. Javier caught her elbow with his good hand, steadying her until she regained her footing.

"One fall today is all we need, *Doctora*," he said. "Besides, who'd take care of you?"

His hand was warm through her sweater and shirt, short-circuiting the chill that had started running through her the moment she'd seen him. In its place there was a gentle warmth, like the air that surrounded them.

Warmth—from Javier Montoya? Not possible. Bel took a step sideways and he dropped his hand, but the place where he'd touched remained just a little warmer than the rest of her body.

Confused, she took refuge in her medical persona. "I see the medication hasn't slowed your reflexes," she said. "How are you feeling?"

"Like hell," he replied. "And you?"

"Just wondering if I'll ever go anywhere in Río Verde without running into you."

"Probably not." He smiled wryly, and Bel was amazed at the transformation. He *was* handsome, with his olive skin, dark eyes and almost-perfect body. The smile brought out the crinkles around his eyes, and a mischievousness she would never have suspected.

Of course not. They'd been too busy sparring to show anything but their prickly sides to one another.

In the space of a few seconds she'd had two fresh glimpses of the man she'd already come to know, and, well, frankly, dislike. She might have to reevaluate her opinion.

But first she had to sit down.

She scooted past a half dozen seated fans to her spot. Javier followed.

"Why the game, *Doctora?*"

She settled herself on the bleacher. "I heard it would be exciting, and Jack Suárez gave me a ticket. Besides, football is a blood sport. Somebody may crack a rib or break an ankle. I should be here."

New groups of spectators sat down around them,

laughing and chatting. When they noticed Bel next to Javier, each asked, "Who's this, Javier?"

By the third time he'd been slow to respond, Bel answered for him. "I'm Isabel Sánchez. I'm the new doctor."

Those words opened floodgates of welcome and invitation. Everyone she met had an offer for her: to speak to community groups and the high school's biology classes, to do community outreach at the library, to teach at the community center. Bel chatted and bantered with them all, asking and answering questions about the town, its history, and herself.

"The Sánchez name?" she said. "My dad was from Mexico, but he died when I was six. My Spanish is embarrassing, I'm afraid."

But this group didn't seem to mind. In fact . . .

"People seem to be thrilled I'm in town," she said a little smugly to Javier.

"And they all want a part of you."

"Is that so bad?"

Yes, he thought, but he didn't say it. He wanted her gone, for a whole variety of reasons. But watching her deal with his friends and colleagues, he realized that they were unlikely to see her in the same way. In this setting, she came across as friendly and natural. Different, yes, but all right.

And if she accepted even half the invitations coming her way, in addition to running the clinic, she'd be seen as an asset to Río Verde.

He knew better, of course. She was belligerent and uncooperative. She didn't respect anything but her own authority. And those kinds of personal values put her at odds with the rest of Río Verde, no matter how winning her personality seemed right now.

He would not be taken in by what everyone else was seeing. He knew the truth.

The Jaguars threw a twenty-five yard touchdown pass, and scored. The stands erupted in loud cheers, the band burst into a fight song, and then the team kicked the extra point.

Bel cheered as loudly as the rest of their group, clapping and whistling. Then Jack Suárez appeared at the edge of the bleachers and slid in, sandwiching Bel between him and Javier.

"That David Silva is something to watch," Jack said, referring to the player who'd made the spectacular catch. "Are he and Lydia still dating, Javier?"

"Yeah."

"Ah, young romance," Jack said, grinning. Then he turned to Bel and engaged her in as quiet a conversation as one could have in a crowded stadium.

Javier watched the two of them out of the corner of his eye, not liking what he saw. Jack leaned in close to Bel, tipping his head so his mouth was only inches from her ear. Javier couldn't hear what he was saying, but suddenly Bel smiled. Jack said something else, and then she laughed, throwing her head back and looking positively radiant.

Her hazel eyes sparkled; Javier's dark ones glowered. Jack deserved better than a hotheaded, unreasonable woman like Isabel. But there was no way Jack—or anybody else—would know what she was really like. Tonight she was hiding her considerable faults behind a mask of goodwill and humor.

Thank God she'd be going home after the game. Jack didn't need any more encouragement. He was already looking starstruck.

But then Jack said to Bel, "Why don't you come to the dance? There's nothing to being a chaperone, and the band's pretty good. Javier,"—Jack reached over and clapped him on the shoulder—"you guys did a great job on the decorations. I sneaked a look earlier."

Javier winced when Jack thumped him and automatically grabbed his wrist, protecting it.

"Careful," Bel said. "He hurt himself in the line of duty today. It still hurts."

"Sorry, man. I didn't know. You okay?"

"I'm fine," he said tightly, not releasing his wrist.

"If it's bothering you, go home, Javier. We can manage. One more or less chaperone won't matter."

"I've been trying to tell him that since he fell," said Bel. "He doesn't listen."

Jack shook his head. "Not when he thinks he's right—or indispensable."

Which he was, on both counts. So what if he was hurting and tired? So what if he really wanted the pain pill Bel had given him for bedtime? He needed to be here. If he couldn't keep Isabel in line, at least he should watch her so he knew exactly how she was charming his community—and how to respond when the time came.

Halftime came and went, and people streamed in and out of the stands with snacks and drinks. Every jostle of the bleachers made Javier's wrist thump, but he didn't abandon his post. And when Jack and Bel left for the concession stand, he dragged himself along.

"We'll bring you something, Javier," Jack offered.

"Need to stretch my legs," he replied, even though every step down the bouncy bleachers sent another shot of pain all the way to his shoulder.

At the concession stand, Julia García from the clinic board was serving drinks and tacos.

"Javier, Jack," Julia greeted them. And then, "Doctor! Good to see you. Enjoying the game?"

Bel nodded enthusiastically, then added, "I should

tell you, the situation with my license is taken care of. The clinic will be open Monday."

"Excelente!" Julia beamed.

"Now I just need a lot of supplies."

"We're looking over the budget on Sunday," Javier interposed, before Bel could say anything else. "How 'bout a Coke?"

"Two," added Jack, with a look at Bel, who nodded. "Make that three, Julia."

Javier fished a five dollar bill out of his pocket and tossed it on the painted wooden counter. Julia bustled to the drink machine, poured the three cups of soda, and made change. Handing Bel her drink, she said, "You let me know if our board chairman gives you too much trouble. Money's always tight, but some priorities can be met."

"Thanks," Bel said, glancing meaningfully at Javier. "I'll remember that."

"That Julia's amazing," Jack said as they headed back to their seats. "Did you know that besides running the pharmacy and serving on the clinic board, she's president of the PTA? And raises four kids. That woman has more energy than God. Kind of like Javier on a good day."

"I wouldn't know," Bel said softly.

"Javier been giving you a hard time?" Jack asked genially. "It's only because he cares. Nobody works harder in Río Verde than our Javier. School, coaching, politics, boards . . . He's everywhere. You know, he's the reason you're here. Lots of people didn't want to bring in a new doctor now. They said Doc was enough. But Javier kept at it until most everyone agreed."

"I never would have guessed," she said, looking curiously at Javier.

"Oh, look," Jack said, propelling Bel back toward the stands, "the game's starting again. Let's go."

The rest of the game was a roller coaster, with the Jaguars scoring once again, and their opponents twice. The score stood tied for the fourth quarter until the final thirty seconds. Young David Silva went long and made a stellar catch, running it in for a touchdown. They missed the extra point, but held on for the final play to win the game.

The band burst into the school song while the fans poured out of the bleachers, whooping with delight. Parents headed toward the parking lot, and the students headed toward the gym, the players to the locker rooms.

Normally Javier would have been as excited as anyone, but his patience—from pain, and from Isabel Sánchez—was worn thin. What else could he do but hang on, now that Isabel was coming to the dance?

The group headed in toward the gymnasium, where a group of parents had already assumed their positions as ticket-takers. Another group stood behind a long table in the hall, offering soft drinks and munchies to the entering crowd.

"No food in the gym!" Jack and Javier called in unison as they all walked in.

"Teenagers are amazing," Jack added. "They know the words to every song on the charts, but they forget where they can't eat."

"I have to go to the rest room," Bel said. "Which way?"

"Down the hall to the left," Javier said. "If anyone's smoking, glare at 'em. They know better than that, too."

Bel headed down the hall while Javier and Jack headed into the gym itself, greeting students and parents, alert for trouble. *A room full of pumped up kids could be a powder keg,* Javier thought. *Pumped up adults, too, for that matter.*

Bel found them together a few minutes later. "You were right. The girls had cigarettes."

"Did they put them out when they saw you?"

Bel nodded. "But I was wondering . . . what kind of drug awareness program do you have here? There were at least ten girls lighting up when I walked in. That's way too many. Somebody needs to talk to them, show them what happens to people who use any kind of drugs."

"That's the parents' responsibility," Javier said bluntly, "not the school's."

"In an ideal world, sure," Bel said with more than a trace of heat in her voice. "But the *real* world needs all the extras we can give. Public health is my job."

"Let's concentrate on primary care, shall we? Get the clinic up and running first," Javier said tightly.

Bel ignored him. "There's a program I worked with in med school. I could easily adapt it for high schoolers, then train some presenters. We could run it all the way down to the elementary schools. You can't start too early."

"You have other responsibilities first," Javier insisted, his voice rising.

"And not just drug education," she went on. "Maybe a teen health operation one or two afternoons a month, just for the young people. Someplace they can get complete information about everything they worry about—drugs, sex, diseases, even birth control."

"Not here, and not now, Doctor!"

Jack looked between the two of them in confusion, unsure how to defuse the escalating tension. "Talk to Mrs. Arce," he said hastily. "She's the biology teacher you met tonight. She might have a place for you, Bel."

"Thank you, Jack," Bel said pointedly. "I'll do that."

Bel? Jack? When had the two of them suddenly gone to a first name basis? Javier was sure he didn't like *that* development.

The gym had filled with students and their dates. The band played a lively mix of pop and rock, with an occasional nod to their *conjunto* roots. In one corner, a group of teachers and chaperones tapped their toes to the beat, and a couple of pairs even took to the floor.

"You want to dance, Bel?" asked Jack. She nodded, and he swept her onto the gym floor, leaving Javier behind to fume.

He watched them dance. Jack was a huge man, and awkward on the dance floor. Bel, smaller and lithe, tried to follow, but Jack lost her when she spun away from him.

Jack just laughed and tried again, but the sight was painful. Jack and the doctor were mismatched, in more ways than one. Jack was a good man, the best. But Isabel was the wrong kind of woman—arrogant and tough, unshakably convinced that she had all the answers. She would never do.

There was only one way to stop this, and save Jack from himself—and Dr. Sánchez.

Javier marched onto the dance floor, tapped Jack on the shoulder, and cut in.

Jack didn't even look startled to see Javier. He offered Bel a glance of mute apology and stepped aside. "Sorry, Javier," he said in a low tone, barely audible over the music. "I didn't realize."

Javier nodded, put his hand on Bel's waist and took her other hand firmly in his. Ignoring Bel's scathing look, he led her out onto the very center of the gym floor, under the mirrored Mayan moon.

They danced. He hadn't done this in years, but within a few steps, it all came back. The steps, the twirls, the dips, and turns. Their feet moved blazingly fast through the first song. The second was slower, and he pulled her in close, saying nothing, moving in a modified samba to a slow, sad song about forbidden love.

He'd seen everything she had to offer today by the river. Now he felt it, felt every curve, every rise and fall of her breasts, pressed against him. She was whispering something, some plea to let her go, but he just held her tight, moving in time to the music.

She was gasping for breath by the end of their third dance, and his wrist ached like nothing he'd ever felt. He'd probably damaged it more, but he didn't care. Everyone had stopped to watch them now; they had the floor to themselves.

He didn't kid himself. He only wanted Isabel Sánchez in the most elemental, male-female way, and he planned to control that desire. But by his staking a claim to her, and publicly, poor guys like Jack wouldn't be fooled by the two sides of Isabel's personality. And it would give him even more credibility in determining Isabel's future in Río Verde.

Now to seal the claim.

He twirled her again, fully the length of both their arms, then spun her back in tightly, dipped her low to the floor, and planted a kiss on her lips.

It crackled with energy and power, and Javier, who had kept his entanglements with women casual for the past twelve years, felt a surge of something wild and once familiar in his blood. He pressed his lips to hers again, not quite believing the attraction that arced between them.

Bel's breath came fast and warm over his face, startling in its closeness. And exactly when the impact of what he'd just done seized him, he brought her up and released her.

And Bel tried to slap him.

With reflexes that should have been dulled by pain and dizziness, Javier caught her wrist before she connected with his cheek. He held it there high for a moment, and turned it into another blinding spin as they moved off the dance floor.

The crowd erupted into applause. There were whistles and whoops, cries of "Go for it, Mr. Montoya!" but Javier paid no attention. He wanted to be off the floor before Isabel started demanding answers.

"What the hell was that all about?" she said furiously even before they were out the door and into the courtyard.

"That, my dear Isabel, was your welcome to Río Verde."

"How dare you? I was dancing with Jack. You made a fool out of yourself—and me!"

"No. People loved us. Didn't you hear the applause?"

"You were being reckless and stupid. They'll get the wrong idea . . ." She paused as understanding hit her. "You planned that. You *want* people to think . . . But why? We don't even like each other."

"I don't think we've given ourselves a fair chance," he said, choosing his words carefully. This is where he could make or break the illusion. "We need to start again. Seeing you with Jack just made me realize it.

"There's something between us, Isabel," he continued. "You felt it, too. Just now, and the moment we met. There's passion between us. Good or bad, it's passion. The core of the Latin soul. Undeniable."

He recognized the truth of his words even before

they left his mouth, and he tensed, every muscle in his body frozen. How was he ever going to pull this off for even three months without succumbing? Without running the risk that this very real passion would become something much, much more?

He'd just started something very dangerous. And after tomorrow she would be living only a few hundred yards away, day in and day out. What then?

"I'm not looking for passion," she said bluntly.

But maybe she was, she thought. What had he said—that passion was the core of the Latin soul? Maybe that *was* what she was looking for. Partly.

But not with Javier Montoya.

Not with Jack Suárez, either. Or John Montgomery or Matt Francis, or any of the half-dozen men she'd been involved with since college.

"I'm not looking for passion," she repeated, but now there was doubt in her voice. "All I want is a chance to do my job and to get to know this place where I've agreed to spend two years. Two years, Mr, Montoya, even though you want me out in three months."

He held up his hands in surrender. "You've got a clean slate, Isabel," and when he said it, he meant it. The kiss had changed something. He still believed Río Verde would be better served by someone with honest to God Latin roots, but maybe Bel would do. Maybe she *could* come to understand their traditions and pride, their customs and beliefs. Maybe come to respect them.

Maybe.

"What do you mean?"

"We forget about the license problem, and breaking in the clinic, and ignoring the board's wishes. We start fresh on Sunday talking about your budget. Which, I warn you, is lean."

He took a deep breath. "I forget my . . . preconceived notions about young, female, Anglo doctors, and I learn about *this* doctor." He touched her face gently. "You, Isabel."

"What do *I* have to do?"

"Your job. Take care of the physical health of this town. Try to understand who and what we are here in Río Verde. Don't be so quick to impose your values on us. All that talk of drug and sex education? Wait a while. There are better places for it than the schools."

Bel sank to a cast concrete bench along one wall of the courtyard and let her breath out slowly, thinking. This didn't seem like the Javier Montoya she knew, that arrogant, full of himself know-it-all.

People did trust him. He was the mayor, a teacher, a coach. A man didn't get to be those things without a lot of people's confidence. There was something more to him. Something he was inviting her to see.

And wasn't that exactly what she wanted? A chance to get to know this place, its culture, its people? To see if and how she fit in, to find whatever connection she could to this lost part of herself and her own father?

She smiled slightly. It was hard to believe that her nemesis was inviting her to do just that—without laughing at her. Would wonders never cease?

"No promises," she said. "No guarantees."

"There aren't any in life. Why would I expect one here?"

"You seem to expect a lot."

"Sometimes I'm disappointed. But not often."

"Me, too. Especially when people ignore their doctor's orders. Let me see your wrist, Mr. Montoya."

"I think you can call me Javier, Isabel." He sat

beside her on the bench, cradling his right forearm
with his left hand.

"It's Bel. Just Bel." She began to unwrap his elastic bandage.

"Maybe somewhere else. But you're in Río Verde.
You have a Spanish name, and you should use it. I
will call you Isabel."

No sense fighting it. Javier was far too stubborn.
Save it for something that counts, she told herself. *Like
ordering him home to rest and soak his wrist.*

"I'm surprised you could dance at all with this,"
she said, touching his swollen wrist gently. She
traced a finger over the bruised skin, her doctor's
brain only half engaged at the extent of his injury.

The other half was wondering how it would be
when Javier's wrist was whole again, when he could
hold her face, her hands, and teach her more about
passion and the Latin soul. . . .

She snapped herself back to reality. This was not
the time or place. She gathered the bandage up and
began to rewrap his wrist.

"It must have hurt like a . . ." she finished, fas-
tening the clips to hold the elastic in place.

"It did. I had my reasons."

"Go home," she said, standing up. "Ice it for fifteen minutes, take a pill, and go to bed. I'll bring
you a splint tomorrow so you can't repeat tonight's
little scene."

"It was worth it."

"It's never worth taking chances with your health.
That's one thing I know for certain."

"All right, all right. Let me tell Lydia I'll see her
at home.

But they couldn't find her—or David. In fact, a
lot of the crowd had left the dance already. Javier
shook his head. "If she's late—"

"You'll be asleep," Bel said pragmatically, finally feeling more like herself amid the rest of the people still listening to music. "Come on, I'm taking you home."

The ride back to Javier's house left her skittish again. They rode in silence, Bel at the wheel, Javier watching her profile as she drove. She could feel his eyes on her, taking her in. She wondered how he saw her, if he liked what he saw. When she turned for an instant to glance at him, he smiled, a complex enigmatic smile, she knew with certainty that he did, and the power of that knowledge made her heart beat a little faster.

When they stepped out of the car, the night surrounded them like a blanket, wrapping them in the mystery of a million twinkling stars overhead. Bel's heart began to jump as they made their way up the walk. Javier put his hand at the small of her back in a most proprietary way, and Bel nearly stumbled as they entered the house. She wasn't accustomed to this . . . this nervous elation, the kind that made her feet trip and her breath come in rushing little gasps. She was used to being in control, and Javier made her feel most definitely out of control.

"I'm feeling a little . . . tired," he whispered. "Why don't you help me to bed, *Doctora?*"

She had no choice but to walk down the darkened hall beside him, matching her stride to his, and turning into the last doorway on the left—his room.

He flipped a switch on the wall and the ceramic bedside lamp cast a soft, golden glow around the room. The room was big, masculine. A huge, iron bed dominated the center of the room, with a plain silver cross hanging over the center of the headboard. A carved, dark wooden desk sat to the right, with a pair of deep rawhide chairs on either end.

In an opposite corner stood a tall armoire, door slightly ajar. The art, strategically hung on warm tan walls, was more of what she'd seen in the living room: bold-colored bark paintings, a red and blue geometric wall weaving, and three framed charcoal sketches of women at an open-air market.

"What do you think?" he asked roughly.

"Very . . . you," she whispered.

"And do you like it?"

She nodded dumbly.

"And me?"

"Maybe." The word came out a cracked whisper. Her throat had gone completely dry, standing there so close to him, in the intimacy of his bedroom.

"Ayúdame," he said softly, and though she didn't understand the actual words, she instinctively knew what he meant. Shyly, as if she hadn't seen thousands of male bodies in her medical career, she turned to face him and began unbuttoning his shirt.

The shirt fell open as she worked, and in the lamplight his skin gleamed olive and gold. She unfastened the buttons at his wrists and pushed the shirt from his shoulders, down his arms, to the floor. His khaki pants hung low on his hips, the belt that held them begging to be released.

He wrapped his arms around her and tipped her face up to meet his. Then he kissed her again—like the first time, only more so. This kiss heated her blood, made her insides run liquid and languid, made all of her eager for that primal connection between a man and a woman.

He kissed her a third time and a fourth, and she responded with throaty little cries of pleasure and longing. She rested her hands against the hard, smooth planes of his chest, feeling his breath go in and out of his lungs with ragged satisfaction.

She was dizzy now, achingly so, and hungry in ways she hadn't felt in months—maybe years. Medical school and residency had been so demanding that she'd ignored her body and soul's need for companionship. But the years of privation had come to an end, it seemed.

Then he turned her around and pointed her in the direction of the door. "Didn't you say something about . . . ice?" he muttered. "In the . . . kitchen."

He pushed her through the bedroom door, and Bel stumbled blindly down the hall and to the refrigerator. The glare of the freezer light and the cold air rushing at her face woke her from her stupor like a slap.

What had she been thinking? Javier was her patient, and she was acting as if he were her . . . lover!

And wishing he were.

Strange how an hour of mind-reeling passion could erase eight years of training, and forty-eight hours of utter dislike.

She rummaged in the freezer, found a gel-filled cold pack, and pulled it out. She touched it to her forehead, her cheeks, her neck and breasts. The cold was bracing, but it did nothing to cool the heat raging in her core.

She'd come to Río Verde to find some part of herself—but not this part. And especially not with her "boss."

She'd finish treating him for this injury and then deal with the ethical problems of being involved with a patient. It would be a shame if the clinic board chairman had to go elsewhere for medical care, but she'd cross that bridge later.

She found a terrycloth towel in the dishrack and wrapped the ice pack. Then, taking a couple of deep breaths to steady herself, she marched back to Javier's room.

He was already in bed, his clothes laid neatly over one of the rawhide chairs.

"You came back," he said, sounding exhausted.

She nodded, not trusting herself to speak. Walking to the right side of the bed, she took a pillow from the head of the bed and laid it lengthwise along his side. Gently she lifted his injured arm from under the covers and propped it on the pillow.

Sitting beside him, with her best medical bedside manner in place, she unwrapped his wrist and folded the cold pack around it.

"Where's your pain medication?" she asked a moment later, finding her voice.

"Took it." His eyes were closed.

"All right, then. Stay put. Get some rest."

She moved to the unoccupied chair for the next fifteen minutes, watching his chest rise and fall as he alternated between consciousness and sleep. When he'd spent enough time with the ice pack, she took it off, rewrapped his wrist, and settled it back on the pillow.

She resisted the temptation to kiss him good-bye. Instead she put the ice pack back in the freezer and crept out the front door, locking it as she went.

At least twenty cars were parked along the river that night. Some of the teens had climbed out to sit on the hoods and laugh, talk, and flirt. Others, couples mostly, walked along the river path with arms tight around each other, stopping to kiss every now and then under the moon and the shade of the cottonwood trees.

Lydia Montoya and David Silva argued.

"You know I love you, David."

"Then prove it." His arm was around her shoulder, and he pulled her in and kissed her hard. "Show me how much you love me.

Lydia broke away from his embrace. "David, I told you. No more scares. When I can get to the clinic in Del Rio, it'll be all right."

"It's all right now, baby. I promise. I want you so much, Lydia. I want to marry you. Isn't that enough?"

She squirmed uncomfortably. "The next time should be special. Not in your car."

"We used to sneak up to Mama Rosita's apartment. That was good, remember?"

"Well, that's not available any more," she said stonily. "The new doctor's renting it."

"Well, then where else but my car?" David retorted. "We can't go to your house. Your dad watches you like a hawk. We barely got out of the gym tonight without him cornering us. And my old man's around all day and all night. This is what we've got, Lydia. C'mon." He kissed her cheek, her forehead, her mouth. "Show the hero how you really feel."

"I want to go home, David."

"Aw, Lydia." He pulled away and stared out the windshield. "I just want to be with you. Is that so bad?"

She touched his face with her fingertips. "No," she said gently. "But not 'til we're both safe. Then. I promise."

He pulled away, frustrated, and jerked the key in the ignition of his '85 Ford. The engine roared to life. Throwing it into gear, he squealed up the hill to the street. He drove too fast through town and into Lydia's neighborhood, pulling up in her driveway.

She sighed. "Thanks for bringing me home, David. You played great tonight."

"I'd play greater with you."

"After the pill." She inhaled sharply, then calmed down a fraction. "Call me when you get home. I'll take the phone to my room."

"I'm not going home. Guzman's having a party, and I'm gonna go drown my sorrows."

"David! Promise you won't do anything dumb. I couldn't stand it if something happened to you."

"Maybe if it did, you'd come to your senses." He kissed her again, hard, pulling her so close to him that he flattened her breasts against his chest.

"Ai! That's enough." She broke away and got out of the car.

"I can't wait forever, Lydia. I'm not sure I can even wait a couple more weeks. I love you, and I want you. We were good together. I want us to be good again."

"Thanks for the ride. You really were great tonight. On the field." She slammed the car door.

"Lydia!" he shouted. "I'm not waiting much longer!"

He pulled out of the driveway and raced down the street.

Lydia stormed up the walk, wanting to scream. She was late, the house was dark, and if she was very lucky, she could sneak in without waking her father and starting another major battle.

She stood on the stoop for a moment, trying to calm down. What was David's problem? She loved him. She'd already "proven" how she felt. And she'd do it again, but not until she could get out from under Dad's thumb and get to the clinic in Del Rio—someplace where they didn't know her— where they wouldn't tell her father, where they'd help her make sure that loving David didn't mean she'd be stuck in Río Verde all her life.

She took her shoes off before fitting her key into the lock. Funny, the deadbolt was already open. She moved the key to the lock and turned it quietly. Crossing the threshold, she began to creep down the hall toward her room. The living room light flicked on.

"You're late, Lydia," Javier said coldly, getting up from the sofa and walking toward her. "Extremely late."

"And you just had to wait up, didn't you? Had to catch me. Couldn't trust that I know what I'm doing."

"The house rule is—"

"Screw your rules. I'm almost eighteen. There was a dance tonight."

"Which you left early."

"How would you know? You were too busy making a spectacle of yourself with Dr. Sánchez!"

"That's enough, young lady. You're grounded."

"Just try!" she shouted, whirling for the door.

Javier reached out to grab her shoulder, but she was too quick. She was out the door in a flash, slamming it behind her. The front windows rattled.

He charged for the door, ignoring the dull throb of his wrist. He threw open the door, rushed to the driveway.

"Lydia, so help me, if you and that boy . . . Don't do something you'll regret!"

She didn't hear him. She'd brought his truck to life with the gas pedal floored, and it roared like a lion. A second later she tore down the street, leaving behind the acrid smell of rubber and no way to follow her.

Javier hugged his injured arm in close to his body and kicked open the front door angrily. There'd be no more sleep tonight. And hell to pay tomorrow.

Five

There! Bel folded a wire twist tie around a black plastic garbage sack. That was the last of Mrs. Montoya's belongings. She'd take them down to Javier's house in an hour, when she went to meet him about the clinic budget.

She'd spent the past day clearing out closets, cupboards, and dressers in Javier's garage apartment. As she'd cleaned, she'd unpacked her own things, and she was finally beginning to feel settled. All she had left to do was to vacuum and dust.

It was good to have a place of her own again. Ten days of living on the road had taken their toll. She'd already rejoiced in the luxury of having her own kitchen—scrambling eggs and brewing cup after cup of soothing green tea.

She did still have her doubts about living in Javier's backyard, though. Especially after Friday night's . . . event.

Thirty-six hours later, she hadn't quite recovered from the imperious way he'd cut in on Jack, or from his promise to start again. Or from the breathtaking scene in his bedroom, and the very real issue of ethics.

The whole thing had left her reeling out of control, and for the past two days she'd wondered a lot about the wisdom of letting Javier into her personal life.

He was her patient, after all. Heck, he was her boss, in a way. He aroused feelings she didn't know or understand, and she didn't like that at all. She was accustomed to taking command—advising, counseling, even bullying. That was one of the ways she defined herself.

But with one touch, Javier Montoya had made all that disappear. She'd forgotten everything in his arms—ethics, morals, her sworn oath to her patients. She'd forgotten everything except how good he felt against her, and how she wanted more—more of his kisses, more of his passion, more of him.

She couldn't let that happen today. She had to stay in control. This meeting was important; it laid the foundation for all she needed and wanted to do in Río Verde.

You are the doctor, she reminded herself. *You run the clinic, and only you know what you need. You make the calls. Not Javier. Not the board. You.*

She glanced at the clock on the living room wall. She had just enough time to finish her cleaning. Where had she seen that vacuum cleaner? Finding it in the pantry, she plugged it in and began to work.

She cleaned the living room carpet first, and then attached a small round brush to the flexible tubing. No one had lived here for almost three years, and the furniture and drapes needed to be cleaned, too. She started with the window seat cushion, moved to the easy chair in front of the television, then attacked the sofa.

She pulled the first cushion from the frame and vacuumed old dust bunnies and hair from deep in the springs. She ran the vac brush over both sides of the cushion before replacing it and removing the second one.

The vacuum went whoosh, sucking up a scrap of fabric too big to fit in the wand. Bel flicked the machine off with her foot and pulled a piece of black lace from halfway up the brush.

It was a bra, and it didn't look like any of the ones Bel had cleared out of the dresser. This was much smaller, for one thing. And much sexier, for another.

Not Mrs. Montoya's, Bel would bet. More likely, it was one of Lydia's. Or one of her friends'. Which begged the question, why was a teenage girl taking off her bra in Mrs. Montoya's apartment?

Bel shook her head. *You're wrong, Javier,* she said silently. *These kids do need sex education. And maybe birth control. You don't want them ruining their lives because of a rush of hormones.*

She folded the bra, put it aside, and continued cleaning. In the bedroom, she pulled up the bedskirt and looked around. There was a lot of dust, and—

Another piece of underwear. Bel reached in and retrieved a pair of silky, sky-blue panties.

Well, wasn't that just great? Someone *was* having sex—or something close to it—in this apartment. But who? Lydia? One of her friends? Javier, maybe, if he wanted to be discreet?

What was she supposed to do? Talk to someone? And if so, who? Javier would go ballistic if the lingerie belonged to Lydia or one of her friends. He'd be—embarrassed was an understatement, she suspected—if it belonged to someone *he* knew.

She touched the top ruffled edge of the panties. The fabric was soft and smooth, like the young body it would have covered. She could almost see that scene unfold before her: young lovers burning for each other, eager and ready.

Of its own volition, her mind changed the scene. Suddenly Javier was on that bed. And so was she. She could feel the pressure of his kiss, the weight of his body, the intensity of passion just before it exploded. . . .

That's enough! she scolded herself. *This is* not *about you and Javier, under whatever circumstances. This is about what you found, and whether or not Lydia is having sex.*

Poor Lydia—on the cusp of womanhood with a steady boyfriend, a difficult father, and no mother. Javier had more right than he knew to worry.

Somehow Bel had to get these things to Lydia quietly, and make sure she was taking care of herself.

Teenage sex was never a good thing, but there was almost nothing in the world more powerful than young adult hormones. And once a teen had decided to have sex, the best thing an adult could do was make sure they had the information and the methods to protect themselves from disease or pregnancy. Nothing could ruin a young life faster than that.

Lydia deserved better, and Bel was the most likely person to see that she got it.

She laid the panties on the bed and finished vacuuming. She'd have just enough time to pack them away and change before going to see Javier.

And his daughter.

Twenty minutes later, two trash bags in hand and her briefcase slung over her shoulder, Bel knocked on Javier's front door. She took a deep breath and waited, wondering how the sight of him would affect her this time. She wasn't dreading it, but she *was* a little nervous. Jittery.

It was because of the small plastic bag in her blazer

pocket, not Javier, she told herself. But that wasn't the whole truth. She didn't know how she'd react to seeing him again on his own territory, and the uncertainty unnerved her.

"Bienvenida," Javier said, his voice a little husky as he opened the door. "Welcome. A doctor who makes house calls. Wait till the word gets around town."

Bel crossed the threshold and set the trash bags on the slate foyer floor, while Javier put his good hand on her shoulder and kissed both cheeks. It was easy, simple, not the kinetic kisses he'd offered her before, but it still shot a tiny jolt of electricity all the way through her.

Calm, collected, in control, she reminded herself, stepping to one side.

"What's all that?" he asked, taking in the garbage bags.

"Stuff from the apartment. Clothes and personal items."

He frowned. "Lydia was supposed to have cleared it all out ages ago. Well, I'll sort through it later. Come on in."

He led her into the living room and gestured for her to sit on the sofa while he took the opposite corner. On the coffee table sat a pile of papers and a ledger. *Good,* she thought. *We can hammer this out professionally.*

"How are you feeling?" Bel said, because she had to start somewhere, and the question reminded her of her responsibilities as his doctor.

"It still hurts," Javier admitted, smiling wickedly. "But I can probably take you on over the budget."

Bel tipped her chin up at the implicit challenge, refusing to be trapped by his sexy grin. Snapping open her briefcase, she pulled out her own folders and papers.

"Here's the deal," she began. "Dr. Rodríguez told me before I came that lab conditions at the clinic were bad. But they're worse than bad. I can't do anything—not blood work, not urine samples, not X rays, not cultures. We don't have a real crash cart. Doc must have been working in the dark most of the time, prescribing stuff he suspected would work without a confirming test. It's not scientific, and it can waste days of valuable treatment time."

"And?"

"I need a functioning lab. Sending out every single sample compromises care. The faster the answer, the more quickly I can start treatment, and the faster the patient recovers. If everything goes to Del Rio, or people have to drive seventy miles and back, well, then the board isn't doing its job because the county won't have adequate health care."

She paused, her breath coming just a little faster. She always got worked up about this sort of thing, and in spite of Friday night she still felt the littlest bit defensive around Javier.

Javier picked up the ledger and studied it carefully. After a moment, he spoke. "Do you have a list of what you want?"

She took a sheaf of the notes she'd made on Friday from a folder and handed it to Javier. She shivered when he took it, as if she were handing over a part of herself, not just a simple list. "It's a big list."

"It looks like a lot, but it's what I need. I'm not asking for a tech. The nurse and I can do that ourselves for now. I just need the equipment."

Javier whistled. "It's a big list."

"It's a big clinic."

He looked back and forth between the list and the ledger. Finally he spoke. "Out of the clinic budget, maybe a thousand."

"That won't even cover chemicals! Let me see that."

She jerked the ledger pages from Javier and studied them. Numbers had never been her strong suit, but this was laid out fairly clearly. Clinic upkeep, salaries, insurance, and debt servicing totaled a hefty bottom line. And on the other side was income—clinic receipts and county and federal subsidies.

"We run a deficit?" she exclaimed. "Why did no one tell me this?"

"It wasn't your problem. It was the board's, and Doc helped keep costs in line. Now it's up to you."

"So I'm supposed to practice without equipment and treatment options? Not acceptable," she snapped. She thought for a moment, reviewed the numbers before her again. "What about Dr. Rodríguez's salary? There has to be something there."

Javier shook his head. "The board bought his practice a couple of years ago because a county-run clinic qualified us for a lot of government programs. It's how we got you. But it's a several year note, and he wasn't drawing a separate salary."

"So this is it? The whole budget?"

Javier nodded.

She tossed the ledger back on the table. "Where do we get more money? The lab has to be funded."

"You can appeal to the city council. But I warn you, tax money is spoken for. The only source of discretionary funds is Fiesta, and that doesn't happen for another two months."

"Fiesta?"

"The Battle of Río Verde. It happened during the war for Texas independence. Every year we reenact the battle, there's a race, and the plaza is filled with food and craft vendors. Usually there's a profit for the town after expenses."

"How do I make a pitch for the clinic to get a share?"

"Call Luis Torres. He's the council president. See if you can get on next month's agenda."

She couldn't believe her ears. "Next month?" she cried.

"You won't get the money before December, anyway."

"They never taught us fund-raising in med school. Where to go for money?" She tapped her finger impatiently on her folder. "Maybe the clinic should sponsor a booth. Do some sort of health screening, so people know what's needed."

"Ask for donations?"

She shrugged. "Why not? I can't do my job without a lab."

"Doc did."

Bel stiffened. Comparisons were inevitable, but did Javier have to launch the first one so soon after their truce?

"He was a different generation," she said coolly. "*I* rely on science."

"Isabel, I'm on your side. Really. If the clinic falters, so does Río Verde. In fact, the clinic is one of the linchpins of future economic development. With good health care in place, new businesses are more likely to locate here. That's *my* job, you know."

"What about businesses?" she said, suddenly thoughtful. "Maybe some of them will underwrite us. And the major pharmaceutical companies make almost everything I need. I just have to convince them to donate it."

"What's in it for them?"

"We name the lab—or even the clinic—after a big enough donor. They get to publicize it, look like a good corporate citizen. They already give us samples and supplies; this just takes it one step further. After the initial investment, we can probably finance it ourselves." Her eyes grew bright with excitement. "Javier, this could be the answer!"

"Slow down, Isabel. The board gets some say in how you acquire things."

"Excuse me? This is no different from my bringing a . . . a centrifuge from my own practice. I'll acquire whatever I can, and donate it to the clinic. Seems straightforward enough to me!"

"You need to go slowly. Start with Fiesta money, a booth if you insist. See what that gets you from your wish list. But don't go after corporate donations without exhausting local sources. We try to take care of our own here first. Give it time."

"Time is what I don't have. I should be ordering equipment now. Every day I delay means my patients don't get the best care." Her voice rose in frustration, and she stared at him, defiant.

"What do you want me to do, Isabel? The money's not there."

"Find it."

He shook his head. "I'm always trying to find it—for roads, schools, the clinic, trash collection, you name it. You'll have to wait your turn like everyone else."

"I'm not talking about potholes!" Now she was really angry. "I'm talking about people's lives. I'm looking for the funds, and when I find them, I'm not waiting."

"Could you keep it down out there, Dad?" Lydia shouted as she stormed down the hall. She glowered in the doorway to the living room. "I'm trying to work."

"So are we, Lydia," said Javier tightly. "I think you should apologize to the doctor."

"Oh," she said, noticing Bel on the sofa and looking suddenly embarrassed. "Sorry." The girl turned to walk back to her room.

"Lydia," Bel called after her. "Can I talk to you when I finish with your dad?"

"Yeah," came the reply, and the sound of a door clicking shut.

Bel turned her attention back to Javier. "So . . . I have a thousand dollars to spend. Anything else I have to beg for. Is that right?"

"I wouldn't put it exactly like that, but yes, you've got the numbers right."

"Okay, we're finished here." She reached for the lists that Javier still held, and he grabbed her hand and held it.

"Isabel, this is not personal," he said roughly. "I'd give you whatever you want for the clinic if I could. But the money's not there. A small community always has more needs than resources. That's life."

"And death." His hand tightened around hers as she tried to pull away. "People could die," she said deliberately.

"That's why we have you."

"How can I do my best—" She tried to throw off his hand, but Javier just eased himself next to her and draped his arm around her, tipping her head so it rested on his shoulder.

"Shh." He stroked her neck with his good hand. "Getting excited won't help. Although it makes you very . . . appealing." He dropped a kiss on the top of her head. "I never realized that mixing business with pleasure could be so enjoyable."

"Javier!" She tried to wriggle away, but he'd wedged her against the sofa arm. "You can't do this!"

He continued to gentle and soothe her.

"I'm serious," she said sharply, pushing him away and standing up.

Javier looked at her curiously. "What's the matter, Isabel? This discussion is just business, you know. It doesn't have anything to do with . . . us."

"Javier, there is no 'us' if you're my patient."

"Well, either we need to get another doctor here pronto, or I'll be going somewhere else. Because there most definitely is an 'us,' Isabel. Don't try to deny that."

He pulled her back to the sofa beside him and leaned over and kissed her. This was nothing like his gentle kiss *hello*. This was a repeat of Friday night in his bedroom—hot, eager, hard. The way a man kisses a woman he wants.

He pulled her closer, so that she was nestled against his muscular chest. As he deepened the kiss, Bel's breasts puckered helplessly at the sensation of Javier against her, touching her.

He rained down kisses, across her mouth, up her cheek, to her ear, and then down her neck. His skin was smooth, with only a hint of beard stubble on his chin, and his breath was warm and spicy, touched with cumin and chili peppers.

He ran his good hand under her blazer and across her back, finding the bottom of her blue cotton sweater and snaking his hands up to touch the soft, warm flesh underneath.

The sparks between them were very real. She couldn't think, couldn't breathe, when he touched her. And she couldn't refuse him.

He played his hand against her back and down her soft sides, caressing the gentle swell of her breasts as he held her to him.

A clock chimed, and Javier looked at her intently.

"Far more than I bargained for," she breathed.

"I thought you didn't bargain."

"I don't. Maybe being in Río Verde's already having an effect."

"Yeah." He grinned at her, a heartstopping, megawatt smile that turned all his features into the cover shot for *People*'s Sexiest Man Alive issue. "You should come with a warning label, *Doctora. Picante, pero sabrosa.*"

She looked at him quizzically.

"It's from a Mexican folk song. You're spicy hot, but tasty."

"Sounds better in Spanish."

"You should take lessons," he said suggestively, and then added, "I'm a teacher, you know. My rates are . . . reasonable."

I'll tutor her, Javier thought suddenly. It would be another way to keep his eye on her. And goodness knew, she needed to improve her Spanish. Without some language fundamentals, she'd be lost dealing with the older generation in Río Verde.

He was torn. Three days ago he'd been absolutely positive Isabel was *not* what the town needed. Now he wasn't so sure. He was even planning to give her Spanish lessons—which would resolve one of his major arguments against her.

He wasn't sure what he wanted any longer—except Isabel.

"What do you want to see Lydia about?" he asked, changing the subject as nonchalantly as possible.

"I found some . . . things of hers in the apartment. I just want to, ah, return them."

Was it his imagination, or did Isabel's reply sound the tiniest bit forced? "I'll give them to her. Keep from interrupting her homework."

"That's okay," she said quickly. "She needs a break. And so do I."

Before he could say anything else, Isabel was up from the sofa and down the hall, knocking on Lydia's door.

That was close, Bel thought as Lydia let her in. Javier did not need to be involved until she knew what was what. There was no sense causing trouble if she was wrong.

And if she wasn't, there was plenty of time for fireworks.

"Hi. Come in and hang a while." Lydia said, shutting the door behind Bel.

"Hi." She looked around. It was a typical teen's room—messy, with piles of books and papers strewn on the bed and the desk, and another pile of clothes near the closet. Half a dozen posters of TV heart-throbs were taped to the wall, and a small, framed photo sat on her nightstand. Lydia was about three, held in the arms of a dark-haired beauty. Javier stood next to them with his arm around both.

Her mother, no doubt. Very young. And gone now. Bel wondered how.

"Look, I'm . . . sorry I yelled," Lydia said, sounding uncomfortable. "I didn't know it was you."

"That's okay. We *were* getting a little heated in there." She smiled. *In more ways than one,* she thought.

That made starting their conversation a little awkward—but only a little. Bel knew how to take care of herself if she and Javier progressed beyond kissing. She wanted to be sure Lydia did, too.

Lydia was looking at her expectantly. Bel took a deep breath and spoke slowly.

"I was cleaning the apartment, and I found some things that may be yours." She pulled the small plastic bag from her jacket pocket and handed it to Lydia.

Lydia turned it over. She must have recognized it, but for a long moment she said nothing. Then she shrugged. "I must have left those one night while I was visiting Mama Rosita."

"Three years ago?" Bel said neutrally. "They don't seem that dusty—or old—to me."

Lydia stuffed the bag in a dresser drawer, and stayed there, her back turned to Bel. "What are you asking?"

Bel decided to be blunt. "It looks to me as if you're experimenting with sex. That's usually why someone takes off her underwear and leaves it behind."

"Well, I'm not, okay? I don't know how it got there."

"I found one piece under the bed, and one in the sofa cushion. Prime spots."

"For what?" Lydia turned around and walked back to the center of the room. Picking up a textbook from her bed, she opened it.

"For . . . experimenting." Bel waited a moment, but Lydia said nothing. She wouldn't even meet her gaze, she just stared at the open book. So Bel went on.

"Lydia, teen sex is not a good idea. There are so many pressures and changes going on at your age, it's best to wait for . . . intimacy. But if you haven't, if you and—David, is it?—are already involved, then I want to be sure you're taking care of yourself. I'm a doctor. I worry about things like that."

"I'm not a little girl." She snapped the book shut.

"No, you're practically a woman. Biologically, you are one. And you need to think like one if you're going to behave like one. Sexual activity has risks."

"Yeah, yeah."

Bel persisted. "Disease and pregnancy top the list.

Either one can make your life—and David's—pretty miserable."

"And abstinence prevents both. I've heard it all before. Dad never stops preaching."

"Why do you think that is?"

"It doesn't take a math major to know that I was around before he and Mama got married."

"Hmm." That was news. "That doesn't have to happen to you. You can protect yourself."

"And you can help." Lydia sounded derisive.

"If you'll let me."

"You'd just tell Dad."

Now they were getting somewhere. "Doctor patient confidentiality, remember?"

"I'm still a minor, remember?"

"It doesn't matter. There's no law in Texas requiring parental notification."

"Well, I'll be eighteen in December. Then it won't matter at all."

"Lydia, that's months away. Please, don't take chances with your health. Or with your future. If you're having sex, be responsible and let me help you. That's all I'm asking."

Lydia looked at Bel from the corner of her eye. She nodded once, almost imperceptibly, and Bel had to be satisfied with that.

"The clinic opens tomorrow," Bel said, changing the subject. She'd laid as much groundwork as she could on the other topic. It was obviously going to take time. "Are you still interested in helping out?"

"Yeah," she said diffidently.

"Good. Why don't you come by late next week, and we'll talk about what you can do."

"Okay." Her face seemed to brighten a little, become less wary and hostile. "If Dad ever un-grounds me."

"Oh?"

"I was out too late Friday night."

"And you woke your father."

Lydia rolled her eyes. "He was waiting up."

Bel frowned. "He was asleep when . . . I told him to get some rest. Seems he could do a little better at following orders."

"Dad just gives 'em," Lydia muttered.

"I've noticed." And that, Bel told herself, was all she could do today. "I'll talk with you later, Lydia. I'm glad you're going to be working with me."

She stepped to the door and put her hand on the knob to open it.

"What's with you and Dad?" Lydia asked abruptly. "First he wanted to fire you, and then there was that scene at school, and now—"

"We decided to give each other another chance," Bel said mildly, opening the door. "Maybe you and he ought to do the same."

Lydia snorted and then clenched her teeth. Javier stood in the doorway, holding a tray of soft drink cans and ice in his good hand.

"The doctor said you needed a break," Javier said. "This might keep you going this afternoon."

Bel shot a glance at Javier, then at Lydia, and back to Javier. Had he been listening at the door, waiting for a chance to interrupt?

Without a word, Lydia grabbed a can and a glass of ice and set it on her desk. "I've got to finish my homework. Thanks for bringing that stuff, Doctor. I didn't even know I'd left that *bracelet.*" She emphasized the lie.

"See you—" Bel's good-bye was cut off as Lydia closed the bedroom door behind her.

"Lydia!" Javier began angrily, but Bel held up a hand to silence him.

"It's okay. We were finished."

"A bracelet?" he asked, heading back to the family room.

"That's what she said." It was as close to a lie as Bel wanted to come.

He set the tray down on the coffee table and turned to Bel, his eyes glittering. "When did you decide Lydia was going to work at the clinic? And were you ever going to tell me?"

"You were listening at the door!" she exclaimed hotly, her suspicions confirmed.

"No. But you were gone awhile, so I thought I'd be a good host."

"And you just *happened* to catch our conversation? What else did you hear? The part where she told me you'd grounded her? After I'd left you sleeping with orders to stay put? Do you listen to anybody but yourself?"

"I thought we'd established that you're not my doctor anymore, Isabel."

"I was that night! And you needed to rest, not fight with your teenage daughter."

"Well, I did," he said furiously. "We fight every day. She's stubborn and strong-willed and reckless, and she drives me out of my mind. She's just like her mother!"

He stopped abruptly and turned away, as if horrified he'd said too much. Family matters were not to be paraded in front of outsiders—even outsiders who might have a little insight into human nature and family dynamics.

Bel put a hand on his shoulder. "Maybe you two ought to spend a little more time apart."

"Apart?"

"You're at school together, you're at home together. She never gets away from you. Working at the clinic would be good for her. We're all women there. It might be exactly what she needs."

Lydia needed female role models. Javier knew that much. He'd known that when his mother died, and before that, when Linda left. It was just one of the reasons they fought so much; there were things a teenage girl just couldn't tell her father, and the frustration spilled over to the rest of their lives.

But Isabel? What kind of role model was a woman who kissed like Isabel did? Who had passion burning just millimeters below her skin? Whose mind was filled with ideas and values that were so different from his own, from the ones he was trying to instill in Lydia?

He would give Isabel a chance with him. And even with the town. He could wait and see if she could adapt to the ways and culture of Río Verde. But he couldn't take chances with Lydia.

"Bad idea," he said shortly.

"She wants to know about the medical profession. She gets both sides at the clinic—doctor and nurse. She'll be supervised, she'll have to be responsible. And," —Isabel played her trump card—"it's that much less time she spends with David."

The woman was too damn perceptive for her own good. And his. But still . . .

"You want to ground her at night, go ahead. Keep her home on the weekends. But she needs to do this, Javier. She wants to. There are some things you have to give in on."

He didn't answer.

"Tell me about her mother. Your wife."

Silence.

"I saw her picture on Lydia's nightstand. She was beautiful, Javier."

"She walked out on us when Lydia was four. It

was too much for her, married and a mother at eighteen. She kept dreaming of glamour and excitement, instead of seeing that life was good here, too."

"What happened?"

"She went to Dallas and took up modeling. She was fairly successful, too. Lydia never understood why Mama never came home. I think she blames me."

"Does Lydia ever see her now?"

He shook his head. "She died a couple of years later. Ran a red light during rush hour, and that was that."

"I'm sorry."

He shook her hand off his shoulder. "Ancient history."

"But it still affects Lydia."

He said nothing.

"Javier," Bel tried again, "if there's going to be an 'us,' Lydia should be part of it. The clinic is important to you. It's my life. Let her share it, too."

Dear God, it couldn't be a good idea. Isabel and Lydia together could be positively explosive.

But nothing else was working. He was, to be honest with himself, close to losing Lydia now. She was surly. She was belligerent and uncooperative. She'd run away the other night, not coming home till dawn.

His instincts said no. His gut said wait.

His voice said, "All right."

Six

"*Señora* Gómez is in room two," Alicia Madrigal, the clinic nurse, told Bel as she handed her Mrs. Gómez's chart. "I'll be in as soon as I get Mr. Stevens's vitals."

Bel tapped at the door and entered. She smiled and said, "*¡Buenos días! ¿Cómo se sientes hoy?*"

"*Mucho mejor, Doctora.*" *Señora* Gómez smiled broadly, her wrinkled face beaming. She was a diabetic, and a month ago had arrived at the clinic on the verge of a coma. Bel and Alicia had nursed her through the night and early morning until she'd finally stabilized.

And then Bel had started her on a new regimen, far stricter than what Dr. Rodríguez had recommended. *Señora* Gómez had complained at first— "all that measuring and planning every bite I eat . . . and the shots!"—but now she was all smiles.

"I have so much more energy. I can keep up with *mis nietos* all day. And I'm not thirsty all the time."

"*Excelente.* How are your numbers?"

Señora Gómez took out a chart where she'd plotted her sugar levels for the past two weeks and handed it to Bel. Alicia entered a few seconds later.

"Hmm." Bel handed the paper to Alicia, who studied it a moment and then gave it back. "Do you see these spikes, *Señora?*" Bel said, pointing out several elevated points on the graph. "Your sugar levels are too high there. I want you to add an extra unit of insulin at breakfast to see if we can't even these out."

Bel nodded at Alicia, who translated. When it came to medical instructions for the *abuelitas*, as Alicia called the elderly grandmother types, Bel had learned they needed them in English and Spanish. And since Bel's Spanish wasn't good enough to converse with a child yet, let alone an adult, Alicia had been a godsend. She knew these patients, had known them most of her life, and she could bully, tease, and generally make Bel's instructions and suggestions clear.

"Tell me again why you don't speak Spanish, *Doctora?*" *Señora* Gómez asked.

She'd answered this question at least once a day for the past six weeks. The *abuelitas* loved to scold her dead father, who could, they assured her, hear them. He should have spoken Spanish to her when she was little. He should have made sure his family knew her before they all passed away. Now she was missing part of herself, and she'd had to come all the way to Río Verde to find it. And even if she did, it wouldn't be the same as having it from childhood.

But even as they scolded, Bel sensed they were nevertheless a little proud of her for searching out who she was, and who she might have been. Perhaps, once she got to know this place and the people better, she might even be able to claim part of it for herself.

She hoped so.

She chatted a few more moments with *Señora* Gómez, explaining with Alicia's help exactly what the medication should do and answering her questions.

"Bueno, Doctora," *Señora* Gómez said. "You know, you talk a lot more than Dr. Rodríguez. He always thought I'd get confused, but I think I understand more now than I did before."

"I'm glad." Bel took a pen and wrote out *Señora* Gómez's new medication instructions on a prescription pad, which Alicia then translated. "See you in two weeks. I want to make sure those spikes clear up."

Then it was on to the next patient, and the next.

Lately they'd been seeing close to one hundred and fifty people a week. Rewarding, but exhausting. Some days Bel wondered how Dr. Rodríguez had survived day in and day out forty-odd years. Examining, testing, diagnosing, and counseling took everything she had.

She understood now why Doc had never gotten around to updating the waiting room. There was barely time for the essentials, let alone luxuries like redecorating. Heck, Dr. Rodríguez's name was still painted on the clinic window. She hadn't even bothered to add her own.

Despite the clinic demands, she had even more to do. There was still the question of her lab.

Javier still refused to release lab funds from the clinic's own budget, but he *had* been invaluable in other ways. When she'd given her impassioned plea to the city council, explaining what she needed and why, he'd been her staunchest ally. The council members hadn't been convinced until Javier got up to speak. His words, combined with hers, had persuaded the council to vote ten percent of this year's Fiesta profits to the clinic.

Better yet, they'd approved her request to operate a health screening booth during the festival—giving her prime space in the plaza *and* waiving the usual fee. That was also Javier's doing.

No doubt, he was trying.

But it wasn't enough. She was still sending out more tests than she was doing at the clinic, and it chafed to wait days for results she could have had in hours.

But she didn't see how Río Verde could ever provide everything she needed—and certainly not on her timetable. She had to do more to outfit her lab. Only when it was a reality could she move on to other aspects of her job—teen services, well-baby clinics, community education—all part of practicing sound medicine. Her job.

The rest of the morning passed quickly, and by mid-afternoon Lydia had arrived for her volunteer shift. Alicia quickly set her to filing lab reports and pulling charts for the next day.

"It would be a dream to have her another afternoon a week," Alicia confided to Bel. "She may be a handful for Javier, but she's great here."

"Sure," Lydia said later, when Bel had asked her about working another day. "But I'm still under house arrest. Homework and housework, that's all I get to do. Oh, and listen to lectures, of course."

Bel frowned. She was going to have to talk to Javier again. Lydia couldn't be ruled with an iron fist. It was going to backfire on him.

"Well, you're doing a great job here," Bel said approvingly. "Alicia and I both appreciate it."

"It's nice to be wanted somewhere." She shook her head. "So, what *do* you see in my dad?"

Now *there* was a question. After six weeks, Bel had at least as many answers.

First, of course, there was Javier the man. He called to her with passion and fire. He wanted her and made her want him back in that fundamental, man and woman way that set her skin on fire and her bones to melting, the one who had forced her to abandon caring for his health and focus on caring for the man.

Then there was Javier the teacher, who goaded her almost every evening into practicing Spanish vocabulary, grammar, and conversation. He was good, too, with a bantering humor that endeared him to her, even though he demanded a hundred and ten percent effort.

There was Javier the coach, whom she often saw on her morning runs by the river. He was demanding there, too, alternately pushing and encouraging his athletes to their personal best.

His passion spilled over into every aspect of his life. As mayor, as chair of the clinic board, he was dedicated and concerned, unwavering in his belief in home and family values. He loved his town, his friends, his students. And they loved him back.

Except for Lydia. As a father, where he cared the most, the best he could do was drive his daughter away.

"He used to be fun," Lydia went on. "He used to take me to markets and bargain for dumb little toys for me. He used to let me drink out of his coffee cup, just a couple of spoonsful, but I felt so grown-up. He was always trying to make it up to me, that, you know, Mama left. But man, since my grandmother died . . ."

Since you got cute enough to attract the boys, Bel thought, but she didn't say that.

"And since I started dating David," Lydia finished Bel's thought. "Why doesn't he get that I'm not a little girl?"

"Oh, he gets it, Lydia." She looked at the girl

closely, remembering their last conversation along these lines. "Are you and David still okay? Anything changed?"

Lydia shrugged and concentrated on her filing.

"I can listen and I can help," Bel reiterated. And she waited.

A minute passed, then another. Abruptly Lydia looked up. "Okay," she said. "I lied. David and I are . . . sleeping together. Or we were, until I thought I was, you know—"

"Pregnant."

She nodded, looking down at her desk. "I wasn't, just a couple of days late, but I got scared. Dad would've killed me."

Bel kept quiet.

"I couldn't go to Dr. Rodríguez for birth control. He'd've just told Dad. And if he didn't, Mr. García at the *farmacia* would have. I wanted to go to Del Rio and see a doctor there, but I keep getting grounded and if I skip school Dad'll know and—"

Her eyes welled up with tears.

"You know, Lydia, abstinence is the best choice for a teenager," Bel said, keeping her tone neutral. "There are no complications and no worries."

"Yeah, well, that's not working for me now. I want David, and he wants me. I'm almost eighteen," she added defiantly.

"What happens if your father finds out?"

"He won't, if you don't tell him!" She took a deep breath, trying to calm the quavering in her voice. "Look, Dr. Sánchez, I don't want to end up like my mother. She hurt everyone because she couldn't handle what happened. I don't want to be stuck in Río Verde forever. That's why I need your help. Now were you serious, or just jerking me around?"

"I was serious," Bel said softly. "If you're not go-

ing to choose abstinence, the next best choice is a
low dose pill. You don't have to remember to wear
it, or worry if it breaks. It's not messy, and it doesn't
interfere. All you have to do is take it once a day."

"But I need a prescription, right?"

Bel nodded.

"How do I get it filled without the Garcías ratting
on me?"

Bel considered her options, wondering why she
felt so . . . uneasy. This shouldn't be hard. She was
trained to do this. She'd done it hundreds of times
during her residency, and for kids who were probably going against their parents' wishes by being
sexually active.

But this was Lydia. Javier's daughter. He would be
furious with both of them if he ever discovered the
truth.

But what choice did she have? Lydia was the one
who counted here. It was her life, her choice, her
responsibility—and Bel's to keep her safe.

"I could dispense the pills from the clinic," Bel said
slowly. "I already do that with other drugs—antibi-
otics and such. I'd have to order them, so the folks at
the pharmacy would know what I'm prescribing—but
not for whom."

"Good enough," Lydia said. "Do it."

God, it felt so . . . deceptive. But what else could
she do? Lydia had told her point-blank she was sexually active and wanted birth control. It was a medical
decision, and if Javier ever found out, he would simply have to accept that. Bel was just doing her job.

"I'll call the pharmacy," Bel said, heading to her
office. "Alicia or I will pick them up later this afternoon. Don't go home without seeing me."

Lydia looked up and whispered, "Thanks."

She was doing the right thing. Bel knew that. So

why did she feel such a shadow of alarm as she dialed the pharmacy?

Three days later, Javier was walking from the mayor's office to the clinic to pick up Isabel. They were going to inspect the booth he'd wrangled from the school boosters for the clinic's Fiesta debut.

He was late because people kept stopping him to say what a good idea it had been to bring Dr. Isabel Sánchez to Río Verde.

"I can't take the credit," he told each one. "I wanted more help in the clinic, but Dr. Sánchez was Doc's idea."

"Well, she's okay. Different from Doc," people said. "But she sure works faster. Clinic runs on time. And she talks more to you about what's wrong, and how to treat it." "Plus, she's cute." That last line came from two different men.

So people really seemed to like her. So far, anyway. Which was good, since the board's search for a second doctor had yielded absolutely *nada* in six weeks—not even a temp available until after Christmas.

Isabel was such an unsettling mixture of tough, unflinching professional and hot-blooded woman. In his arms, she was soft and responsive and desirable. But before the board or the council she was positively combative, never letting an opportunity pass to harangue them about *her* lab. It was getting a little old, but the praises ringing from the townspeople were enough to let that annoying habit pass for now. What mattered was whether she could keep her record clean for the rest of her probation period.

Part of him hoped so. The part that couldn't control—didn't want to control—the sparks that flew whenever they were together. She was bright, dedicated, hardworking—everything he admired in a woman. Part of him wanted her to be around for a long time.

And part of him still had a vaguely uneasy feeling about her. Was it just that she was so aggressive when it came to her profession—like the lab, or this health screening at Fiesta? He shook his head. Fiesta was supposed to be fun, not a time for serious matters like high blood pressure.

Or was it that she had such strong opinions about Lydia, and that at least a couple of them seemed to be right?

Somehow, some way, he half-expected her to pull the rug right out from under him. And that wouldn't be a pleasant fall, he was absolutely certain.

Entering the clinic waiting room, he knocked on the door to the office. It was well after five; no one else was there.

Alicia opened the door, car keys in hand. "Hi, Javier," she said. "The doctor's in her office. I'm off duty. Lydia's in the back. I'm so excited she's giving us another afternoon a week. See you later." Then she slipped past him and out the front door, locking it behind her.

"Hello," he called, looking first for Lydia. When he poked his head into the back room, she only grunted wordlessly.

"Good afternoon to you, too," he said in mild annoyance. No matter what he did, it was never quite right with Lydia. "Finish up. We'll be leaving soon."

Bel gave him a warmer reception. She smiled and offered a kiss on both cheeks. The sweetness of her mouth on his skin dissolved most of the uneasiness that tugged at the edges of his consciousness, and he smiled back.

"Tough day?" she asked.

"The usual. You?"

"Long." She closed the charts she'd been working on and piled them on a corner of her desk. Then she stripped off her lab coat and hung it on a peg on the office door. "Let's go see the booth. I've only got a week to make it fit our needs."

"Which are?"

Isabel opened the door and stepped into the main part of the clinic. "A space people can get in and out of easily. Room for Alicia and me to work, and space for flyers about the clinic's services. And the lab," she added as a parting shot.

"You just never give up, do you?"

"Would you, if it was vital to *your* job?"

She had him there. It just sounded . . . different, coming from a woman. It was something to think about.

They collected Lydia and piled into Isabel's Jeep. After dropping Lydia off, Isabel pulled out of the driveway and made her way to the school. The booth was behind the soccer field, and the fading autumn light softened its flaws.

"It's more a tent than a booth," Javier said. "That's why it's available. The boosters are building a wooden one, with a floor and electrical wiring."

Isabel walked all the way around, cocking her head this way and that, studying it. When she finished, she smiled.

"This is good. There are no stairs, for one thing, and we can tie it back where it zips apart, and there's enough room for a long table and chairs. It's kind of frayed," she poked her index finger through a spot on the side, "but the roof's in one piece, in case it rains."

"It never rains during Fiesta."

"Good." She turned to him and tapped his cheek lightly with her forefinger, traced a line to his jaw. "You know, Javier, you've been awfully nice to me lately. Should I be wondering about that? Do you have designs on me?"

Her eyes twinkled, and Javier clasped her hand at his chin and held it firmly, gazing at her with only half-controlled desire.

"Yes," he said hoarsely, and he covered her mouth with his, preventing any further conversation.

When they were together, Isabel always managed to light a fire in him. She turned him inside out with want and need, and he had no idea where she got that power. He hadn't even wanted her here, not at first. He still was not convinced she belonged here. Nevertheless, she had worked her way under his skin.

And now he wanted her. All of her. It didn't matter that she often drove him crazy, ignoring most all of his reasonable requests and suggestions. It didn't matter that *she* would call them demands. Nothing mattered except this.

He was caught in the throes of unrepentant wanting, and nothing less than having her completely was going to help.

She offered a token resistance to his first kiss, then sighed and gave herself over to him. She opened her mouth, offered him entry, nibbled his lower lip, moaned softly against him.

She wanted him, too. He felt it in the way she moved her body against him, slowly, sensuously, with a barely restrained eagerness. He felt it in the way her hand grazed his cheek and his head, twisting her fingers through his thick, straight black hair.

"You've got to stop teasing me like this," she said softly, her breath warm against his face, her belly supple against his groin. "It . . . hurts too much."

"I know, Isabel. But not here."

"My place, then."

He was heavy and eager with desire. And her invitation told him as much as her body did—she wanted him as much as he wanted her.

He couldn't put loving Isabel off much longer, but . . .

"Not tonight." The words nearly killed him. "Lydia's waiting."

"A little more time apart would do you good," Isabel whispered. "She was complaining about that just the other day. Give her a break." She rubbed her hand down his shirt, stopped to lightly scratch his chest with her fingernail. "Think of how good we would be together."

God in heaven, he was tempted. Every time he looked at her, every time he touched her, it set off a firestorm of heat and need. And if she didn't stop touching him . . .

With a deep groan, he pulled away from the pleasure of Isabel's warm caresses.

But Isabel wouldn't let him go. She wrapped her arms back around his neck and pressed close to him. Her body language and throaty little cries expressed everything she wanted—explicitly.

Just one more kiss, he told himself, burrowing his hands in her hair and pulling her so tightly to him that not a single molecule of air could come between them. She stole his breath, gave it back again, offered her mouth and hands in ways that made him almost forget his resolve.

"If we don't go home now, we might have to do it right here in the tent," Isabel whispered in a throaty little voice. "Wouldn't that be scandalous?"

For the second time, mustering all his strength of will, Javier stepped away. God, he wanted her, wanted to feel the softness of her body beneath his, touch every inch of her supple skin, sink into her and never let go. But he didn't have only himself to think of.

"I won't let Lydia see me going to your place this way," he said, his voice gravelly but firm. "When I make love to you, Isabel, it will be in my bed. In absolute privacy."

Bel glared at him in anger and frustration. "You don't know what you're missing."

And trust me, she added silently. *Your daughter does.*

Seven

Fiesta day dawned bright and clear, and Bel woke early. She'd watched for two days as people had transformed the central plaza, setting up bright tents, and food and craft booths around the square. They'd hauled and organized cooking equipment and merchandise for their stalls as workers hung strings of lights for the evening festivities.

Bel and Alicia had finished setting up the clinic site yesterday, with piles of flyers and a large banner that read *Why the Río Verde Clinic Needs a Lab* in English and Spanish.

Jumping out of bed, she showered quickly and dressed in khakis and a white shirt, pulling a fresh lab coat out of the closet to wear later. Instead of running this morning, she'd walk to the clinic to pick up her equipment. Then she'd head on to the center of town to start the day's activities. She hoped there'd be time to take a break or two and see what Fiesta was all about.

"But the real party begins at dusk," Javier had told her. "I'll come get you at five. Be ready."

Slipping her running shoes on, Bel left her apartment. In the driveway, she was greeted by the quick blast of a car horn. Lydia dashed out her front door, overnight bag in hand.

"What's this?" Bel called, gesturing to the duffle

bag. "You're not running away from home, are you?"

"Can you believe it?" Lydia said cheerfully. "My sentence is finally up. I even get to spend the night with Ana and Sofi." She opened the car door. "Of course, Ana's mother has to vouch I come in on time, but . . ." she shrugged indifferently.

"And David?"

Lydia grinned. "Can't wait!"

Bel looked at her seriously, but said nothing.

"I'm okay," Lydia assured her. "Thanks again." She opened the car door and piled in with half a dozen other young women. With a wave, they pulled out of the driveway and sped off down the street.

So Lydia would be gone this evening. Despite the warm morning air, Bel shivered lightly with anticipation as she began to walk the easy mile toward the clinic. Javier had promised privacy for their first time, and he was delivering.

Tonight.

She was ready—even though Javier sometimes drove her crazy with his interfering ways.

It was his biggest fault. His only one, really, but one that often overshadowed his other good qualities. Bel was strong enough to keep him from managing her, much as he might want to, but poor Lydia . . . He really overdid the parental control with her. Thank goodness he'd restored her privileges before she'd rebelled again.

But when Javier left behind that part of his personality, he was charming—very, very charming. He made her laugh, entertained her with stories of life in Río Verde, made her feel welcome and cared for. The Spanish lessons were paying off. And sometimes he even smoothed the way for her work, as he had with Fiesta.

And when she was in his arms, she couldn't think of anything but him and how much she wanted him. All of him. The chemistry between them was fierce and real.

Tonight the waiting would be over.

Rounding the corner onto Main Street, Bel let herself in the clinic door. The streets were already filling with people, and the air sang with voices calling greetings and asking for help. Even from four blocks away, Bel smelled the savory aroma of roasting meats and fresh fruit juices.

When she got to the clinic tent, equipment in hand, Alicia was waiting for her. Quickly they took their places, and before long a steady stream of clients began to stop by. Some were people Bel had already seen at the clinic, like *Señora* Gómez, who'd brought her husband along to meet *"la nueva doctora." Señor* Gómez was a shameless flirt, and Bel listened closely as Alicia joked and laughed with him, deftly working her real concerns for his health into that conversation.

There were many unfamiliar faces, too, and Bel and Alicia welcomed them, taking their blood pressure and giving them a basic health quiz.

For those whose quiz "scores" or blood pressure were out of line, Alicia made on-the-spot appointments. She wrote their names in the old-fashioned appointment book and then neatly printed a reminder card.

If just a dozen people kept their appointments, Bel would count the day a success. That was the real driving force with public health, getting to people early with education, early diagnosis, proper treatment. Each step meant more people living longer, healthier lives.

When they finished with each screening, they

handed each visitor a flyer, explaining the lab fund drive and why it was important for the clinic and the patients.

Practically everyone opened their wallets then and there, contributing a dollar, fifty cents, whatever they had handy. A few folks came back several times, bringing change from whatever purchases they'd just made.

By noon, Alicia had begged a large salsa jar from one of the food vendors. After washing it and labeling it Lab Fund, she and Bel placed the coins and bills in it. They watched in amazement as the pile of change and bills mounted throughout the day.

Across the plaza on the other side of the river, a group reenacted the original battle of Río Verde. A few token horses neighed and reared as the lines of Santa Ana's soldiers marched toward the river and the town. The defending lines fired their antique rifles and cannon with loud reports, and the smell of gunpowder wafted on the air.

The mock battle lasted two hours, sharply condensed from the original two-day fight, and then people poured back into the square, eating tacos and drinking fresh fruit *aguas frescas,* laughing, shouting, and jostling each other.

Then the music began. There was a stage at the left end of the plaza, and for the next two hours the square was filled with the bright, upbeat notes of *mariachi* guitars and trumpets. The throngs swelled, and people spilled into the streets, clapping and singing along.

Promptly at five, Bel saw Javier walking toward them. A shaft from the setting sun caught him as he moved, gleaming over his dark hair and powerful shoulders. He made his way slowly through the crowd, stopping here and there to say a few words or clap someone on the shoulder, grinning and waving at people further across the plaza.

He looked good like this, in his element, surrounded by people who knew and loved him.

And you? Bel asked herself suddenly, mesmerized by the view. *What do you feel?*

Need, she realized, as it shot straight from her eyes to her core, lingering there with the promise of fulfillment. And need, she knew, had the frequent habit of turning into something more.

She'd come to Río Verde hoping to find part of herself. It suddenly seemed that Javier was part of that search.

Alicia glanced at Bel and grinned. "You go on, *Doctora,*" she said. "My husband and son will be here shortly, and we'll take everything back to the clinic."

"Are you sure?" she said, her gaze still intent on the approaching man. For a moment she wondered if she could wait for the evening festivities to be over. Perhaps they should go straight home now.

Alicia pushed her by the shoulders until she was out of the tent. "Go!"

Bel went. As she walked through the crowd toward him, people greeted her on either side, and she smiled back or said *"adiós"* with a reasonable accent. They had the advantage, of course. They only had to remember her name; she had a thousand to keep straight. Somehow she thought they'd forgive her.

It was a forgiving place, Río Verde. Or maybe generous was a better word. It seemed that way today.

And then she was there, in front of him. Almost breathless, she held out her hands for him to take. Leaning in, they kissed each other on both cheeks, circumspectly. But Bel knew what waited for them later tonight, and she smiled a secret, knowing smile.

"Don't you look like the cat that ate the canary?" said Javier. "What aren't you telling me?"

"Nothing. It was just a good day. We saw about three hundred people. You were right when you said everyone comes out for Fiesta!"

"We got about four hundred for the race, so we should make a nice profit."

"I want the clinic's share!" Bel said, wagging her finger at him.

"Te lo prometo," he said in mock exasperation, "no one will forget the clinic's cut! Not with you reminding us."

"You know, with what people donated in change, and this, we should be able to outfit at least part of the lab almost immediately. Which would be great."

Javier just grinned.

"Now you look like *you've* got a secret. Out with it!"

But all Javier would say was, "You'll know when it's time." And Bel couldn't worm another word out of him.

So she changed the subject. *"Tengo . . . hambre,"* she said triumphantly, searching her memory for the right words. "Really. I'm starving. Alicia and I spent the day smelling all this good food, and never got a chance to eat."

"Andale pués, a comer." Javier took her arm and escorted her toward the food vendors.

They dined on *tacos al carbón* and grilled *cebollitas,* washing it all down with cold, sparkling cider. They finished with *flan* and something Javier called *nieve,* a rich vanilla ice.

Afterward they strolled through the marketplace, looking at handcrafted items from both Mexico and the US: tooled leather wallets and bags, *guayaberas* and bright cotton dresses, carved onyx, *piñatas*, dozens of dolls, wooden toys, and hand-stitched items.

Bel was entranced by a ceramic Nativity scene. Fashioned of brightly painted clay, it was the most cheerful depiction of the Baby Jesus and the Holy Family Bel had ever seen. She picked up a Wise Man and ran her finger over the bright, primitive colors.

"How much?" she asked, putting the figure back with the set.

The vendor eyed her shrewdly. "Fifty dollars," he said, busying himself with the display.

Bel went for her wallet, but before she'd taken out her money, Javier had taken her hand and said smoothly, "Fifteen."

She shot Javier a look as the vendor glanced up with cheerful surprise. "Forty-five," he replied.

"Twenty," Javier countered as Bel hissed softly. What was he doing?

They haggled until they agreed that thirty was the price Bel would pay, the vendor grumbling that it was only because the lady liked it so much that it would be a shame not to be sure she had it. Javier grinned and released Bel's hand, gesturing she should pay the man. He wrapped the pieces in newspaper and put them in an old shoebox, complaining about the hard bargain they'd driven.

"What were you doing?" Bel demanded as they left the booth. "How embarrassing!"

"What? No 'thank you for saving me twenty bucks'?"

"What was that about?"

"Bargaining. A classic Mexican tradition. It's disappearing now, with department stores and supermarkets, but in a market like this, prices are never fixed. The price they offer is just a starting point."

"But I only paid about half what he asked."

Javier nodded. "That's about right, too." They came to another booth, with colorful blouses and dresses, and Bel paused to look. "Want to try?"

She slapped at him playfully. "Me? I told you, I hate to haggle. I'm way too American. Too used to department store prices."

"Well, think of it as your own personal sale, then."

"Okay," she said slowly, understanding. "I get it!"

"Watch out, Fiesta merchants!"

A few minutes later, she found a dress she liked, with bright embroidered flowers and white lace at the hem and sleeves. She tried it on in a curtained booth, loving the way it bared her neck and shoulders while hugging her waist. It flared at the hips into a full skirt, and she twirled once to see it billow around her.

"Sneakers won't do with this outfit," she said, picking up a pair of bright red espadrilles and slipping them on her feet. "But these are perfect."

She countered the vendor's first and second offers, but faded after the third round. "You paid too much," Javier told her as they walked away, Bel still in her dress and sandals. "You can't be too eager."

"But I like it, and it was a good buy even at the price I paid. And I had fun. What more do I want?"

"An even better price. Watch the master."

At the next stall, he bargained ferociously for a bead necklace, walking away at one point so that the vendor ran after him, begging him to finish the transaction. In the end, he paid far less than half the original price for two of the necklaces, each with a pair of earrings thrown in. He presented one of the sets to Bel.

"Okay, I'm impressed," she conceded, as he fastened it around her neck. The beads were a pearly onyx, highly polished and smooth, and they felt cool around her neck—*not* like where Javier's hands touched her, sending a little jolt of excitement running from her neck all the way to her midsection. "You're . . . very . . . good."

"In more ways than one," he whispered in her ear, his hands lingering a moment too long at her neck. Taking an earring, three dangling onyx balls, he removed her plain gold studs and deftly inserted the new ones.

The sensation of his fingers at her neck and ears was almost more than Bel could bear. The hairs on her neck stood upright, electrified, and her earlobes felt like erogenous zones. Something thick and sweet gathered in her stomach, spreading slowly through her body like sun-warmed honey.

She leaned against him, her back to his chest, letting him support her.

"Tonight," he whispered just above her ear, "you must wear this *conjunto* for me . . . and nothing else."

His words, and the soft ruffle of air at her ear, sent a chill down her spine. She fingered the beads gently, marveling at their cool hardness against the heat of her skin.

"Tonight?" she said. "Here? Now?"

"Soon," he promised, dropping a brief but burning kiss on her neck. Then he took her by the shoulders and turned her around to face him. "But first we mingle."

He tucked the other necklace and earrings in his shirt pocket.

"And who's that for?" Bel teased as her body partially came back to itself. She could move on her own power now, though the anticipation that raced just beneath her skin hadn't diminished at all.

"Lydia," he said. "It's not really her style. Too traditional and conservative. But she might like it later." He shook his head. "Let's go dance."

It was dark now, and the lights rigged across the plaza sparkled. A full moon was rising behind the church spire, adding its glow to the brightly lit scene.

The *mariachis* had left the bandstand, and a lively *conjunto* group had taken the stage. The beat was infectious, the lyrics a mix of English and Spanish. Sometimes they mixed verses, sometimes whole songs in one language or the other.

"How much do you understand?" Javier asked as they got the feel of the rhythm at the edge of the crowd.

"A lot," she said, listening carefully. She was surprised as she realized just how much she did grasp. "Lots of crying and loving."

"What else is there to life?" He held out his hand and guided her into the middle of the crowd, where several couples were already dancing. Most did a simple two-step, but others moved intricately through twists and twirls with nothing more than a touch to communicate the next step.

What a difference from the last time we danced! Bel thought. That night he had been forceful, possessive, even embarrassing. But this was comfortable. They moved together as easily as if they'd been dancing together as long as the wrinkled, white-haired couple to their left.

It felt good in his arms, she thought, not for the first time.

He gathered her tighter, sliding from a brisk two-step to a slower waltz tempo. Bel gazed dreamily around, seeing the elderly couples moving with the same easy grace as the young ones. From the corner of her eye, she thought she saw Lydia with David, but then Javier led her in a slightly different direction and she wasn't sure.

As the hour grew late, the merchants and vendors began to close shutters and stalls, coming to join the crowd in the square. The food vendors were still doing a brisk business—dancing was hard work. The grills sizzled as meat and vegetables were tossed on, and pot lids rang as workers dished out chili, rice, and beans.

The square grew even more crowded, bustling with people dancing, laughing, talking, and gesturing wildly in both languages. The place hummed with life and energy, a far cry from the Midwestern reserve Bel had known all her life. She leaned into Javier and breathed it all in, marveling at all she'd come to see and understand in such a short time.

"Thank you," she whispered.

"For what?" Javier's voice was husky.

"For the beads, for the bargaining lesson, for being with me. For everything, I guess. I felt very . . . accepted in Río Verde today."

"De nada," he replied, putting his hands on her elbows and inclining his mouth to hers. He kissed her gently, then said seriously, "Isabel, I know I haven't been easy on you. I didn't . . . trust you, that someone like you could come here and understand us, our values and culture. I was wrong."

"Thank you, Javier. It means a lot to hear that. I do feel that I somehow fit here. It's just what I hoped for."

"What's that, *corazón?*"

The endearment hung on the air like a sparkling droplet of water, fragile but beautiful.

"It sounds silly, but one of the reasons I chose Río Verde was so I could try to find part of myself. My father died when I was so young, I never knew that part of my heritage. Dr. Rodríguez understood, and he was going to help me. You don't know how devastated I was when I arrived and he was gone, and all I had was *you*."

Javier laughed. "You never showed it. You were all attitude, full steam ahead. But you should see yourself now."

Looking up at him, she saw both warmth and promise in his eyes. Acceptance . . . and maybe more.

"I like it here, Javier. It's not just learning Spanish, or the work, which is great. It's the way the people are—they care, they love life and family and music . . ." She nodded her head at a cluster of older couples still dancing nearby. "Life never stops here. No one's too old to belong, or to have fun or . . ." She broke off and shrugged helplessly. "I can't quite explain it."

"You did fine, *querida.*" He took her by the hand and led her out of the dancing crowd and up a side street.

They walked together in the moonlight. A few billowing clouds scudded against the sky, playing hide-and-seek with the fiesta moon. They said no more; they didn't need to, and the quiet between them was restful, a blanket of understanding.

A few blocks away they came to Javier's vehicle, and he opened the door for her, held her hand as she climbed in. There was a moment of utter silence as he closed the door behind her, blocking the remaining noise from Fiesta, and Bel closed her eyes and floated in it for a moment.

She watched him from the corner of her eye as they drove home. He looked good in the moonlight, like a powerful Aztec god, bronzed and handsome. Something a bit . . . more than a mere mortal.

When they pulled into the driveway, Bel didn't even think about going to her own place. She followed Javier into his. Wordlessly he led her down the darkened hall to his room, where he closed the door behind them with a solid click.

He flipped on a light, but only for as long as it took to light half a dozen candles on the desk and bedside table. The smoke curled up in thin black ribbons as the wicks caught fire, and then he turned off the lamp.

He reached for her then, and Bel did not, could not, resist. He pressed his lips to hers, teasing her, tempting her, making her want what she would have believed impossible only a couple of months ago.

He kissed her again, hard and driving, and Bel surrendered. She wrapped her arms around Javier, pulling him hard against her, reveling in the gently scratchy sensation of his upper lip against hers. She opened her mouth to welcome his tongue, prodded back with her own, enjoying the give and take of a lovemaking that promised, finally, to satisfy every need.

Her body was melting inside, turning warm and eager. She wanted to meld her femininity with Javier's exquisite maleness, her curves to his angular planes, her softness to his rigidity. She snuggled close, feeling his risen passion unleash a rush of desire that coursed on top of her skin and along every nerve fiber beneath. Her limbs trembled with anticipation, and she knew that she couldn't wait much longer. Spontaneous combustion would ignite them like a dry cottonwood tree if they denied what their bodies cried out for.

"Isabel," he groaned deep in his throat. "*¿Estás lista?*"

"Yes, oh yes," she murmured back, nibbling and

tasting his mouth, his face, his neck. She was ready, more than ready. She was on fire, trembling, eager to receive and be received.

Wrapping one arm around her shoulders, Javier placed the other just beneath her bottom and lifted her off her feet. She tucked her arms around his neck in acquiescence, and he carried her the ten paces to his bed.

He had left it turned back this morning, exposing the crisp, deep-pocketed white sheets and a soft red blanket. A red and tan bedspread lay over the iron footboard. A faint aroma of cedar and sandalwood scented the air.

He slid her down, down, down onto the mattress. It was soft, like sinking into a cloud at first, but then she hit the bottom of the feather cover where the mattress grew firm, able to support them both. She reached for Javier's hands, pulling him down beside her on the bed.

He was warm next to her, and his weight made a second little hollow in the feathers where she could rest, too. For a moment, Javier lay there, looking at her, consuming her with the fire in his eyes.

"No tengas miedo, corazón," he whispered. "I will never hurt you."

He disentangled his hands from hers, and reached for her face. Slowly he traced the outline of her soft, smooth hair with his fingertips, sliding over her ear and down the clean, straight line of her jaw to her throat. He stroked her neck, caressed her ears again, pulled out the pins with which she'd held her hair back from her face. It tumbled down, and he spread it out over the pillow like a golden-brown fan.

He lingered at her face, her hair, her shoulders, for what seemed like forever. His hands barely touched her, but they succeeded in adding layer upon layer of sensation, of pleasure, of arousal. Her skin felt exquisitely tight, with fire and need pulsing just beneath the surface.

Reaching underneath her, he found the zipper that held her dress together and tugged it down, down. He gathered the fabric from her shoulders, the sleeves down her arms, and pushed the whole thing past her waist and into a pile at the bottom of the bed.

He slid a finger under her bra, a shimmery translucent scrap of nylon. He flipped open the front catch and pushed the cups aside, releasing her breasts to his sight—and his hands.

He moved his hands then, lower, lower, tracing patterns on her naked flesh, the space between her breasts, her abdomen, the sides of her rib cage. The sensation was exquisite, his touch like kerosene to a lighted match.

Fire kindled and built deep inside her, spreading out from her center to her limbs, warming her, turning her skin into one huge erogenous zone. All Bel could do was feel, take the pleasure Javier offered her like a drug.

He smoothed his hands over her back, her belly, then higher, higher, claiming at last her breast.

Javier groaned. Bel groaned, feeling desire pool in her center with an ache that she thought might never subside. She reached for Javier's shirt, tugging it loose from his jeans, fumbling with the buttons until she gave up and frantically pulled it over his head. She ran her hands over his smooth, light brown skin, then wrapped her hands around his neck to pull him on top of her.

Javier just smiled and unlocked her arms, pushing them back to the bed and over her head. She was stretched out as far as she could stretch, and Javier drank in the sight of her.

"Eres una maravilla, tan bella," he murmured softly, lifting himself to his knees and nuzzling her stomach with his cheek.

Bel's breath came in ragged little gasps, her breasts rising and falling with each shuddering intake of air. Now Javier was kissing her again: her belly, the bones of her chest and neck, the soft spaces between her torso and her arms. He played all over her, moving here, moving there, and always, always delivering pleasure.

She closed her eyes for a moment, and when she did she gasped. Javier had latched onto her breast and was playing it with his mouth like some exquisite instrument. Something sharp and painfully sweet shot straight to her core as his mouth touched her, bursting inside her like a shower of fireworks.

She groaned again, pushed herself against him, marveled at the utter delight of flesh on flesh.

"Now," she pleaded. "Oh, Javier, please, now!"

Javier increased his slow, steady tempo, but not nearly as much as Bel needed. He trailed kisses all down her body, pausing to remove her damp, shimmery panties and deposit them alongside the rest of her clothes.

Then he resumed kissing her. He couldn't seem to get enough of tasting and touching: across her stomach, thighs, knees, feet. Every inch of her was alive, aching, eager, and she wanted him. Oh, how she wanted him!

Straightening her arms, she reached for his belt, slipping the heavy brass buckle from its place and tugging desperately on the buttons to his jeans. Beneath them, she could sense his own aching need, and desperately she tried to unleash it. Javier helped her slide the denim off his body, then his briefs.

"Corazón," he whispered hoarsely, "are you . . . safe? From . . ."

She looked at him stupidly for a second, then understood his question. "Y-yes," she whispered, desperate to quench the flames licking at her body, but knowing she had to reassure him. "But I haven't needed protection for a long time, and I just . . . started this month. It would be good to have some . . . backup."

Javier stretched over her and reached into his bedside table drawer, pulling out a foil-wrapped prophylactic. "I have just the thing, Isabel," he said deep in his throat. "It's been waiting for you. But only this month. I want nothing to come between us . . . next time."

Two seconds later, everything was in position, including Javier. He'd stretched back out on top of her, supporting his weight with his knees and forearms.

His chest was smooth and muscular, with only a few curling hairs. His stomach was flat and taut, and the rest of him was, well . . . all male. Exquisitely male. Perfectly male. Made for her.

Eagerness and hunger flared in her, and Bel wrapped her body around him. In a moment, they had fitted themselves together like pieces of a puzzle, at last complete and whole.

He filled her deeply and completely, and she was ready and welcoming. She rocked her body against his, meeting Javier's demands for satisfaction with equal demands of her own.

The magic his body worked on her astounded her only later, when she thought of it. At the time, she could only revel in the heat, the passion, the thrill of union after such a long, tense buildup. She took

him in and kept him for herself, matching him kiss
for kiss, caress for caress, thrust for thrust.

Then her center coiled and tightened, tensing for
release. Javier slid over her, back and forth, setting
off tiny ripples of excitement in anticipation of the
final moment.

And then she reached the top. She tensed for one
last infinite second, then shifted to something bright
as a new copper penny. Her climax was both intense
and tender, sharp and yet soft, yielding. She melted
around him, and with a final guttural cry, Javier slid
home one last time, his own release finally freed.

They collapsed together, their bodies slick with
spent heat and desire. He gathered her in his arms,
placing her head on his chest as his left hand
roamed idly up and down her side, pausing at the
curve of her hip and the swell of her breast, adding
another easy layer of pleasure to the profound ones
she'd already experienced.

Bel sighed, pillowing Javier's head on her breasts,
and drawing little circles on his back with her index
finger. "That was . . . wonderful. I could get used
to that."

"I may have to send Lydia to spend the night away
more often," he rumbled, then added quietly, "You
understand, don't you, Isabel? This can only happen
when she is not here. Even that doesn't set the right
example for her . . ." He shook his head. "I'm only
a man, and I couldn't wait any longer for you. I wish
you were ready to marry me, but I don't think so, ¿no?
Not yet."

"Marry you?" Bel said, suddenly alarmed. She'd
only begun to know him; it would be months before
she could even think about that kind of commitment!

She shivered nervously. What was Javier thinking?

That if they were ready to make love, they were ready for marriage? Impossible.

You only chose marriage when you were sure, sure about the man, sure that you wanted the same things, sure that your values were similar. That kind of certainty didn't come after one act of lovemaking, no matter how spectacular.

She shivered again, and Javier reached down and pulled up the sheet and blanket, tucking it around them both. He cuddled her close and stroked her hair, still spilled across the pillow.

"Don't be so afraid, Isabel," he whispered. "I'm not asking now. But it's something you should . . . think about. For the future."

He emphasized the last word, and smiled at her, warmly, reassuringly. Taking a deep breath, Bel relaxed a fraction and dismissed her earlier thoughts. It would be all right. Javier understood her concerns.

And she understood his. They could be discreet—for Lydia's sake—even though the girl knew far more than her father wished about adult relationships, about life and love.

She smiled back and said lightly, "I think we should take advantage of our time alone."

His eyes gleamed mischievously, and he began to kiss her. "I'd be crazy to refuse."

Closing her eyes, Bel let him love her again. Her passion built slowly and deeply, her release again as intense as anything she'd ever known. They were good together, she thought sleepily as she snuggled in his arms. That should be enough for now.

Outside, a fine, gentle rain began to fall.

Eight

Five days later, the rain hadn't stopped. It was steady, constant, wearing, and it had begun to fray everyone's nerves.

But even the rain and gloom couldn't diminish Bel's inner glow. The magic with Javier had been repeated the next night, when he'd eagerly agreed to Lydia's request to sleep over with her friends again.

He'd behaved like a perfect lover, bringing her breakfast in bed, drawing her bath and strewing it with flowers, washing every inch of her so he could love her again. He'd been amazing: sympathetic, understanding, imaginative, tender.

A man to be close to. To . . . love in every way possible.

She found it hard to believe, but true nonetheless. Javier had found a way into her heart. Their bad start had faded from her mind, replaced by this new relationship. She felt safe, accepted, cherished.

She hadn't expected *that* to come from her search in Río Verde. But it had. Oh, how it had.

Javier did still try to meddle. But only about things he knew—like practicing her Spanish or her running. He mostly kept the clinic out of their conversations, and she was grateful for that. It kept the verbal fireworks to a minimum.

But the physical ones . . . She couldn't get enough of those. The question ate at both of them: When could they be together again?

Tonight they'd have to restrain themselves to Spanish lessons and a few quick kisses. But Friday was approaching, and that brought its own promises.

"Mail's here. Finally," Alicia said, bringing a pile of envelopes and medical journals into Bel's office and handing it to her.

"The rain's slowing everything down, isn't it?"

Alicia nodded. "The mailman said it's getting hard to make the rural deliveries. There's standing water on some of the roads."

"Let's hope this weather ends soon." Bel flipped through the envelopes.

"I kept the lab reports," Alicia said, stepping back into the main office. "I'll pull the charts and match them up, then bring them in."

"Thanks." As Alicia left, Bel opened the envelope marked Austin Pharmaceuticals.

Her hands trembled just a little. So far her quest for corporate lab funds had yielded only rejections, but this letter felt different—a little fatter. She pulled out the sheets and read them. Read them again. And picked up the phone as Javier knocked on her door.

"I was just calling you," Bel said warmly, standing up and going to him. She closed the door behind him. "I have news."

"So do I." Javier reached behind him and clicked the lock. Setting aside his dripping umbrella, he opened his arms for Bel and kissed her—a real kiss, not the traditional peck on both cheeks.

Javier tasted like rain, and Bel gave herself over to the cool sensation, wanting it to last as long as possible. But finally they came up for air, and Bel lazily brushed away a drop from his cheek. Then, pressing her hand to his face, she stepped back.

"You go first," she said, eyes bright.

"Be prepared to love me when you hear this news," he said smugly.

"I already do," she said without thinking. Then, realizing how it sounded, she added quickly, "Everybody does."

"What if I told you you're going to get your lab?"

"Well, yes," she said slowly, not understanding. "Eventually. We've got the Fiesta money and—"

"I mean all of it." He grinned like a kid in a candy store. "I just talked to Silvia Rodríguez, Doc's widow. She's going to endow the clinic lab as a memorial to her husband." He named an impressive figure. "Should be enough, don't you think?"

Isabel's eyes grew wide. "I can't believe it!"

"Believe it. I started talking to her about it a while back. And after discussing it with her children, she decided it was a good cause. Aren't you impressed?"

"Oh, Javier, I am. In fact, we may be overflowing." She picked up the letter from Austin Pharmaceuticals and handed it to him "This just came a little while ago. Read it!"

He scanned the letter, and his smile faded, his face turning stern.

"They're donating everything I need for my blood work," Bel said excitedly. "Chemicals *and* equipment. Isn't that great? With that, and the Fiesta money, and Mrs. Rodríguez's donation, well . . . we'll have the best-equipped lab in three counties. Heck, we might even be able to hire a part-time tech."

"Isabel, didn't I ask you not to go to corporate donors until after Fiesta? Until we'd seen what we could do locally?"

She looked at him in confusion. "Y-yes. But when I figured out what we'd get from Fiesta and the booth, it wasn't enough. Raising money takes a long time, so I went ahead and started. I *had* to."

"Couldn't you have trusted that I knew what I was talking about?"

"Couldn't you have told me what you were doing?" she countered. "You were working on this when I was writing Austin's proposal. If I'd known what was going on, I could have held off."

"It was a delicate negotiation. Her husband had just died. I didn't want people pressuring her." He tossed the letter back on her desk. "These Austin people want the lab named for them. *Señora* Rodríguez wants the same. What do you propose?"

"Well, *obviously* it should be named for the Rodríguezes. But it's stupid to refuse Austin's donation over *that*. I just have to explain the situation to them."

She looked at Javier, glowering across from her, and the sight unsettled her.

What was going on? Why was he so angry? This was good news, his *and* hers. It needed a little smoothing out, but that was no big deal.

To look at Javier, you'd think she'd gone and blown up the plaza, or worse.

This wasn't the man she'd made love with just a few days ago, who she wanted desperately to be happy for her. No, this one was a throwback to the man she'd met her first day in Río Verde—arrogant, overbearing, and controlling. This man gave orders and expected them to obeyed.

"This is good news, Javier," she said, bewildered by his attitude. "We solved the lab problem. You should be thrilled. So what's the matter?"

"I resent outsiders coming in and just giving us

things, when our own people were willing to do it all."

"Oh, not again, Javier." She sighed. "Self-sufficiency is a noble goal, but you have to be practical. I couldn't have expected *Señora* Rodríguez's memorial for the doctor. I *had* to make things happen. The lab was too important."

"Yes, but it wasn't all your responsibility. It was mine, too, and the board's. You do *not* always know best. When are you going to understand that? You've only lived here a couple of months. Stop trying to make us over!"

"I'm not trying to do anything like that! Corporations help communities all the time—it's not a crime to ask."

"No. But your actions just show that you haven't learned what this community is about at all. If I say I'm behind you, I'm going to find a way to do it. You just don't trust that, do you?"

"I trust myself first."

"That won't get you very far in Río Verde. We rely on each other. Interdependence is our strength, not independence." He shook his head.

Bel took a deep breath, looked at him in dismay, tried to speak, but couldn't. The words just strangled her.

"There's more?" he asked incredulously. "Out with it, Isabel."

"I talked to the editor of the newspaper a couple of days ago," she said slowly. "He wanted to do a feature on me, the changes at the clinic and the like. Of course, I mentioned the lab, and he said it would make another good story. He's supposed to call you."

"What?" Javier sounded really angry now. "When

were you going to tell me this? Or were you just going to let me be blindsided?"

"I'm telling you now. Besides, you're the mayor. You talk to the media all the time. The lab wasn't a big secret. Now you can announce both donations, and look like a hero."

"Isabel, you don't alert the media until you report to your board. Why do you insist on playing the renegade? Can't you ever do what you're asked?"

She was tired of being chastised for doing her best. She said hotly, "When you tell me something that makes sense, I do it. Like keeping Alicia. Or brushing up my Spanish. But one of these days, waiting for the lab was going to cost lives. I couldn't take chances with that. I'm sorry you don't like it, but it's done."

"You're way out of line, Isabel," he said tightly. "If you don't cut the hotshot act, we'll have no choice but to terminate you when your probation is up."

Bel leaned on her desk, stunned by Javier's words and the depth of his anger.

"You're serious, aren't you?"

"Like a heart attack."

She stared at him in stupefaction. "You ought to be on your knees thanking God that I did this. It benefits all of Río Verde, every single family."

"And in Río Verde, we like to cooperate, not co-opt," he retorted. "I thought you'd learned that by now."

"I've learned a lot of things," she shot back, her patience gone. "And the biggest is that you want to control everything—my practice, your daughter, this town. But you can't. Especially not me."

She was right about that, he knew. He did like control, liked knowing things were the way they should be, liked people to behave in certain well-defined ways.

But Isabel hadn't cooperated since the day she drove into town. She defied convention, defied definition, defied orders. She threw him for a loop every time she walked into a room—professionally and personally.

"You just don't get it, do you, Isabel?"

She drew her lips in a thin, taut line. "I get that you're threatening me. In spite of everything we've shared. Well, go ahead. Haul me before the board."

She punched a button on her telephone and a dial tone filled the room. "In fact, let's take an informal poll right now."

She flipped open her Rolodex, found the board members' phone numbers, and dialed.

"Hi," she said to Julia García. "Javier and I want your opinion. Austin Pharmaceuticals has agreed to donate a lot of blood work equipment and supplies for the clinic lab. And *Señora* Rodríguez is also making a sizable contribution. Do we have to decline the Austin donation to accept *Señora* Rodríguez's?"

Five calls later, their standoff could only be called a draw, and Bel was stunned. No one had seemed sympathetic to what she'd done and why, and she'd had to listen to old Hilarión Hidalgo lecture her for ten minutes about usurping authority.

In the end, though, no one was willing to reject either donation outright. The lab was the bottom line—"A good draw for the clinic and the town," Julia García said. But no one had congratulated her on her work, though they'd seemed genuinely pleased with Javier.

"Well, that's done." She smiled grimly. She would not let him see her disappointment or her hurt.

"For now. But all this . . . insubordination will

come back to haunt you, Isabel. It's not enough to be a good doctor. You have to play by the rules."

"Your rules, you mean."

"Mine, the board's, it doesn't matter. The point is that you don't make all the decisions here. We work together."

"You're as independent as I am, Javier. You just try to camouflage it with talk of cooperation. But if you really wanted to cooperate, you'd have told me what you were doing. You wouldn't have shut me out."

She opened the door and handed him his umbrella. "I have work to do. Good-bye, Javier."

She ushered him out and flipped the lock closed behind him.

Dear God, what a nightmare. And it had all started so promisingly. Her lab, a reality. Enough money and equipment to do everything she needed. Javier coming through, for her.

No, not for her. For Río Verde. She was still the outsider here. And now she was being maligned and misjudged for doing her job in the best way she knew how.

She'd thought she was doing all right, better than all right, fitting in. But she was clearly mistaken. She'd thought Javier cared for her, but she was wrong about that, too. No one who cared would have trampled her feelings and her work so thoroughly.

Well, it wouldn't do much good to sit there feeling sorry for herself. She had work to do. She had a lab to plan.

And the rest of her goals? To belong? To explore that part of herself?

Sorry, Daddy. It's just not working. I came to it too late.

I have your name, but nothing else. I just have to accept that.

And so would everyone else. Including Javier.

She didn't appear for their nightly Spanish lesson, and her car still wasn't in the driveway when he went to bed. He didn't see her run along the river the next morning, although almost nobody else ran, either, because of the incessant rain. And Alicia wouldn't put his telephone calls through.

Isabel was mad—very mad. That much wasn't hard to deduce.

Javier was still rather annoyed himself. She'd gone directly against his request by appealing to Austin Pharmaceuticals, and that grated. But when he'd finally calmed down, he realized she'd been telling the truth. She'd only done it *for* Río Verde, not for herself. The lab stayed in town whether Isabel was there or not.

He shouldn't have threatened her—or her job. There were better ways to deal with this little act of rebellion. If he couldn't find one, then he was getting a little too close to the situation.

And close he was. That was the whole problem. In less than a week, Isabel had become a fixture in Javier's head and his heart. And when he was being really honest with himself, he admitted that he'd really like her as a fixture in his home—and his bed.

But it was too soon for that. Not for him, but for Isabel. Despite all her progress, she still had a lot to learn about Río Verde, about their way of life. He had to give her time, keep showing her how to adapt, and that he cared. So that one day she'd believe, as he did, in them—together for good.

But first he had to mend this quarrel.

Flowers and dinner were always a good beginning. He'd make a quick trip to the store and get started before she got home. She'd *have* to let him in if he appeared on her doorstep with food and flowers. They could talk. Maybe even plan to make up next weekend.

Now, where were his keys?

Javier looked through his briefcase twice, and then a third time for good measure. Not there. They weren't in his pockets or on the coffee table or in the kitchen, either.

Lydia had driven them home from school with her own keys. Meaning he'd probably left *his* in his class-room desk.

He muttered a mild oath in Spanish. "Lydia!" he called, heading toward her room. He tapped impatiently on her closed door and, without waiting for a reply, opened it.

Lydia was at her desk, math book open, the telephone stuck to her ear. "I'm on the phone," she said pointedly.

"I left my keys at school," he explained. "You want to run me over to pick them up, or just lend me yours?"

"I'm on the phone," she repeated, but when he glared at her, she told her friend to hold on. Setting the receiver down, she walked over to the bed where her backpack lay. She thrust her hand to the bottom, feeling for the keychain, but though Javier could hear the keys rattling, she couldn't get hold of them.

"Oh, for crying out loud, Lydia," he said, as the keys jangled again, eluding her. "Just dump the thing."

He picked up the pack and turned it upside down. Books, folders, papers, pens, notes, breath mints, a magazine, and a lipstick tumbled out. So did the keys.

And on top of the keys landed a circular plastic pill case with a push-out foil bottom. Nearly half the pills were gone.

"Dad!" Lydia cried in horror, and began stuffing her things back into the pack helter-skelter.

Javier picked up the pill case, looked at it slowly. It took a moment for him to identify it, but when he did he couldn't control his anger or his disappointment.

"Did you ask for these, or did Isabel just give them to you?" he said softly, but with such fury in his voice that Lydia took a step backward.

"It's not your business, Dad," she said bravely. "It's between Dr. Sánchez and me."

"You bet your life it's my business! You're my daughter, you're still a minor, and you live in my house. What you do is *always* my business."

"I'll be eighteen in a few weeks, Dad. An adult."

He crossed to the desk and hung up the phone with a solid click. "I don't care if you'll be forty-six. As long as you live here, you'll abide by my rules. And my rules include not sleeping with your boyfriend!"

"You did," she said defiantly. "Do you think I can't count? I know Mama was pregnant when you got married, and she was seventeen, too. But *I'm* smarter than that."

He was so blind and deaf with rage that he didn't even hear her words. How could she do this? How could she ignore everything he'd ever taught her? Everything!

Birth control pills were a license for dangerous behavior. Behavior Lydia wasn't ready for. Didn't Isabel know that? Because Lydia certainly did.

He clenched his fists at his side, livid. "You're grounded 'til you're dead, young lady!" he shouted.

"You can't do that!" Lydia glared at him, tears of fury forming in her eyes. Then, looking away, she began to stuff her belongings back in her pack, including the books from her desk.

"Watch me." With icy rage, he yanked the telephone from its jack and tossed it in the hall. He pulled a pocketknife from his jeans and used it to unscrew her doorknobs.

Lydia tried to storm past him, but he blocked her exit completely. A minute later he'd reversed the handles on her door and locked Lydia in her room.

From the hall, he said tightly, "I'm going to see Dr. Sánchez right now. You just stay put. I'll finish dealing with you when I get back."

"You can't run my life, Dad! You never will!"

Javier slammed the front door and looked in the driveway. Sometime in the past few minutes, Isabel had driven home. The lights were on over the garage.

He jangled Lydia's keys in his hand, the pills in the other, wanting more than anything to throw both of them at something. Or someone.

Instead, he stormed up the stairs to Isabel's apartment, oblivious to the rain, still falling after almost a week. He didn't even bother to knock. He just jammed the key on Lydia's ring in the lock and threw the door open.

Isabel was in the kitchen pouring a glass of orange juice. He stalked over to her and threw the plastic package of pills on the counter.

"What the hell were you doing, giving these to Lydia?"

"What the hell are *you* doing here?" Isabel swore back. "I did *not* invite you in."

He pointed to the pills, jabbing them with his index finger. "Those, Isabel. Birth control pills. What the hell were you doing giving them to my daughter?"

She stiffened. "How did you find out?"

"It doesn't matter. What matters is that my daughter is sleeping with her boyfriend. And you knew how I felt about this! How could you . . . betray me this way?"

"It's not betrayal, Javier," she said coldly. "I had no choice when Lydia asked me. She wanted to be responsible and make sure she didn't get pregnant. That's my job."

"You've way overstepped your boundaries, Isabel! Doc Rodríguez would never have done this, not without consulting the parents. Or at least warning us!"

"Then he was violating his patients' confidence, because we're not required to notify parents about birth control. I wish you hadn't found out, Javier. But it's between Lydia and me. And David. You're not part of it."

"You're wrong. This *is* my business. Lydia is my daughter."

"Your daughter, not your property!" Isabel snapped. "There's no going back. She's made her decision, and she's practically an adult. Let it go."

"She's seventeen. It'll be years before she's an adult. Until then, I'm responsible. Me, Isabel. Not you. Not Lydia. I'm the one who makes these decisions. And I don't want her on the pill, and I don't want her sleeping with David."

"It doesn't matter what *you* want. You can't control her behavior. If you try, you're just begging for the same thing to happen to Lydia as happened to you and Linda."

"I am not!" he roared. "I'm trying to prevent exactly that!"

"Then go apologize and give her back the pills. You can't stop nature from taking its course. But you can keep the consequences to a minimum."

"There are always consequences—but only some of them are biological. This is *not* just a medical problem between you and Lydia. Teen sex is a family and social issue, and I'm involved, whether you like it or not."

"But you can't make Lydia's decisions for her—only your own. And the biggest one is to help Lydia make sure she doesn't ruin her life. Hell, Javier, *we* took precautions. Don't ask any less of your daughter!"

"This isn't about us."

"You and I haven't done anything different from Lydia and David. Why is it all right for us?"

"We're adults, not teenagers."

"And I'm not your daughter," she said shrewdly. "This isn't just about age, is it? It's about double standards."

"No, it's about . . . doing what's right!" Javier burst out. "It's about waiting until you can take a relationship seriously. About not separating sex from marriage and commitment. Lydia's too young to be serious. You and I . . . aren't."

"What are you talking about?"

He paused, suddenly aware of what he'd said. Of where his anger was heading.

"We made a big mistake, Isabel," he said slowly, picking his words carefully. "*I* made a big mistake. We went into this . . . relationship without thinking through the whole process—getting to know each other, love, commitment, then intimacy. We should have set the right example."

"You can't decide those things on a timetable! We made love because it was right for us then, not as part of some bigger *process!*"

"But it should have been. That's the problem. I thought we *were* making love, that it was a prelude to something . . . more. I thought you were . . . serious about me."

She stared at him, incredulous. "W-what do you mean, serious? I don't give myself casually, Javier. We made love because we couldn't last another hour without each other. Or don't you remember?"

"I can't forget."

"Neither can I," she said gently. "It was wonderful. But it doesn't *have* to lead anywhere else."

"It *should.* That's where you and I part company, Isabel." He pushed back a wet shock of hair and shook his head sadly. "We disagree on this fundamental thing. And then you failed to respect my wishes as Lydia's father."

"Lydia's needs came first."

"Her needs and my wishes are related."

"You don't get it at all, do you, Javier? Lydia's growing up, experimenting. Our job—yours *and* mine—is to protect her, to help her make the best choices she can."

"And the best choice is saying 'no.' Neither one of us has gotten that message across to her. But she's my daughter, so I have to try harder, set a better example. Show her that waiting for intimacy is not only possible but preferable."

"I tried all that!" Isabel exclaimed. "She's not listening."

"Then I need to speak louder. Or softer. Or something. But not with you next door, ready to subvert me or influence her."

"That's *not* what I'm doing! I'm just being her doctor. Protecting her."

Javier took a deep breath. "Lydia won't be back to work at the clinic. And Isabel," he added tightly, "find someplace else to live. Your lease is . . . terminated."

"You can't do that!"

"I can, and I have. I want you out by Sunday."

He turned to go. "I'm not proud of myself. I let my need for you overwhelm my better judgment. I should have made sure you wanted what I did—love, shared values, commitment. Marriage, Isabel. The things that really count between a man and a woman. That's what Lydia's not ready for. Or you either, I've finally discovered."

"I do want all those things, Javier," she said helplessly. "Just not this very second!"

He shook his head sadly. "I can't believe you. Not when what we shared was so totally different for you than it was for me. Not when you can go against my wishes and encourage Lydia to do what she's not ready for."

"I don't go around prescribing birth control for kicks. Lydia wanted it, needed it. My duty was to see that she was safe!"

"And now it's mine."

He walked to the door, opened it and stepped out under the overhang. Behind him the rain fell in sheets, and lightning flashed in the distance.

"Good-bye, Isabel. I'm sorry you didn't get your wish." He paused, and a crack of thunder rumbled. "But maybe you did. Maybe you understand what's important here now. I do again. Thanks for showing me so clearly."

He closed the door against a gust of wind and Bel stood there—immobile, stunned, incredulous.

Damn him for overreacting. She slammed her fist on the counter. Damn him!

But that's how parents often reacted. With anger and disappointment, and a little fear. She could understand that, if she tried hard. If she separated her own hurt from Javier's.

But then he'd cooled down, and it was his later talk that confused her—the rational words about love and marriage, family and commitment—as if he'd decided he'd wanted all those things with her.

She sagged against the kitchen counter. She hadn't even let herself think about those things for twelve years while she prepared for her career. They could have enriched her life, made her more sympathetic to her patients and their problems, but she'd never made time or room for them.

And now, thanks to Javier Montoya, those thoughts—those regrets—were whirling around in her mind like a tornado. They were about things she'd missed, things she'd postponed, things she might never have—things she wanted, but had never let herself search for. She was thirty years old, and she had nothing except some initials after her name. No love. No husband. No children.

Passion might be the Latin soul, but its heart was home and family. Javier had painted that picture in exquisite detail tonight, told her it could have been theirs.

But not now.

When she came to Río Verde she'd wanted to understand this culture, to belong if possible. Suddenly she understood, but now there was no belonging. The clash was too strong, too fundamental.

Truth be told, even with what she understood now she wouldn't have done anything differently. She'd still have done what she thought was best for the clinic and her patients, even Lydia.

No, especially Lydia. Or any of her friends.

She'd have still battled with Javier, and still would have made love with him. She would not regret that. It had been too bright, too sweet, too magical.

But love? Marriage? Those required trust and respect, and she didn't have either from Javier. Not to do her job. Not to use her best professional judgment. Not to care for Lydia. Or him.

There was no hope for them now. He was absolutely right. They were too different. He had a very clear idea of what she should be, and she was not that kind of woman. She was just herself, and that wasn't enough for Javier.

It wasn't fair. To finally get to the place where she knew what she wanted, what she needed. To finally understand, to have it within her grasp. And then to watch it all smashed in a matter of moments. It just wasn't fair.

But life wasn't fair. She knew that. She'd just never experienced that fact so painfully before.

She leaned against the counter and rested her head in her hand, listening to the storm outside echo the storm in her heart.

It blew, it slammed against her windows and doors. It whistled round the eaves. It crackled and boomed, and lit up the darkest corners of her living room with an eerie white light.

It thumped.

Thumped? No, the thumping wasn't from the storm. That was someone pounding at her door.

What kind of fool was out on a night like this? She didn't care. She wasn't answering the door. She was tired and heartsick.

It thumped again, and she clenched her teeth, not moving.

"Open the door, Isabel!" Javier yelled over the storm. "Or I'm letting myself in!"

"Go away!" she spat out. "Just go away!"

The lock clicked open and Javier crossed the threshold, his hand extended. He was dripping wet, his hair plastered to his head, his jeans molded to his legs.

"I need your car," he said grimly. "Give me your keys."

"Are you crazy? Use your own."

"I wish I could. But Lydia must've hot-wired it. It's gone, and so is she."

Nine

"She can't have gone far," Bel said calmly, slipping quickly into her professional mode—detached and cool. If she didn't, she'd push him right back out in the storm and slam the door behind him.

From the looks of him, Javier needed help. Lots of it. And helping was her job, after all.

"Have you called her friends?" she asked. "David?"

He shook his head, sending rain droplets flying. "I came right back here."

"Call them." She stepped aside and let him pass to the kitchen, where the phone was. "Call them. If she's not there, we'll drive around and look for her."

"I don't want you along, Isabel."

She shrugged, tamping down the pain of his words. "It's my car. She's my patient. I drive, or you call somebody else." She handed him the telephone receiver and headed to her room. "You decide. I'm going to change."

Three minutes later she was back, dressed carelessly in forest green sweats, thick socks, and rain boots. She carried a slicker and umbrella over her arm.

"She's not with any of her friends," Javier reported. "Not at David's either. He's not back from football practice yet, and he was due an hour and a half ago."

"She's with him," Bel said grimly. "We'll check the school first, but they're probably already gone. Where would they hang out?"

"The river, probably, but not on a night like this. With all this rain, it could flood anytime." Now Javier sounded almost worried, his voice catching in his throat. "They've got to be just driving around. Maybe the pizza place."

"You hope. Let's go." She grabbed her keys and wallet, tossed Javier the umbrella, and headed out the door.

She started the Cherokee and pulled out of the driveway. By now she knew her way around Río Verde, and she maneuvered the rain-slickened streets easily. Pulling into the school parking lot, she saw a half dozen cars still by the boys' locker room.

"Any of them look familiar?" she asked Javier.

"Yeah," he said flatly. "That silver Escort. It's David's."

He opened the door and dashed through the rain into the locker room. He reappeared a couple of minutes later, climbed back in and reported brusquely, "The coach says David left on time. Lydia must've been waiting for him."

"Where to?"

He shook his head. "Drive through town. Let's try David's house. If they're not there . . ." he clenched his fist and didn't finish his thought.

There was no sign of them at David's house, and his parents promised to call the moment David arrived home. Next they drove through the town half a dozen times, stopping at Lydia's friends' houses, watching the street for Javier's truck. They never saw it.

"We need to try the river," Bel said finally, turning the vehicle onto the narrow county road that led in that direction. She drove for another three-quarters of a mile to the stretch of the river where Javier said the young people gathered.

She switched to four-wheel drive and drove half-way down the embankment toward the river. Something was glinting in the headlights. She flipped on the high beams and pointed.

"There! About five hundred yards. Do you see it?"

Javier's red pickup stood on the bank, water rushing up to the wheel-wells. Its front end had plowed into a cottonwood tree.

Bel swore and put the vehicle in reverse. The tires spun and she jiggled the steering wheel, trying to find traction on the muddy slope.

"Stop!" Javier shouted. "Let me out! If they're down there—"

"I've got to get back on solid pavement," she said, clenching her teeth and gunning the engine, "or we'll never be able to help them."

Finally the Jeep found purchase, and Bel managed to drive it back to the road. Before she stopped, Javier jumped out of the vehicle and raced toward his truck. Grabbing a flashlight and her medical bag, Bel followed on his heels.

The ground was soggy, and Bel sank up to her ankles in the soft earth. She aimed the flashlight in front of her, the brilliant halogen bulb cutting a path through the darkness and rain. Javier was already a hundred yards ahead, plowing through the mud and knee-high water, unstoppable.

He reached the truck and jerked open the door, thumped the seats. Nothing.

"Lydia!" he yelled. "David! Where are you?"

Bel moved faster down the hill, cutting on the diagonal to improve her stability. She shifted the flash-light back and forth to see if she could see anything human moving beyond the rushing water, but it was no use.

"Javier, come back!" she shouted. "You're going to . . ."

Her words were lost as a wall of water slammed into him, knocking him off his feet. He was swept away, his head disappearing under the black, cold storm surge.

"Javier!" she shrieked, racing to the edge of the speeding water, her flashlight trained downstream.

Exactly what might have happened to Lydia and David, too, she thought in a panic. *Except they might have been injured, as well.* She muttered a curse and then a prayer. *Let them all be safe, God. Don't let it end like this.*

Wait! There . . . a hundred yards downstream. Javier's head bobbed up from the water. He was gasping for breath and flailing. Now he was swimming at an angle, against the current, trying to get out of the raging black water.

Bel turned and ran toward him. She stayed clear of the flooding, up where the embankment was steep, ready to grab him if he got close enough.

He stumbled to his feet, coughing and sputtering. Bel was only a few paces behind him now. "Hang on, Javier!" she screamed, desperate to be heard over the roar of the wind and the rain.

He staggered far enough so that the water only licked at his calves. Reaching him, Bel wrapped her hand around his arm and pulled him the rest of the way out.

He coughed again, spitting out the water he'd in-haled when the first wash had surprised him.

"Are you all right?" Bel demanded, helping him

to sit on the hill, knees bent, his head held between them.

"Yeah," he wheezed.

She lifted his head and shone the flashlight on his face, his eyes, his head. He had a lot of deep scratches, and he'd be black and blue in a couple of days. And there, on his forehead, was a cut that still spurted blood. She pushed back his gooey hair to get a better look. The cut was jagged and deep.

God, he needed stitches. And there was no way she would drive him seventy miles in this weather, with Lydia missing, when she could sew him up herself. Besides, they weren't involved any more. She just hadn't had a chance to get used to the idea yet.

"Who are you? Where are you?" she asked, to be sure he was thinking clearly.

"You know who I am, Isabel. We're looking for my daughter." His voice keened in desperation. "Where *is* she?"

"You didn't see either of them?" She opened her medical bag and found a paper packet. Tearing it open, she pulled out a thick square of gauze.

Javier shook his head, and blood dripped down his face. Bel wiped it with the gauze, then touched the square to his cut, lifting his hand to hold it in position.

"They had an accident," Bel said tightly. "But they must have been okay enough to get out and look for help."

"But if the river was rising like it is now . . ."

Bel didn't answer. There was no point in alarming Javier any more than he already was.

"Come on," he said abruptly. "I want to tell the sheriff we found the truck. They'll be able to comb the county faster than we can."

"And then we're going to the clinic," she added. "You need stitches."

Ignoring her outstretched arm, Javier hauled himself to his feet and made his way back to the Cherokee on his own power. He settled into the passenger seat while Bel climbed in the back and fished for the towels she kept for washing the car.

"Here. Dry yourself off." She handed him the towels and started the engine, flipping the heater to "high."

She headed out on the narrow road. She drove faster than she should, trusting the Cherokee's four-wheel drive to keep her on the asphalt and gripping the steering wheel like there was no tomorrow.

She shot a glance at Javier. He sat bolt upright, stern and tense and very, very pale. He looked a little shocky.

"Put your head down for a minute," she ordered.

He ignored her. "I'm watching the sides of the road," he said sharply. "If they're walking, I don't want to miss them. And slow down."

Wasn't that just like him? Trying to control himself and everything around him—even with a head wound.

But his daughter was missing. With her boyfriend. And a crashed car. What else could Javier do but hold himself together by barking orders? His world had spun out of control tonight, so he did what he did best. The alternative was unthinkable.

What was that? A set of flashing blue lights came straight at them, and she slowed down to let the sheriff's cruiser pass. The deputy stopped beside her, rolled down his window and gestured for her to do the same.

"Turn around," he called. "Road's washed out up ahead. We just blocked it off."

Javier leaned over. "Who's that?" he asked. "Joe? It's me, Javier."

"What are you doing out tonight? This weather's not fit for dogs."

"I want an APB on my daughter Lydia. And David Silva," he barked. "She took off tonight in my truck. We found it by the river. They'd been in an accident, but they weren't in the truck, so they could be looking for help. Did you see anything down the road that way?"

The young deputy looked alarmed both at Javier's words and his tone. "N-no, Javier," he said quickly, reaching for his radio mike. Quickly he relayed Javier's information to the dispatcher, and a few seconds later the radio crackled with the order to look out for Lydia and David.

"You going home?" the deputy asked. "Is that where we should bring them?"

"We're going to the Río Verde Clinic first," Bel said. "If you find the kids, bring them there. I'm Dr. Sánchez, and I'll want to look at them before they go home."

"Yes, ma'am," said the deputy, and drove off.

Bel had put the Cherokee in reverse to turn around when Javier put his hand on the steering wheel.

"No. Go down this road. Joe wasn't looking, and I don't want to take a chance that they're there and hurt. This thing has four-wheel drive. We'll be all right."

She jerked the shift stick back into drive and took off, not slowing until she approached the yellow sawhorse blocking off the route. Grunting, Javier got out of the car and pushed it to one side. He climbed back in and they bounced down the pitted, broken road.

They drove for a mile, watching carefully along the side of the road for any signs of Lydia and David. They saw nothing except deep puddles of water and occasional flashes of lightning.

"Stop!" Javier shouted as the lightning flashed again.

Bel slammed on her brakes, barely missing a washed-out culvert a few yards ahead.

"This is as far as we go," Javier announced. "We ride over that culvert, we tear a hole in the under-carriage. It's no good if we're stranded, too."

Javier opened his door and grabbed the flashlight. "I'll take a look. You wait here."

He sprinted up to the culvert, which still had a portion of its cover in place. Kneeling down, he flicked on the flashlight and looked in. A second later he was helping David out and gesturing frantically for Bel to join them.

She grabbed her bag and jumped out of the car, not believing they'd actually found them—but in what condition?

Better than if they hadn't found them 'til morning, she told herself.

David was shivering and cold, Lydia whimpering, still huddled halfway out of the rain. Javier had his hand out to Lydia, but she wouldn't take it.

"Can you walk?" Bel asked David.

"Y-yes. I c-carried L-Lydia most of the w-way here. I-I th-think we sh-shoulda gone the other d-direc-tion." His teeth were chattering, and he was soaked and miserable.

"Take him back to the car," she told Javier. "I'll bring Lydia in a minute, and you can talk with her then." She turned to the girl and said gently, "Lydia, what hurts?"

"Everything!" the girl sobbed. "My shoulder. My chest."

"Does it hurt to breathe?"

"A little."

"Okay. I'm going to help you out, and we're going to drive to the clinic. Your dad is coming. He's very worried about you."

"Yeah, right."

A panicky sort of relief washed over Bel. Lydia might be hurt, but her attitude was intact. "Forget about this afternoon," she said, reaching into the culvert and unfolding Lydia's huddled body. "You've got to concentrate on right *now.*"

She dragged Lydia out and helped her stand upright. *Hmm,* she thought as she looked the girl over. Lydia's right arm hung awkwardly at her side, she held her midsection with the other, her breathing was shallow. In the flashlight's harsh glare, Bel saw how pale and drawn Lydia was, with a large bruise forming under one cheekbone.

"Okay, let's walk slowly," Bel said, tucking her own arm around Lydia for support. But they hadn't taken half a dozen slow steps when Javier walked back to them, unlatched Bel's arm from the girl, and picked his daughter up.

He didn't say anything, just carried her back to the car like a small child. Lydia held herself tensely at first, then slumped against Javier and sobbed. Even through the storm, Bel could hear him humming. It sounded like some sort of lullaby.

"You drive," she said to Javier as he put Lydia in the back seat. "I need to talk to them."

Slowly she pieced the story together. Lydia had climbed out her bedroom window and, as Javier had suspected, hot-wired his truck. She'd driven to school and waited for David. Then they had taken off together. They'd driven around for a long, long time until Lydia calmed down a little.

Finally they'd decided to see how bad the river was.

It hadn't looked so dangerous from the road, so they'd started to drive down the hill. They'd lost their traction about halfway down and begun to slide. Their forward momentum only stopped when the truck's front end crunched into a tree.

"We weren't going that fast," David said. "The air-bag didn't even go off. But Lydia wasn't wearing her seatbelt . . ."

Which explained the dislocated shoulder, and what Bel suspected was a cracked rib. And perhaps other injuries.

She had to ask. "Did you drink anything? Any drugs? It's important."

The two teens looked at her in horror.

"I'll take that as a 'no.' But there are things I can't give you if you've got that stuff in your system."

Javier, she noted with surprise, was a model of decorum. No interrogations, no demanding where Lydia had learned to steal trucks, no accusations hurled at David. He just drove.

Once inside the clinic, Bel flipped on lights until the place was blazing.

"Get out of those wet clothes," she ordered, handing each of them a white clinic gown and sheet. Then she washed her hands, snapped on rubber gloves, and prepared a pair of syringes.

She looked at Javier. This was irony. She could prescribe for the girl without parental consent. But to treat her now, she needed Javier's approval.

He nodded, and she gave Lydia a shot in the shoulder. "I'm going to try to get that back where it belongs," she said. "This should numb the pain."

While she waited, David called his parents. Javier refused to leave Lydia's side, no matter what Bel was doing. He stayed with her through X rays, the popping and grinding of repositioning her shoulder, binding up her ribs. He held her hand as she fell asleep, the pain and the anesthetics combining to knock her out.

While the X rays developed, Bel examined David. He was still shivering, wet and tired. But he'd been wearing his seatbelt, and he'd escaped serious injuries.

"A hot shower, some dinner, lots of rest," she told David's parents when they arrived. She wrote her phone number on her card and handed it to them. "He should be fine, but if something changes or if you have any questions, you can call me here or at home."

After they left, it was time to tackle Javier.

She collapsed on the stool by the examining table, suddenly drained. Her adrenaline rush was gone, and with it her anger. She didn't feel like Dr. Sánchez any more, just Bel. And Bel was exhausted and sorrowful.

She took a deep breath. And another. Somehow she had to find her professional persona again. The doctor would be able to treat Javier without her heart breaking. But Bel . . .

From somewhere deep within herself, she summoned strength she didn't know she had. Standing up, she stripped off her rubber gloves and washed her hands again. She snapped on another fresh pair of gloves and numbed Javier's forehead while Lydia slept.

First she cleaned the wound with alcohol. It should have stung; she didn't wait long between the numbing and the cleaning. But Javier didn't wince, didn't make a sound. He accepted it all.

Opening a fresh suture pack, she guided the needle through either side of his cut. She pulled the needle through, tied and clipped the stitch, did it again. She put in nine small, neat stitches before she handed him a mirror.

"I look like Frankenstein," he said quietly.

"Not for long," and she covered her handiwork with a bandage. Then she swabbed his arm with another alcohol wipe and stuck him again. "Tetanus shot. Just in case."

She recapped the needle, broke it off, and stuck it in a plastic waste container. Pulling off the rubber gloves, she said, "I think we can go now. But I'd like to . . . stay with Lydia tonight. I still want to watch for a concussion."

"I can do that."

"I'm her doctor. I know what to watch for."

Javier nodded once. "All right."

He picked up his sleeping daughter and put her gently in the back of Bel's car. Five minutes later, they were home. Bel hurried up to her apartment to change. Javier took Lydia inside the house and put her to bed.

"Oh, Lydia," he muttered, tucking her in her bed as if she were three again and still his baby. "What's happened to us? I nearly died when I saw that truck, thinking you were hurt or, or maybe worse. I've never been so afraid in my whole life."

"Dad?" she said groggily. "I'm . . . sorry. About the truck. I shouldn't—"

"Shh. It's just a thing. But you . . . you can't ever be replaced. I was so worried tonight, *preciosa*. I nearly went crazy looking for you."

"I'm glad you found us." She closed her eyes for

a minute, then opened them again and looked her father straight in the eye. "I'm sorry, Dad. I shouldn't have run. I should have stayed and had it out with you. That would have been the grown-up thing to do. I guess I still have a few things to learn."

He took her hand and squeezed it. "I couldn't go on if anything happened to you. Nothing else matters. Not David. Not even . . ." He swallowed hard, unable to finish. "I love you, Lydia. You're my life."

"You need to get another one, Dad," she said gently. "I love you, too, but I'm almost grown. I'll be gone next year, and you won't be able to manage my life. You need to practice letting go. Trust me. Let me make my own decisions. Let me learn from my mistakes."

He didn't answer.

"How much did you chew out Dr. Sánchez?"

He didn't answer that, either.

"Oh, Dad. When you think you're right, you're like a pit bull. Have you apologized?"

"It's over, Lydia. I owe her for taking care of you, but . . ."

Lydia snorted, then winced. "She's the best thing that's happened to you in years. I'm going to be gone in six months, remember? You'd better start persuading her now to stick around."

Santo Dios, when had Lydia gotten so perceptive about matters of the heart? She really was growing up. And he really wasn't sure he liked it.

"Start with 'I'm sorry,' " Lydia added with a touch of her old self. " 'How can I make it up to you?' Flowers. Chocolate. Controlling your temper. Maybe you ought to resign from the clinic board. She's gotta hate that you can interfere in her work. *You* would."

"Thank you, Dear Abby," he retorted. "But I'm not asking for advice. Dr. Sánchez and I . . ."

"Are no longer involved," Isabel said softly from Lydia's doorway.

Javier turned in surprise. How long had she been standing there?

She wore a loose, gray knit tunic and skirt and soft gray flats, and she'd tied back her honey brown hair. The gray didn't suit her; it made her face look washed out, fragile and vulnerable.

But hell, maybe she was. He certainly wasn't feeling his usual in-control self. He'd nearly had his whole life wiped away tonight. He couldn't have survived if he'd lost Lydia. It would have been unbearable.

And what about losing Isabel? The thought popped into his head, in Lydia's voice. Hadn't he meant what he said tonight? About love and commitment and marriage? Wasn't that all possible with Isabel?

He wouldn't have survived tonight without her. She'd been cool and levelheaded when he'd been barely hanging on, desperate. She stayed calm when they'd found the kids, treated them with unmistakable concern and care—and respect, when it was all he could do to keep quiet. And here she was now, her duty long since done, checking Lydia's pupils and pulse, making sure she'd get through the night with no complications.

How could he not love and admire her? Even when they disagreed?

How could he convince her to give him another chance?

Isabel stood beside him, holding Lydia's wrist. "How are you feeling?"

"Tired. Stupid. I can't tell you how sorry I am, Dr. Sánchez. But am I ever glad you and Dad came along when you did."

"Me, too. You're doing fine, Lydia. And I'm going to stay close by tonight, just to be safe. Go to sleep now."

"Thanks. Remember what I said, Dad." Lydia closed her eyes and was asleep again in seconds.

"Let her rest," Javier said, reaching for Isabel's hand to guide her out of the room.

But Isabel evaded his touch. "I'll stay. I want to make sure her breathing's okay."

He moved the chair from Lydia's desk to her bedside, then got another from the kitchen for himself. They sat side by side in the near darkness, with only the light from the hall illuminating the room.

Had it really only been six hours ago that his world had turned upside down? That Lydia had confirmed her passage to womanhood, and he had refused to accept it? That he had driven her away in a rage born of fear, and so very nearly lost her? That Isabel had stepped in to help at every crucial step, proving her worth—to him, to Lydia and David, to Río Verde?

The world *could* change in an instant, and his had. He folded his hands and vowed fiercely he would never again risk that kind of anger, that kind of judgment against anyone he loved—against anyone at all.

He'd done it to Isabel, but thank God it hadn't worked. She'd stood up to him every step of the way, and suddenly he was glad of it. If she hadn't, if she'd been cowed by his strength—or his stubbornness—she wouldn't have been here to rescue Lydia, to save him from himself. He owed her his world.

"Isabel," he said quietly, reaching again for her hand. What had Lydia said? *Start with "I'm sorry."*

"I'm sorry. I was a . . . complete idiot tonight. I

said terrible things to you, and I wish, I wish I could take them back. But all I can do is apologize, and ask you to let me make it up to you."

Isabel crossed her arms over her chest, resisting his touch. She looked straight ahead, her profile shadowed against the light spilling in from the hall.

"It's too late, Javier," she whispered. "I accept your apology, because you shouldn't have acted the way you did. But nothing else. No amends. No starting over. I-I want the board to terminate my contract and let me go. I don't belong here."

"Yes, you *do*. I was blind, Isabel. And stupid. I thought it made a difference where you came from, but it doesn't. All that matters is that you care about us. Your patients feel that. They tell me so every chance they get. Lydia and David know it. You saved their lives tonight.

"And I know it, Isabel. Better than I've ever known anything in my life."

"So I've proved myself, is that it?"

"Over and over again. I just was too stupid to give you credit."

"But now everything's changed?" There was a note of sarcasm in her voice, and hurt.

"Everything changed tonight. *Everything*. I see the world in a whole new way, because I nearly lost everything I love. Lydia. And you, Isabel. I don't want tomorrow to come without you both knowing that."

She sighed, and reached over and touched Lydia's forehead, and Javier seized the chance. He shot his hand over hers, laced his fingers through hers, both of them touching Lydia's face.

Isabel lifted her hand and tried to disentangle her fingers from Javier's, but he wouldn't let her go. He raised her hand to his mouth and kissed her palm, her wrist, and looked seriously at her.

"Did you hear me, Isabel? I love you. I want to spend the rest of my life proving it. I want you here, in Río Verde, in my life, in my home. In my bed, Isabel. Every place you belong."

"Stop it!" she cried, jumping to her feet and jerking her hand away. She stalked to the door and gestured angrily for him to follow.

When they got to the living room, she whirled around, fists clenched at her side. "Listen to me, Javier. I'm only going to say this once. You say you love me, but you know what? Love is just a feeling. It doesn't count without respect and trust—for me, and my decisions.

"Ever since I got here, you've questioned what I do for the clinic and for my patients. I thought we'd gotten past that a couple of weeks ago. I thought you were beginning to care for me, understand *me*, trust and respect *me*. And then you came storming at me this afternoon, abusing me for not doing your . . . will. For being more concerned about your daughter than your wishes. A man who loved and respected me wouldn't do that. Not like that.

"Now you say things are different. And they probably would be. For a while. But what happens in six months, when today's trauma has worn off? When Lydia leaves? When you've forgotten how scared and helpless you felt? You'll be back to your old self— judging, controlling, trying to run everything.

"I can't live that way. You interfere in my work, you try to make decisions that aren't yours.

"I want a home and a family and a man to love— who loves me. But it can't be you, Javier. It can't be here."

Her words drove a stake in his heart, but Javier Montoya had never been a quitter.

"Isabel, I want another chance. Just one. I can

be . . . difficult, but it's only because I care so much. And I do love you. I didn't realize how much until tonight."

"Love isn't enough, Javier."

"It's the only place to start."

"I can't." She swallowed, hard, and looked at him with grief—and absolute firmness—in her eyes, bright with tears. "There are too many differences between us, too many things we just don't understand. I can't be the woman you want or need. I-I'm sorry."

She walked past him toward Lydia's room. "I'll call you if there's any change. Get some sleep, Javier. It's been a rough day."

She walked back into Lydia's room and closed the door. He heard her fumbling with the doorknob, and he remembered he'd have to fix that again tomorrow.

He'd have to fix a lot of things tomorrow. He had no doubt he could. Javier Montoya had never lost yet when he set his mind to it.

And he had set his sights on Isabel Sánchez. She wasn't going to know what hit her. But when he was through, she'd have a new name, and a new life. With him, right here in Río Verde.

Ten

Well, that's that, Bel thought, signing her name to the letter—her resignation. She was through with Río Verde, through with trying to find out who else she might be. From now on, she was simply Bel Sánchez, MD, midwestern born and bred, and accepting who she was. Period.

And after tonight, she was through with Javier Montoya. She'd had to deal with him a few more days after Lydia's misadventure, because the girl had developed pneumonia. Bel had stopped by every night for a week to check her recovery, until finally she was on the mend.

And every night Javier hounded her. He brought her flowers, chocolate, homemade tortilla soup. He left messages on her answering machine, and notes signed JM mysteriously appeared on her desk at the clinic.

Worse, he'd enlisted Lydia, who since the accident had radically improved her attitude and disposition. She and her father were suddenly getting along better than they had in months, she reported. Only one thing was wrong. He missed Isabel. He wanted another chance.

Sometimes, late at night, Bel did, too. She missed Javier's warmth beside her, his sparkling eyes, his strength and spirit. She missed the shivers of anticipation when he looked at her, the frisson of excitement that built beneath her skin when he kissed her—when he loved her.

But in the cold light of morning, she steeled her resolve. It was too late for them. She was glad that the crisis had bound Javier and Lydia together again, but she couldn't forget that Javier had brought it on himself—by refusing to listen, by refusing to trust her, respect her judgment. And Bel had had to pick up the pieces, mend bodies that should never have been broken. It was such a waste.

Javier might love her. She might feel the same way about him. But without trust, whatever they felt for each other—even love—was meaningless.

And soup and sweets and flowers and all those other little gestures did not convince her that he wouldn't interfere or try to control her. That he trusted her.

Her patients did. They grew warmer and funnier with every appointment. Sometimes they even followed her advice. She truly enjoyed the clinic these days.

But she would find that same satisfaction somewhere else. Somewhere without Javier Montoya to dog her days and nights.

It was time to deliver the letter; the clinic board was meeting tonight to evaluate her probation period. Her resignation was a preemptive strike.

Sliding the paper into a manila folder, she stood up from her desk, not hers much longer. She ran her finger along the edge of the mahogany grain, reflecting. She'd done some good work here in Río Verde. And it had been an experience.

She'd stay through the first of the year, when that temporary doctor was available. But now her days in Río Verde were numbered. Thank God.

She smoothed her hand down the front of her tweed trousers and ran a comb through her hair. Picking up the folder, she snapped off the light and walked out of the clinic and toward the plaza.

"Hello, Isabel," Javier said as she entered the conference room. As it had been ever since the accident, his voice was warm and suggestive, filled with hints of promises unmade and unrealized.

Of course he was here already. She hadn't gone anywhere these past ten days without some reminder of him. Why should tonight be different?

"Javier," she said coolly, refusing to be captured by the sound of his voice or the welcoming sight of him: his glinting black eyes, the lean, taut body still perfectly visible under a tan jacket, blue shirt and navy slacks, the shock of hair falling over his right eye.

"It's just a formality tonight," he said, arranging agendas at the board members' places around the conference table. "No one is considering terminating your contract."

"I am." She opened the manila folder and handed him her letter. He read it quickly and frowned, crumpled the edge. But then he laid the paper on the table and smoothed the wrinkles. Folding it in thirds, he tucked the letter in an inside jacket pocket.

"What are you doing?" Bel asked. "Give that back to me."

"Changing your mind, Isabel? Too late, as you like to say. You already gave it to me. I'll let you know what the board decides."

"I'll wait," she said, suddenly irritated.

The other board members filtered into the room, greeting each other cordially. They took their places and Javier started the meeting.

"We have three items of business tonight," he said. "First, we have to decide whether to extend Dr. Sánchez's contract for the full two years. You all know I was not . . . enthusiastic about her coming to Río Verde, and she *has* taken some unorthodox approaches to running—and equipping—our clinic.

"Nevertheless, Dr. Sánchez has my full support to continue as medical director. You know what . . . happened with my daughter last week, and Dr. Sánchez demonstrated her value under fire. Río Verde can't do without her."

He glanced meaningfully at every board member, and then at Bel.

What was he doing? Even if the board voted to continue her contract, she had already resigned, which Javier knew full well. He was playing some sort of game, and she wasn't interested in playing along.

She stood. "Javier, this is pointless. You already have—"

"You're out of order, Dr. Sánchez," Javier said smugly. "Sit down."

"I will not. You're wasting the board's time. There's no point in voting on my contract, because I've already resigned. Javier has my letter in his jacket."

The board began to talk all at once.

"Javier, is that true?"

"Dr. Sánchez, don't joke with us. People have really taken to you. You can't leave now."

"Young lady"—that was Hilarión Hidalgo—"you'll be in breach of contract. Once we approve it. Don't think you can get out easily."

"Javier," said Julia García, "let's see the letter."

Javier reached into his jacket and removed a sheet of paper. He opened it and read.

"To the Río Verde Clinic Board: With regret, I must tender my resignation from the board, and as your chairman. It has become clear that I cannot supervise our medical director, Dr. Isabel Sánchez, in any capacity. I love her, and when you love someone, you don't watch over her shoulder like an overseer. You trust her to do her job, to make her best medical and ethical decisions without interference.

"She has done that since the minute she arrived in Río Verde. We clashed over many of her decisions, but time—and Dr. Sánchez herself—have shown that she was always right, and I was wrong. I regret that I have been so unwilling to let Dr. Sánchez guide me.

"But the most important reason I am resigning is that I want to marry Dr. Isabel Sánchez. And I cannot campaign to win her heart and her consent if I have any control over her work.

"I offer my vote in support of her contract, and I hereby turn over this meeting to Julia García."

He handed the letter to Julia, gathered his papers from the table and headed toward the door. "Come on, Isabel," he said, stopping by her place and pulling her to her feet. "Let the board debate and vote."

The room erupted in pandemonium, everyone talking simultaneously and shouting questions that Javier ignored as he swept Bel out the door.

"You, you sneak!" Bel cried as he shut the conference room door behind them. "That wasn't my letter you read."

"No." He grinned as if he'd just pulled off a major coup, and Bel felt . . . outmaneuvered, confused. What was he doing?

Then Javier grew serious again. "I meant what I said, Isabel. I want another chance with you. But

you haven't been listening to me. I needed to do
something . . . dramatic to make you notice."

"Oh, I've noticed," she said softly. "You're nothing if not dramatic."

"But you weren't paying attention," he chided her
gently. "I finally realized I was doing the wrong
things. You didn't need romance from me, not yet.
You needed something more fundamental.

"I love you, Isabel Sánchez. And I promise by everything I hold sacred that I will not interfere with
your work, with your decisions. You do not answer
to me for any of that.

"I just want to share the rest of your life. As your
husband."

He touched her face, tipped it up so she could
read the absolute sincerity in his eyes.

"Javier, no. I've told you—"

"Don't talk. Listen. You belong in Río Verde. It's
your home now. You only have to believe to make
it so."

"It felt that way once. But, Javier, you and I, we're
so different . . ."

He shook his head. "No, *corazón*. We're very much
alike. We want the same things—a place where we
belong, where we fit, where our work makes a difference. We both like to be in charge," he laughed
wryly, "but I'm willing to give that up where you're
concerned."

He had resigned from the board. For her, so she
would know he trusted her, and so he had no
grounds to second-guess or control her decisions. It
was a big gesture, a huge gesture.

But was it enough to let her imagine the rest of
what he offered? Marriage? Forever? A life together
in Río Verde?

She looked at him helplessly. She was used to making life and death decisions, but this one . . . oh, this one! It demanded all of her, every fiber of her being. This one was her own life.

"If you tell me no, Isabel, if you insist on leaving, I will follow you." He pressed his fingers a little more firmly around her face. "I've waited too long for you, and I'm not letting you go. We'll go back in that room, I'll give the board your letter, and we'll leave together."

She stared at him, incredulous. "You'd follow me? Even if I tell you no?"

"I don't have any choice, Isabel. I love you."

He didn't wait for her to respond with words. He cut off all her thoughts with a hard, diamond-edged kiss that resurrected every memory she had of him into one brilliant instant. He burned himself on her consciousness, seared himself on her soul, and she knew she had no choice, either.

"Say yes, Isabel," he muttered against her mouth. "Say you'll marry me. Tomorrow, next month, a year. But say yes."

"Yes, Javier," she gasped. "Oh, yes."

He broke the kiss, picked her up, twirled her around.

"Let's go tell the board. They've got a doctor, and I've got a wife."

Valentine's Day. Three months later

"I can't believe you're bringing me to the clinic on our wedding day, Javier!" Bel laughed as she stepped out of his truck. "What could we possibly need here right now?"

"Actually, it's more what they need from you," he

said. They stepped up on the sidewalk, and Javier opened the clinic's front door for Bel.

Inside the waiting room—that dark, depressing waiting room—a small crowd of people had gathered. Bel recognized them all—patients, Javier's colleagues, even Hilarión Hidalgo. They were armed with brooms, dustcloths and dropcloths, paint brushes, and rollers. Alicia stood nearby, looking over paint chips and plans.

What was going on?

"Hi, Doctor," Alicia said a little sheepishly. "We wanted to surprise you, but Javier said you ought to have some say in the redecorating."

"I don't understand," Bel said, looking around between Javier and Alicia and the others.

"It's your wedding present," Alicia clarified. "For coming here and taking us on, and staying with us. We wanted to make the clinic a little more pleasant for you. For all of us, really. So we're all here to clean and paint, but you have got to decide on colors."

Alicia handed Bel several paint chips: rich creams, pale celadons, misty blues.

"All designed to keep patients calm and blood pressures down," Alicia noted. "We want to paint a rainbow in the children's corner, and some animals and a chalkboard, but the rest of the room will be peaceful and relaxing."

"I, I don't know what to say," Bel stammered, touched beyond words. "Thank you. This room needs so much . . . and I didn't think I'd ever get around to it."

"So, pick a color," Alicia urged.

She wrinkled her brow for a moment, studying the choices. "The rainbow and animals will show up best on this," she said, handing Alicia a chip of muted ivory.

"It'll catch the light from the window, too," Alicia approved. "Okay, Hilarión, go get the paint." She handed him the chip. As he left she picked up a pair of beautifully wrapped boxes from the end table.

"We have a couple of other things for you, too," Alicia continued, handing Bel the first box. "From all of us who rely on the clinic."

The box was light, and Bel looked at everyone, almost speechless. "I, well, thank you," she said lamely. Tears gathered in her eyes. This was so unexpected, so heartwarming. She'd come here a stranger, and now . . .

"Open it!" came Hilarión's voice from the doorway.

So she did. She pulled off the fancy white and silver bow, slid her finger across the tape that held the wrapping paper in place, and let it tumble to the floor. Lifting the lid to the box, she saw a crisp, new, white lab coat, just like those she wore for work. But this one was embroidered Río Verde Clinic, Isabel Sánchez-Montoya, MD.

Her new name. Her new waiting room. Her new home. It was all so overwhelming, so many wonderful changes. A tear rolled down her cheek, and she brushed it away, embarrassed.

"Sorry," she sniffed. "I'm a little . . . overcome."

"There's more!" said another voice in the group. "Hand it over, Alicia."

The second box was heavy, very heavy. Bel sat down to open this one, again pulling the ribbon and paper off before lifting the lid. She pushed away the rustling layers of tissue paper, and saw a bronze plaque. It, too, read, Río Verde Clinic, Isabel Sánchez-Montoya, MD.

Bel looked up helplessly at Javier, and then at all the people gathered around her and watching approvingly.

"It's your shingle," Javier said proudly. "To hang out so everyone knows where you work. Where you belong."

"It'll be up when you get back from your honeymoon," Alicia promised. "In fact, you won't recognize this place." She clapped her hands. "Everyone finish cleaning and moving the furniture. The paint will be here soon, and we all have a wedding to attend this afternoon."

People started working enthusiastically as Bel stood up. For a few moments she couldn't even think about speaking, she was so overwhelmed by the spirit of the people around her. They'd come out for the clinic. For Javier. For her. She was touched and honored, and she had to say thank you.

Holding up a hand, she got the group to pause as she spoke.

"Thank you. *¡Muchas gracias a todos!* I can't tell you how much this means, to have you all here, helping the clinic . . . and helping me. I've truly found a place to call home, and it's all because of you and your families, everybody in Río Verde. I can't thank you enough."

"And now it's time to go, Isabel," Javier said, taking her arm just a little possessively. "We'll see them all at the church at five."

"Thank you again!" Bel waved as Javier propelled her out the door and into the truck.

As Javier started the engine, he leaned over to her and kissed her softly. "Are you ready, Isabel? For a lifetime of us?"

She smiled and nodded. "Forever, Javier."

"Para siempre jamás," he agreed.

CUESTIONARIO DE ENCANTO

¡Nos gustaría saber de usted!
Llene este cuestionario y envíenoslo por correo.

1. ¿Cómo supo usted de los libros de Encanto?
   - ☐ En un aviso en una revista o en un periódico
   - ☐ En la televisión
   - ☐ En la radio
   - ☐ Recibió información por correo
   - ☐ Por medio de un amigo/Curioseando en una tienda

2. ¿Dónde compró este libro de Encanto?
   - ☐ En una librería de venta de libros en español
   - ☐ En una librería de venta de libros en inglés
   - ☐ En un puesto de revistas/En una tienda de víveres
   - ☐ Lo compró por correo
   - ☐ Lo compró en un sitio en la Web
   - ☐ Otro_____

3. ¿En qué idioma prefiere leer? ☐ Inglés   ☐ Español   ☐ Ambos

4. ¿Cuál es su nivel de educación?
   - ☐ Escuela secundaria/Presentó el Examen de Equivalencia de la Escuela Secundaria (GED) o menos
   - ☐ Cursó algunos años de universidad
   - ☐ Terminó la universidad
   - ☐ Tiene estudios posgraduados

5. Sus ingresos familiares son (señale uno):
   - ☐ Menos de $15,000 ☐ $15,000-$24,999   ☐ $25,000-$34,999
   - ☐ $35,000-$49,999   ☐ $50,000-$74,999   ☐ $75,000 o más

6. Su procedencia es: ☐ Mexicana   ☐ Caribeña_____
   - ☐ Centroamericana_____   ☐ Sudamericana_____
   - ☐ Otra_____

7. Nombre: _____ Edad:_____
   Dirección: _____
   _____
   Comentarios: _____
   _____
   _____
   _____

Envíelo a: Encanto, Kensington Publishing Corp., 850 Third Ave., NY, NY 10022

ENCANTO QUESTIONNAIRE

We'd like to get to know you!
Please fill out this form and mail it to us.

1. How did you learn about *Encanto?*
   - ☐ Magazine/Newspaper Ad ☐ TV ☐ Radio
   - ☐ Direct Mail ☐ Friend/Browsing
2. Where did you buy your *Encanto* romance?
   - ☐ Spanish-language bookstore
   - ☐ English-language bookstore ☐ Newstand/Bodega
   - ☐ Mail ☐ Phone order ☐ Website
   - ☐ Other_____
3. What language do you prefer reading?
   - ☐ English ☐ Spanish ☐ Both
4. How many years of school have you completed?
   - ☐ High School/GED or less ☐ Some College
   - ☐ Graduated College ☐ PostGraduate
5. Please check your household income range:
   - ☐ Under $15,000 ☐ $15,000-$24,999 ☐ $25,000-$34,999
   - ☐ $35,000-$49,999 ☐ $50,000-$74,999 ☐ $75,000+
6. Background:
   - ☐ Mexican ☐ Caribbean_____
   - ☐ Central American_____ ☐ South American_____
   - ☐ Other_____
7. Name:_____ Age:_____
   Address:_____
   _____
   Comments: _____
   _____
   _____

Mail to:
Encanto, Kensington Publishing Corp., 850 Third Ave., NY, NY 10022